Über die Autorin

Lindsey Collen, 1948 in Südafrika geboren, auf Mauritius zu Hause, verbindet alte Mythen um die Gefährdung von Frauen mit Motiven der Kolonialisationsgeschichte, Volkserzählung mit raffinierter moderner Romankunst. Ihr Roman «Sita und die Gewalt» (rororo Nr. 13944), der auf Mauritius verboten ist, wurde 1994 mit dem Commonwealth-Preis für den besten Roman aus Afrika ausgezeichnet.

Lindsey Collen

Die Wellen von Mauritius

Roman

Deutsch von
Martina Tichy

rororo

Rowohlt

Die Originalausgabe erschien 1990
unter dem Titel «There is a Tide»
bei Ledikasyon pu Travayer, Port Louis, Mauritius
Umschlaggestaltung Nina Rothfos

Deutsche Erstausgabe
Veröffentlicht im
Rowohlt Taschenbuch Verlag GmbH,
Reinbek bei Hamburg, Januar 1998

Satz Sabon und Bodoni (Linotronic 500)
Gesamtherstellung Clausen & Bosse, Leck
Printed in Germany
1490-ISBN 3 499 22297 3

1

«Er war kein Fischer.»

Fatma sprach mit dramatischer Inbrunst. Wie eine Schauspielerin in einem Theaterstück. Auf alle Fälle wußte sie, wie man eine Geschichte erzählt.

Tiny Shynee drehte sich um und sah sie an, mit großen Augen.

«Angebissen», dachte Fatma. Jetzt konnte sie sich erlauben, den Anfang ihrer Geschichte noch hinauszuzögern. Sie häkelte eine Masche fertig und zog ihren *horni* seitlich über den Kopf, um darunter angelegentlich die Embassy Long zu verstecken, die sie aus ihrem Korb, dem *tant*, holen wollte. Ihre Leibesfülle war mehr als imposant. Sie zog Wolle aus dem *tant* zwischen ihren Beinen, die in weiten Hosen steckten, und legte die Handarbeit neben sich auf eine Plastiktüte. Ihre alten, brennenden Augen hefteten sich auf ihre Zuhörerin, die zum Sprechen ansetzte.

«Ist das der Anfang? Hast du es eingeschaltet? Wer war kein Fischer?» fragte Shynee.

Hinter den beiden drängten und hasteten und liefen und lärmten die Massen auf dem Heimweg, die Köpfe gesenkt. Die vom Busbahnhof Viktorya kamen, schlugen den Weg nach Lagar Dinor ein. Alle anderen strömten in Bussen Richtung Sen Krwa und Vale Depret. Por Lwi leerte sich.

«Wozu die Eile. Schätze, bei ihnen zu Hause ist es noch langweiliger als im Büro.»

«Ist das der Anfang, daß er kein Fischer war? Wer denn?» Shynee wurde ungeduldig.

Ein Erdnußverkäufer, den Korb am Arm, rief «*'stas sale, 'stas bwi*». Stämmige Hafenarbeiter versammelten sich nach der Arbeit unter einem riesigen Baum zwischen dem Postamt und den Fisch- und Fleischständen des Basars, ihr *ruk* in die Hosen gehakt, und erstanden große Platten mit *biriani* von Imbißkarren an der Straße. Autos hupten, jaulten auf, beschleunigten und bremsten. Fahrräder schlängelten sich kunstgerecht hindurch. Motorräder versuchten, es ihnen gleichzutun. Selbstgezimmerte Dreiräder pflügten sich ihren Weg durch den Tag.

«‹Er war kein Fischer› ist nicht nur einfach der Anfang, Mädchen, sondern ein ganz besonders guter Anfang. Das muß ich schon sagen. Voller Dramatik. Natürlich ist es eingeschaltet, schau doch auf den roten Knopf. Besonders dramatisch, wenn ein Zyklon im Anzug ist. Wie es damals der Fall war. Wäre es so wie heute, hätte es eine richtige Warnung gegeben. ‹Ein Zyklon der Stärke eins bewegt sich in Richtung Mauritius›, hätte es dann geheißen. ‹Zyklon XY›, hätten sie gesagt und seinen Namen genannt, ‹befindet sich soundso viele Meilen nordöstlich von Mauritius und bewegt sich grundsätzlich in südwestlicher Richtung ...› und so weiter. Aber bei dem Zyklon von 1945 gab es keine richtigen Warnungen. Damals hatten die Zyklone nicht einmal Namen. – Wer? Nicht dein Vater, nicht der Gebrochene Mann. Er nicht. So weit sind wir noch nicht. Er war noch nicht einmal ganz geboren. Sein Vater. Oder besser, einer seiner Väter. Komisch ist das. Er hatte drei Väter, und du hast nur zwei. Dein Großvater, er war kein Fischer: dein *dada*.»

Die beiden saßen auf einer behauenen Granitplatte. Vor langer Zeit von Hand behauen. Sie lehnten an einem *syen de plon*, was soviel bedeutet wie «bleierner Hund», dem Rest eines riesigen Eisenpollers, an dem früher Schiffe vertäut wurden. Dem Sonnenuntergang über dem Meer jenseits der koreanischen Fischerboote im Hafen schenkten sie keine große Beachtung; sie waren keine Touristen. Wandten bloß dem ganzen Gedränge von Por Lwi den Rücken zu. Wandten ihm einfach den Rücken zu. Sie gehörten zu der Sorte Menschen, die Dingen den Rücken zuwenden können. Den Firmenzentralen der Zuckerbarone, und Government House, dem bescheideneren Sitz der Regierung. Fatmas Rücken war ein Bollwerk. Tiny Shynees Rücken war ein Witz. Sie starrten auf den Horizont.

«Tante Fatma, du hast gesagt, er war kein Fischer, mein Großvater. Und ein Zyklon war im Anzug.» Sie löste langsam ihren

Zopf, der ihr fast bis zur Taille reichte, lockerte für eine Sekunde den Griff, und das Haar sprang auf, zu einem riesigen, halbrunden wilden Schopf. Mit einemmal sah ihr Kopf aus wie ein Vollmond. «Ein Greuel», flüsterte sie. Rasch, in einem Anflug von Panik, faßte sie das Haar wieder zusammen und drehte es zu einem Knoten. Ihr pockennarbiges Gesicht, mit seinen grandiosen Kratern, in gespannter Aufmerksamkeit emporgereckt.

«Gandhi, dein Großvater väterlicherseits, war kein Fischer. Er war Zuckerrohrschneider. Sechs Monate Zuckerrohr schneiden und zwölf Monate deine Großmutter und sich selbst durchfüttern, wie er zu sagen pflegte. Ihr Bauch war ungeheuerlich damals. Sie bearbeitete ihn wie eine *dolok*-Trommel und sang dazu. Sie hatte schon gesagt, daß sie für die Entbindung nach mir schicken würde. Ich war eine der besten, wenn ich das mal so sagen darf. Man kannte mich als Hebamme von Por Lwi bis Larivyer Nwar. Keine Mutter ist mir je unter den Händen gestorben. Und nur zwei Totgeburten. Laß dein Haar in Ruhe. Es ist nichts daran auszusetzen, verdammt noch mal.

Als ich ihn vorbeigehen sah, den Gebrochenen Mann, neulich erst, wie er sich zu einer Gruppe von Hafenarbeitern gleich denen da gesellte, dachte ich bei mir: ‹Ich habe dich auf die Welt gebracht, als schreiendes Bündel Unschuld.› Darum freut es mich, daß du mich gebeten hast, dir die Geschichte deines Vaters zu erzählen, des Gebrochenen Mannes. Ich habe dich nicht auf ihn aufmerksam gemacht – irgendwie schade, aber wahrscheinlich ist es besser so. Es ist wie Telepathie. Ich sehe ihn, und dann fragst du mich geradeheraus, an genau demselben Tag. Kommt mir vor, als wüßtest du schon alles, und ich könnte dir deshalb die ganze Geschichte erzählen.»

«Versprich, alles zu erzählen, Tante Fatma, und mach nicht solche Umstände. Das tust du absichtlich, du ziehst die Geschichte in die Länge.»

«Hör auf, diesen schwarzen Kaffee in dich hineinzuschütten. Probier lieber meinen himmlischen, süßen Vanilletee mit Milch. Du siehst aus wie ein Wrack. Ausgemergelt. Nichts als Haut und Knochen, verdammt noch mal. Schau dir deine Arme an. Zusammengeschrumpft wie gottverfluchte *bomli*, schlimmer als ausgedörrte alte Aale. Hättest selber auch Gandhi heißen sollen. Er bekam den Spitznamen Gandhi, weil er so hungrig war. Shy ist nicht dein Name. Shynee? Ein Irrtum vom Standesamt, hm? Oder ist das gar nicht dein amtlicher Name, Tiny Shynee? Du solltest Gandhi heißen, bei deinem spindeldürren Hals. Schau dich doch an, Tiny Shynee!

Ich jedenfalls heiße nicht umsonst Fatma. An einem Menschen muß etwas dran sein, er soll doch etwas darstellen. Schau dich nur an: Selbst deine Finger sind knochendürr.

Ich gebe dir ein paar Tips. Was kochst du heute abend? Im Krieg bekam er einen neuen Spitznamen; sie nannten ihn Zulu. Als die afrikanischen Schützenbrigaden des Königs in Mauritius stationiert waren, wurden sie aus irgendeinem Grund Zulus gerufen. Gandhi hatte etwas Furchtloses, Aufrechtes, Soldatisches an sich, er war auch ziemlich dunkel, und bekam rasch den neuen Namen, ohne den alten abzulegen.»

Fatma ließ sich Zeit, goß sich aus der Thermoskanne etwas auf den Deckel, feierlich wie bei einer religiösen Zeremonie. Sie beherrschte diese Kunst. Shy schenkte sich ungeduldig aus ihrer eigenen Thermoskanne nach.

«Kann nicht behaupten, daß ich hungrig bin. Erzähl die Geschichte, Tante. Das Band läuft.»

«Erst ein Rezept. Komm unter meine Fittiche, Schätzchen.» Sie hob ihren *horni* wie eine Glucke und beschattete Shys Augen. «In Fällen wie deinem, wo die Geschmacksnerven durcheinandergeraten sind, hilft ein Kokosnuß-Chutney.

Kauf auf dem Heimweg bei Ah-Kwet ein paar Kokosnußschnitze. Für eine Rupie, das genügt. Laß sie in der Glut langsam rösten. Nimm dann die geröstete Kokosnuß, ein paar reife, rote Chilischoten, ein paar Kügelchen Tamarinde, eine Knoblauchzehe, eine Prise Salz, und zwar eine ordentliche Prise, dazu Pfefferminz, jede Menge Pfefferminz, und vermahle alles auf deinem Gewürzmahlstein. Mach eine himmlische Paste daraus. Das bringt *wieder Ordnung in deinen Mund*. Ordnung», wiederholte sie, um den Worten Nachdruck zu verleihen. «Es gibt dir den Appetit wieder.»

Tiny Shy, die schon seit langem nichts mehr aß, merkte auf. Ob Essen oder Nichtessen, das Thema fesselte sie. Sie hörte zu. Notierte im Gedächtnis das Rezept. Beschloß, es genau zu befolgen. Der Gedanke machte sie richtig hungrig. Ordnung in meinen Mund bringen, dachte sie.

Beide zündeten eine Zigarette an, mit jenem würdevollen Gehabe, das nur denjenigen zu eigen ist, die eigentlich nicht rauchen. Was hinter ihnen war, interessierte sie nicht. Den Verkehrspolizisten, die mit Sirenengeheul den Premierminister vom Regierungssitz auf die Straße nach Vakwa geleiteten, schenkten sie keinen Blick, geschweige denn, daß sie ihre Köpfe danach umwandten. Jemand schrie «Taschendieb», was einigen Aufruhr verursachte, doch diese zwei zuckten mit keiner Wimper.

Schweigend sahen sie zu, wie die Sonne, von einer messerscharfen Wolkenkante halb abgeschnitten, sich am Horizont auf das Meer senkte. Sie zögerte einen Augenblick, bevor sie eintauchte. Zwei Frauen, zwei Generationen, vereint durch einen dünnen *horni*, der sich wie eine Geschichte um sie spann, rauchten schweigend, entschlossen den Rücken allem zukehrend, was sie verabscheuten: dem Sitz der Zuckerbarone, den Statuen von Königin Viktoria und diversen französischen Kolonialherrschern sowie dem erbärmlich winzigen Regierungsgebäude.

Eine maßlos fette alte Frau mit ihrer Handarbeit und ein mageres, schmächtiges junges Mädchen mit einem pockennarbigen Gesicht saßen dort in aller Öffentlichkeit, als seien sie allein auf der Welt.

Die Bühne war bereit für die wahre Geschichte, die Fatma zu erzählen hatte.

2

Mein Name
ist Shynee Pillay.
Tiny Shynee
nennt man mich.

Die psychiatrische Klinik Brown Sequard hat mich gebeten, ein paar Begründungen aufzuschreiben. Und ich war einverstanden.

Zunächst aber, sagte die Klinik, schreiben Sie einfach Tatsachen. Tatsachen über sich selbst. Eine kurze Vorstellung. Neutrale, gewöhnliche, ganz allgemeine Wald-und-Wiesen-Tatsachen. Mit deren Hilfe man Sie einstufen kann. Mich einstufen. Hier also die Antworten zu Ihrem Fragebogen.

Name. Ich habe meinen Namen bereits angegeben. Er ist eine Tatsache. Eine bekannte Tatsache. Aber mit Tatsachen hat es seine Schwierigkeiten. Die Tatsache *Shynee Pillay* steckt voller Probleme. Zum einen unterlaufen dem Standesamt bei den Nachnamen Fehler, wie bei Pillay. Und ich gebe nicht meinen amtlichen Namen an, wenn ich Shynee sage. Shynee ist mein wirklicher, echter Name, nicht mein amtlicher. Ich weiß nicht, was mehr den Tatsachen entspricht. Bitte teilen Sie mir mit, ob der amtliche Name eher den Tatsachen entspricht, und ich werde ihn bereitwillig nennen. Außerdem habe ich meinen Mädchennamen angegeben. Bitte teilen Sie mir mit, ob es eher den Tatsachen entspricht, den Namen meines sogenannten Ehemannes anzugeben.

Alter. Ich bin zweiundzwanzig. Das ist bloß eine Zahl. Keine Tatsache. Aber es bedeutet, daß ich am Tag der Unabhängigkeit noch im Bauch meiner Mutter war. Das ist eine Tatsache.

Beruf. Maschinennäherin. Ich arbeite in einer Hemdenfabrik.

Nähe hauptsächlich Kragen. Obwohl es keine einzige Maschine am ganzen Fließband gibt, die ich nicht bedienen kann. Schließlich hat man mich dort von Pontius zu Pilatus geschickt. Bin ich je entlassen worden? Ja. Einmal. Außerdem wurde ich auch Opfer von Fabrikschließungen.

Größe. Ich bin das kleinste Mädchen in meiner Fabrik. Die Kleinste überhaupt. Bleiben wir noch einen Moment bei der Frage nach Größe und Länge. Ganz zu schweigen von Breite oder Umfang. Ich bin winzig. Deshalb nennt man mich Tiny Shynee.

Besondere Merkmale. Ich weiß nicht, ob mein buschiger Haarschopf als Tatsache zählt. Wenn ich ihn nicht ganz fest zusammenbinde, steht er ab wie Kokosnußstroh und läßt meinen Kopf riesig erscheinen.

Und dann mein Gesicht. Es ist pockennarbig. Über und über. Das ist eine klare Tatsache.

Ich habe zwölf Finger. Acht Finger und vier Daumen. Das ist eine unbestreitbare Tatsache. Ob die zwei zusätzlichen Daumen mich mehr oder weniger menschlich machen, gehört vielleicht nicht zum Bereich der Tatsachen. Auf jeden Fall werde ich diese Tatsache nicht wieder erwähnen und hätte sie auch nie erwähnt, wenn nicht nach sogenannten «Besonderen Merkmalen» gefragt worden wäre.

Familie. Eine wichtige Tatsache ist, daß ich die Tochter meiner Mutter und meines Vaters bin. Eine Tatsache. Eine bekannte Tatsache. Obwohl auch dies jetzt anscheinend in biologischer oder technischer Hinsicht durch Fatma und ihre Geschichte in Frage gestellt wird.

Wenn ich angebe, daß ich die *einzige* Tochter bin, ist das ebenfalls wahr. Eine Tatsache, könnte man sagen. Füge ich aber hinzu, daß ich das einzige *Kind* und ein Mädchen bin, wird die Tatsache weit gewichtiger. Und irgendwie enttäuschend.

Schulbildung. Volksschule.

Wohnsitz. Ich lebe in einem Haus in Sime Basin. Auch das ist eine Tatsache. Doch auf halbem Weg zwischen wo und wo? Das wären ebenfalls Tatsachen, aber sehr gewichtige.

Das Haus, in dem ich lebe, ist halb aus Wellblech und halb aus Beton.

Familienstand. Ich hatte einen Ehemann. Das ist eine Tatsache. Ich war eine verheiratete Frau. Auf dem Papier. Jetzt bin ich geschieden, auch auf dem Papier. Wenn ich mich streng an die Tatsachen hielte, es ganz genau damit nähme, könnte ich behaupten, ich wäre immer noch verheiratet, denn in den Augen eines gewissen Gottes, falls er denn bestimmt, was Tatsache ist und was nicht, bin ich es noch. Benjamin und ich heirateten nahe den *grenn de monseyner*-Bäumen und wurden unter den weniger geheiligten *badamye*-Bäumen geschieden. Daraus ergeben sich zwei Varianten von Tatsachen. Ich persönlich bevorzuge eine dritte.

Ich wurde zurückgegeben. Am Tag nach der Hochzeit. «Verdorbene Ware», sagte seine Familie beim Anblick der Bettlaken, «eindeutig verdorbene Ware.»

Das ist eine Tatsache. Ich hatte nicht geblutet.

Seine Familie brachte mich am nächsten Tag zu meiner Mutter und meinem Vater zurück. Die mächtig seufzten. Und sagten: «Einer mehr wird auch noch satt», was wohl das Freundlichste war, das man von Eltern in einer solchen Lage hätte erwarten können. Aber sie seufzten. Das ist eine Tatsache.

Was mich betrifft, ist es Tatsache, daß ich nie verheiratet war und daher ganz offensichtlich auch nie geschieden worden bin. Allerdings gibt es Papiere, die bezeugen, daß meine Version der Tatsachen reine Erfindung ist. In den staatlichen Archiven finden sich ausreichend Beweise sowohl für meine Heirat als auch für meine Scheidung, und die Kirchenarchive liefern hinreichend Beweise für meine Heirat.

Was das Bluten angeht, sagt Fatma, die sich als Hebamme mit diesen Dingen auskennt, ist es so, daß keine erwachsene Frau, soweit bekannt, beim ersten Verkehr jemals blutet, sofern es keine Vergewaltigung war. Natürlich zählt es nicht, wenn es unmittelbar vor oder nach der Menstruation oder währenddessen stattfindet.

Keine von uns. Aber das ist noch nicht als Tatsache anerkannt.

Über Tatsachen, die mich betreffen, weiß ich Bescheid, das kann ich Ihnen versichern.

Jedenfalls bin ich, falls es zu den Tatsachen zählt, daß ich verheiratet war, froh, wieder geschieden zu sein und auch dies als Tatsache ansehen zu können.

Kinder. Keine.

Hobbys, falls vorhanden. Kein Eintrag.

Frühere Verurteilungen, falls vorhanden. Keine.

Bevorzugte Nahrung. Ich verweigere die Antwort. Diese Frage gehört in meinem Fall nicht im mindesten zum Bereich der Tatsachen. Ich hoffe, diese Frage, insbesondere in Zusammenhang mit der vorhergehenden, hat nicht zu bedeuten, daß Sie vorhaben, mich in Ihrer Klinik zu behalten, und ich möchte alle, die es betrifft, daran erinnern, daß ich als freiwillige Patientin hier bin.

3

«Gandhi, auch Zulu genannt, wußte nicht, daß ein Zyklon anrückte. Wäre er Fischer gewesen, hätte er es gewußt.

Das Meer vor Flikanflak war leicht aufgewühlt, kein Zweifel, aber es war windstill. Eigentlich zu windstill. Eine verdächtige Ruhe lag in der Luft.

Am Abend zuvor hatte der Himmel die Farbe von Malven gehabt. Jenes geisterhaft blasse Lila. Eine Farbe, die nicht nur den Himmel erfüllte, sondern auch alles um einen her in ihr Licht tauchte. Durch und durch malvenfarben. Ein Fischer wußte, was das zu bedeuten hatte. Diese Malvenfarbe bedeutete nichts anderes als Zyklon. Der Himmel war bedeckt, aber so hoch oben, daß man nicht sagen konnte, ob man in die Wolken oder in den Himmel sah. Man wurde ein bißchen schwindlig davon, wenn man genau hinschaute, weil nicht festzustellen war, ob nun Wolken da waren oder nicht. Und die Farbe des Himmels gab keinerlei Aufschluß, weder in die eine noch in die andere Richtung.

Die Fischer sagten, sie könnten sein Kommen riechen. Sie spürten es in ihren Knochen. Bevor die Zuckerrohrplantage Welcome mit einer Sonderansage – denn so etwas gab es tatsächlich – den Bossen mitteilte, daß der Luftdruck fiel, wußten die Fischer es bereits. Der Wind hat zu lange aus Südosten geblasen, sagten sie. Er muß sich drehen. Es ist zu heiß gewesen, sagten sie. Mit dem Meer weiß man nie, sagten sie. Es ist tückisch.

Und wie sie so dasaßen, die Knie angewinkelt, die Hände um die Schienbeine geschlungen, und stundenlang auf das Meer und den Himmel blickten, wußten sie Bescheid. Und die Wolkendecke, jene hohe malvenfarbene Wand, sie stand nicht still, wenn man ganz genau hinsah; sie raste über den Himmel hinweg. Und am Boden schien alles den Atem anzuhalten. Keine völlige Stille, aber auch noch kein heißer Wind. Die Blätter der

Fliederbüsche und der wilden Guavenbäume, der Mason-Bäume und der wilden Pflaume, die Halme der Casuarina-Bäume und selbst die Blätter der unzähligen Banyanbäume, sie alle hatten die Farbe gewechselt, erschienen alle in einem anderen Grünton. Graugrün. Fast unmerklich. Es gab einen Grund dafür. Die Blätter, jedes einzelne von ihnen, hatten sich leicht gedreht und zeigten sich der Welt von einer Seite, die sie sonst versteckten. Die Unterseiten wiesen nach oben. Es war kein gewöhnlicher Wind, der das zustande brachte.

Nichts war mehr im Lot.

Ein Zyklon drohte, wie eine Heimsuchung.

Wären Gandhi und sein bester Freund Tikay um diese Zeit im Dorf gewesen, hätten sie Bescheid gewußt. Aber sie waren nicht da. Die Welcome-Plantage hatte ihre Wächter zu den Dienstquartieren für Zuckerrohrschneider und den etwas gepflegteren Unterkünften für die Arbeiter in der Zuckerfabrik und zu den Strohhütten der Tagelöhner im Dorf Flikanflak ausgeschickt, um allen Bescheid zu geben, daß ein Zyklon bevorstand. Die Gesellschaft hatte sogar Männer aus den Dienstquartieren auf die Felder beordert, um die Maniokwurzeln auszugraben und zu verteilen. Zu *verteilen*. Die Gesellschaft verschenkte nie etwas. Sie konnten alles verkaufen. Das Verteilen von Maniok hieß also eindeutig, daß ein Zyklon anrückte. Wenn sie könnte, würde die Gesellschaft auch noch das Meer in Portionen aufteilen und verkaufen, hieß es: ‹*Morsle, vande*›.

Selbst wenn Gandhi und Tikay mit dem Rad nach Banbu gefahren wären, für einen Krug Rum in Amoys Laden, wie sie es einmal pro Woche taten, oder um dort die Gewerkschaftsbeiträge einzusammeln, was alle zwei Wochen geschah, hätten sie Bescheid gewußt, weil die Polizei durch Banbu patrouilliert war und jeden angewiesen hatte, Vorkehrungen gegen den bevorstehenden Zyklon zu treffen. Aber sie waren nicht dorthin gefahren. Sie hatten keine Ahnung, daß ein Zyklon im Anrücken war.

Gandhi und Tikay krochen auf allen vieren voran, gut versteckt in einem Zuckerrohrfeld. Zwischen den Reihen von Zukkerrohr war es heiß wie in der Hölle, und weil die Blätter messerscharf waren, mußten die Männer sich von Kopf bis Fuß mit Kleidern und Fetzen bedecken. Einem Außenstehenden wären sie wie zwei Mumien erschienen.

– Welcher Wächter hat Dienst, Tikay?

– Schsch...

– Du machst doch den Lärm, brichst hier durch wie eine Manguste, statt geduldig einen Tunnel zu machen. Und der Aloestock, den du da hinter dir herschleifst, sieht dazu noch aus wie ein Mangustenschwanz. Wie kommt es, daß wir keinen von beiden gesehen haben?

– Dieser Schlappschwanz, verflucht sei seine Mutter, kriecht den Zuckerbaronen in den Arsch. Ein Verräter, das ist er.

– Hast du doch auch.

– Was? Einen Schwanz oder einen Arsch?

– Eine Mutter, du Idiot. Du hast auch kein bißchen Respekt. Welchen Arsch meinst du überhaupt?

– Schsch...

– Na, welchen?

– Ich glaube, Soon hat Dienst. Der kleine Schnüffler, mit seinem Gewehr, der Ausreißer einfängt. Hält sich für einen von diesen *kolom*, die alle Frauen und drei Viertel der Männer vergewaltigen dürfen. Stolziert da immer herum mit seinen Gummistiefeln und seinem Regenmantel, Tag und Nacht.

– Wenn es Soon ist, sollten wir besser aufpassen. Er schießt, sobald er uns zu Gesicht kriegt. Und dann sagt er, wir hätten ihn zuerst angegriffen. Und wäre als erster bei der Polizei. Wer würde uns schon glauben?

– Wahrscheinlich wären wir sowieso tot.

– Gut, daß kein Wind geht. Heute ist es heiß genug, daß es von selbst zu brennen anfangen könnte. Eine bösartige Hitze.

Sie arbeiteten sich weiter auf allen vieren durch die Tunnel im Zuckerrohr, bis sie an der richtigen Stelle waren. Günstig für den Wind. Und für die Flucht. Daneben lag ein *mel*, ein großer Haufen Steine, wie tausend andere auch über Generationen hinweg von Sklaven und Gastarbeitern aus den Zuckerrohrfeldern geklaubt und zu Pyramiden aufgeschichtet. Es war heiß, sogar nahe dem *mel*. Nicht die gewöhnliche Brise des Passats aus Südosten. Seltsam, dachten sie.

Sie nahmen die Streichhölzer heraus. Sie hatten ein Päckchen Matlo dabei, bereits geöffnet, obwohl beide nicht rauchten. Ein Päckchen Matlo, schon geöffnet. Sie waren nicht dumm. Sie zogen die Schachtel heraus und leerten den ganzen Inhalt aus. Ein einzelnes Streichholz hoben sie auf, steckten es zurück und legten die Schachtel auf den Boden. Dann hob Gandhi noch ein Streichholz auf und steckte es in seine Hemdtasche.

– Eins extra als Glücksbringer.

Eines nach dem anderen drückten sie die übrigen Streichhölzer in das dicke Ende des drei Meter langen Aloestocks, mit den Schwefelköpfen nach außen. Sieht gut aus, dachten sie. Ein schöner, großer runder Ball. Gandhi wickelte sich eine Bahn seines Turbans vom Kopf. Tikay schlang sie sorgsam mehrfach um die Streichhölzer herum. Gandhi zog seinen Flachmann heraus. Darin war Paraffin. Er goß es vorsichtig auf den Stoff am Ende des Aloestocks.

Sie versteckten die Spitze unter starken, trockenen Zuckerrohrblättern. Dann wechselten sie zum anderen Ende des Stocks, nahe dem *mel*. Dort schichteten sie trockene Zuckerrohrblätter zu einem kleinen Haufen unter der Spitze des Aloestocks auf. Als Zunder.

– Wir nehmen den gleichen Weg zurück, Tikay, weil da schon ein Tunnel ist. Komisch, daß wir diesen Arsch von Wächter nicht gesehen haben. Ich wüßte gern, wo er ist. Wäre besser für uns, wenn wir wüßten, wo zum Teufel er ist. Bei dem Kerl kriege ich echt Gänsehaut.

Er schauderte und blickte nach oben. Dabei erfaßte ihn leichter Schwindel. Fast schien es, als sei der Himmel in Bewegung.

Tikay gab Gandhi die Schachtel mit dem einen Streichholz darin. Obwohl sie enge Freunde waren, bezeugte einer dem anderen noch immer jenen Respekt, der einem Älteren gebührt. Deshalb berührte Tikay mit der linken Hand seinen rechten Ellbogen, während er die Schachtel mit der rechten Hand Gandhi in die rechte Hand gab. Und deshalb berührte auch Gandhi in demselben Augenblick seinen rechten Ellbogen mit der linken Hand.

– Zünde du das Streichholz an, Gandhi. Die Ehre gebührt dir.»

4

Ich
seh
mit
meinem kleinen Auge
ah was
fängt an
mit einem
W
oh
Weh
warum
nur
oh
warum
esse
ich
nicht

Ich denke an eine andere Geschichte. An eine verdammt ganz andere Geschichte. Nicht Fatmas Geschichte. Vergiß die Streichhölzer. Hier kommt eine andere Geschichte.

Für den Analytiker von Brown Sequard muß ich einen ganzen Haufen Geschichten abspulen. Nach dem Fragebogen wollen sie Aufsätze. Sie wollen Begründungen. Freie Analyse im Interesse der Forschung. Ich empfinde dies als Beleidigung. Aber das trifft nicht den Punkt. Der Punkt ist, daß es mir bessergehen soll. Besser als was, weiß ich nicht, aber auf jeden Fall besser.

Ich werde schreiben und die Frage beantworten, warum ich nicht esse.

Warum?

Weil mein Vater ein Milchmann war.

Sie sagten, ich könne weit hergeholte Sachen aufschreiben, also tue ich es. Ich spreche über meinen richtigen Vater, nicht über diesen neuerfundenen von Fatma. Mein richtiger Vater hat mich großgezogen. Und er war wirklich Milchmann. Das jedenfalls ist nicht weit hergeholt.

Er war Milchmann, und Milch war meine erste Nahrung, und ich will keine Milch mehr trinken.

Kann den Anblick von dem Zeug nicht ertragen.

Zu Hause gab es immer Milch. Milch. Milch.

«Wasch dir die Hände, Shy, bevor du an die Milch gehst. An die Milch oder zu deinem Vater.» Die Milch oder dein Vater. Da klingt etwas Komisches mit. Etwas Seltsames schwingt darin.

Den Milchbehälter vom Fahrrad saubermachen, den Meßbecher saubermachen.

«Nimm die rechte Hand, Shy. Nicht deine Scheiß-Hand. Bitte. Die linke Hand», sagten sie, «ist nur und ausschließlich zum Hinternabwischen da. Nimm die rechte Hand.»

Eine Hälfte von mir, die linke Hälfte, stand auf der Anklagebank.

Vor dem Betreten der Küche die Schuhe ausziehen, damit die Milch rein blieb. Schuhe aus Leder sind *ti ti*. Nur Gemüse essen, damit die Milch rein genug war, um sie weiterverkaufen zu können. Fleisch und Fisch «*bisayn*». «*Bisayn*», in bezug auf Milch, hieß schmutzig. Milch mußte rein genug sein, um an peinlich saubere Kunden verkauft werden zu können. Sie waren nicht von dieser Welt, so reinlich waren sie. Die Milch für sie mußte ganz und gar rein sein.

Um sich in Geld zu verwandeln. Milch war Geld für uns.

Wenn man geboren wird, auf die Welt kommt, riecht man als erstes Milch, und das ist tröstlich. Ich erinnere mich nicht, aber ich bin mir ziemlich sicher. Wenn ich mich bemühe, kann ich mich beinahe an das Gefühl erinnern, so wichtig, wie die Milch immer war. Man ließ es mich nie vergessen. Aber Milch in unserem Haus war Geld, und während Milch rein war, führte das Geld, das sie erbrachte, nur zu Verstörung.

Wie kann Verstörung das Gegenteil von Reinheit sein?

Es war so verstörend, daß wir Banbu, unser Dorf, verlassen und anderswo leben mußten, an einem besseren Ort, und zwar in Sime Basin. Das rief in mir Verstörung hervor, wenn ich so sagen darf. Oben am Hügel, und Richtung Kat Born. Viel besser, sagten sie. Wo Aufseher und Polizisten hinzogen, und Bewacher von Fischzüchtereien und Betreiber von Marktständen.

So verstörend war es, Milch und Geld, wenn man wie er die Milch von fünfzehn Kuhbesitzerinnen bezog, die im Morgengrauen zum ersten Melken ausziehen und mit der Abenddämmerung nach dem zweiten Melken zurückkommen; die mit ihren Sicheln riesige Bündel von *Syendan*-Gras, *Lakasya*-Blättern, Elefantengras, *Lerb Burik, Kasya-mani*-Blättern schneiden, zu großen, langen Bündeln auf Aloestöcke binden und sie wie Balance-Künstler im Zirkus heimtragen, die Sichel auf der Schulter, um alles Übel fernzuhalten; und sie sorgen für ihren Luxmi, den Gott der Fülle, Tag und Nacht, Tag um Tag, Jahr um Jahr; und Welcome zeigt sie in der Trockenheit bei der Polizei wegen Grasdiebstahl an und beschlagnahmt ihre Sicheln als Beweisstücke; und sie erscheinen vor dem Magistrat, der sie anbrüllt: «Hundert Rupien Strafe und fünfundzwanzig für Gerichtskosten.» Und Menschen wie er zahlen ihnen fünf Cent pro Literflasche und verkaufen die gleiche Milch, mit etwas Wasser versetzt, für zehn Cent die Literflasche an vierzig Frauen in Kat Born – so verstörend war das, daß Menschen wie er ihr Dorf verlassen mußten. Warum? Weil er es nicht ertragen konnte, seine Arbeit mit der jener Frauen zu vergleichen und sich zu fragen, warum er mindestens fünfzehnmal soviel dafür bekam wie eine jede von ihnen.

Sehen Sie. Darum.

Ich sehe meinen Vater vor mir, wie er fünfzehn Frauen melkt und dann noch vierzig andere. Die Kühe blieben immer in den Strohscheunen. Damit sie kein böser Blick traf, hieß es: *Fode pa bann la met lizye*. Doch damit blieb meinem Blick auch die Quelle der Milch verborgen. Deshalb glaubte ich, die Milch käme direkt von den Frauen. Außerdem sind Milchmänner bekannt dafür, sich gut auf Frauen zu verstehen.

Meine Mutter, Petchay, hatte mich im Bauch und wurde sitzengelassen. Der Rassenkonflikt brachte mich in ihren Bauch.

Ihr Vater, ein Wächter bei Welcome namens Soon, ebenjener Wächter bei Welcome namens Soon, schäumte vor Wut. «Deine Mutter hat nicht ordentlich auf dich aufgepaßt. Jetzt sieh dir an, was passiert ist. Das Übliche.» Als praktisch veranlagter Mensch sah er sich nach einem Ehemann für sie um. Der vielversprechende Milchmann, dachte er. Er hieß Veera Pillay. Pillay ist kein richtiger Nachname, nur ein Teil davon, aber mehr hatten wir nun einmal nicht. Das Standesamt hatte bei einer früheren Generation die Namen durcheinandergebracht. Er war Milchmann, mein Vater.

Meine Mutter wollte mich nicht haben. Ich war ihr untergeschoben worden. Jeder wußte das. Sie gab sich nicht einmal Mühe, es zu verhehlen. Sie wollte auch meinen Vater nicht haben. Auch er war ihr untergeschoben worden. Im wahrsten Sinne des Wortes, glaube ich.

Sie stillte mich nur zögerlich. Zufällig weiß ich das. Ich erkenne es daran, wie sie uns jetzt zu essen gibt. Sie hielt ihre Milch zurück. Und gab sie nur widerwillig her. Deshalb bin ich so schmächtig. Bei meiner Geburt war ich ein ekelhafter Klumpen Schleim, sagte meine Mutter. Erst später wurde ich niedlich.

«Schau sie an, ist sie nicht niedlich», pflegten die Leute im Dorf zu sagen, «die Tochter des Milchmanns. Sie ist so *kokas*, es ist nicht zu glauben.» Wir waren die Könige des Dorfes. Die Könige. Angesehen und respektiert. Schwarz. Könige und schwarz. Schwarz wie die Nacht waren wir. Ein glänzendes Blauschwarz. *«Kalin»*, sagten sie, und das hieß nicht nur pechschwarz und Ober-Ober-Oberklasse, sondern auch rein und gottähnlich. «Kalin, Coolen, Collen.» Wir waren zu gut für das Dorf. Also mußten wir umziehen und nach Höherem streben. Wie ich schon sagte, ging es auch in geographischer Hinsicht höher hinauf. Uns erfaßte Verstörung.

Und als ich in Kat Born, das noch eine Klasse höher war, in die Schule ging, machten alle Stadtkinder sich über mich lustig: «Schaut euch die Milchmannstochter an. Trägt Schuhe ohne

Socken. *Yoo yoo.* Seht doch, sie hat ihren Pullover verkehrt herum an.»

Jetzt waren wir wie die letzten Landstreicher. Weniger wert als Haifischkacke. Für die in Kat Born war ich der Bodensatz. Der Bodensatz vom Meer, tiefer unten als alles andere, tiefer noch als Haifischkacke.

Zu gut für Banbu, zu schlecht für Kat Born. Also ging ich von der Schule ab und half meiner Mutter im Haus, bis die Fabrik aufmachte und einen Bus nach Sime Basin schickte.

Ich verweigere die Milch.

Nicht nur die Milch selbst, sondern auch meine Mutter, weil sie mir mit ihrer Brust das Zögerliche einflößte, und meinen Vater, weil er ein Milchmann war. Seine Stellung als Milchmann beherrschte uns alle. Ich zumindest konnte das nicht ausstehen. Die Stellung meiner Mutter als Mutter beherrschte uns alle. Auch das konnte ich nicht ausstehen.

Deshalb esse ich jetzt nichts mehr. Ich verweigere die Milch. Und Milch heißt jedes Essen. Ich will keine Milch aus irgend jemandes Mund entgegennehmen, ob sie oder er sie nun produziert oder konsumiert. Ich will auch nicht, um einen Ausdruck aus dem Dunstkreis der Küche zu verwenden, der Sie sicher erfreut, zerquetscht werden zwischen Stadt und Land, Reich und Arm, Produzent und Konsument wie zwischen zwei Brötchenhälften. Klingt das alles reichlich wirr? Wie kommt es eigentlich, daß andere Milchmannstöchter nicht an Magersucht leiden? Gute Frage.

5

«Ein winziges Feuer züngelte auf. Es gab fast keinen Rauch ab. Nur einen Dunstschleier, wie bei einer Luftspiegelung. Es brannte nahe den Steinen, nahe dem *mel*, nur unter dem einen Ende des trockenen Aloestocks. Der Stock war knapp drei Meter lang. Am dicken Ende maß er ungefähr zehn Zentimeter im Durchmesser und am oberen etwas weniger als acht. Sie warteten ab, ob dieses, das obere Ende des langen Aloestocks, Feuer fangen würde. Alles trockene Stroh ringsumher räumten sie weg, damit es sich nicht versehentlich entzündete.

– Ja, es wird Feuer fangen. Sie warteten. Und dann geschah es. Das Ende des Aloestocks begann zu glimmen. Kein Rauch. Keine Flammen. Nur ein rotglühendes Stück Kohle. Wie ein Edelstein. Ganz langsam würde dieser Rubin sich durch den leichten, trokkenen Aloestock hindurchfräsen.

– Geschafft, sagte Gandhi.

– Wie lange wird es dauern?

– Wir haben zweieinhalb Stunden Zeit, Tikay.

Bis zum anderen Ende würde die glimmende Glut zweieinhalb Stunden brauchen, sich gemächlich durch den Aloestock hindurchfressen bis zum anderen Ende.

– Eine knappe Viertelstunde für dreißig Zentimeter.

Ein still schwelender Docht.

– Jedenfalls solange nicht zuviel Wind aufkommt. Hier ist es geschützt. Nicht bloß geschützt. Kein Hauch von Wind.

Und drüben, am anderen Ende des langen Aloestocks, wenn die glimmende Glut sich den ganzen Docht entlanggefressen hatte, warteten die Streichhölzer. Und um sie herum der paraffingetränkte Haufen trockener Zuckerrohrblätter. Eine Strohbombe. Die nur darauf wartete, ein gewaltiges Feuer zu entzünden, in dem das Zuckerrohr verbrannte, Morgen um Morgen.

– Massenhaft Zeit.
– Verschwinden wir, bevor dieser Schnüffler auftaucht.
– Eine miese Nummer, der.

Und so geschah es, als die riesigen Flammen aufzischten wie tausend Peitschen und ihr Prasseln die Zuckerrohrknötchen explodieren ließ wie ein Schuß aus Soons Gewehr, daß Gandhi und Tikay für jedermann sichtbar in ihrer *pirog* saßen, ungefähr eine Meile hinter dem Durchlaß im Korallenriff, den sie zum Fischen passieren mußten. So konnte sie der *tablisman* nicht gut von der Polizei verhaften lassen.

Und am folgenden Tag ging Biharry, der Arbeitsvermittler, mit seinem Notizbuch herum und stellte für Welcome Zuckerrohrschneider ein.

‹Laßt alles kappen›, hatte der *sef kolom* zu Biharry gesagt, ‹bevor es noch auf dem Feld zu Rum wird.› Die Zuckerbarone waren verzweifelt. ‹Müssen das Zeug sofort abernten und in die Fabrik schaffen.›

‹Fünfhundert Rupien für die Arbeit›, schätzte der *kolom* die Kosten, nach einem Blick auf die abgebrannten Felder.

‹Sechs›, antwortete Biharry und rechnete durch, ob der Preis die Arbeit wert war.

‹Schau zu, daß du schnell Männer zusammenbekommst. *Rod u zom*. Die Zeit drängt.›

Schau zu, daß du Männer bekommst. Biete ihnen eine Rupie am Tag.

Sklavenhändler, auch heute noch, wie Tikay zu Gandhi sagte.

Und so kamen Gandhi und Tikay zu ein paar Tagen Arbeit. Dies war die einzige Beschäftigungsgarantie, die sie kannten. Brandstiftung. Den Bossen das Zuckerrohr abbrennen. Die einzige Art, um bis zu ihnen vorzudringen. Mit ihren Dummschädeln. Ihr Zuckerrohr verbrennen, dann merken sie es.

‹Lohnt sich nicht, die Arbeiter das ganze Jahr zu beschäftigen›, sagten die Bosse.

Was sollten sie bei uns schon tun? Sagten sie. *Was sie bei uns tun?*

Es war Sklaverei, Shy. Hör genau zu. ‹Was sie bei uns tun.›

Dein Großvater war also Saisonarbeiter. So hieß es damals. So heißt es bis heute.

‹*Ein bißchen arbeiten, ein bißchen ausruhen*›, sagte Gandhi. ‹Ausruhen. So was von Frechheit. Ein bißchen ausruhen. *Bringt dich nur auf dumme Gedanken*. Ausruhen, von wegen.›

Gandhi brauchte damals seinen Lohn gleich. Nicht erst nach zwei Wochen oder im nächsten Monat. Jetzt und gleich. Und er bekam den Lohn für ein paar Tage, kurz vor der Geburt von Sheilas Kind. Damit konnte er sie ernähren. Mäuler stopfen. Der Hebamme ein paar Cent geben, dachte er wohl, mich im Sinn. Medizin kaufen, falls nötig. Plötzlich empfand Gandhi Abscheu für die verdammten Sklavenhalter von Welcome, und für ihren verdammten Mittler Biharry, den Sklaventreiber. Wie man immer warten mußte, bis das kleine Notizbuch herausgeholt wurde. Wie man Biharry einen Drink spendieren oder ihm hundert Sous geben mußte. *Met dilwil*, hieß das, die Rädchen schmieren. Was man anstellen mußte, um einen Tag Arbeit zu kriegen. Um für den Boß Zuckerrohr schneiden zu dürfen, sein Zuckerrohr. Und dann noch mit der *laserp*, der eigenen Hippe.

Und was für Arbeit war das? In dem immer noch glühendheißen, pechschwarzen Zuckerrohr, wo die Asche aufwirbelte, geschmolzener Zucker an jedem Halm. Hineingehen und das Zukkerrohr schneiden, aufhäufen, die Spitze kappen und am Boden zerhacken, mit zwei wütenden Hieben. Ringsum alles schwarz verbrannt. Und immer noch steigt Rauch aus der Gluthitze dieses verkohlten Scheiterhaufens auf.

Hatte man einen Stapel beisammen, so schwer, wie man ihn eben noch tragen konnte, hob man das glühendheiße, kohlschwarze Riesenbündel von Zuckerrohr auf, hievte es auf die rechte Schulter und ging damit zu dem Ochsenkarren auf dem Pfad nahe dem Feld. Manchmal bergan. Manchmal bergab. Immer verteufelt steinig. Und dann lief man über eine *madriye*, keine Ahnung, wo sie die Bäume für solche großen Planken herhaben, hinauf bis zum Karren und kippte das Zuckerrohr auf einen ordentlichen Haufen.

Wieder zurück. Schwarz wie der Teufel, die Augen leuchtend weiß; die rote Zunge hängt heraus. Ringsum sieht es aus wie in der Hölle. Die Kinder hatten Angst, einen anzuschauen, wenn man heimkam.

– Guck dir deine rechte Schulter an, Tikay, und meine, sagte Gandhi. Beide legten unwillkürlich ihre Hand auf den apfelsinengroßen Höcker an ihrer rechten Schulter. Die Arbeit hat unauslöschliche Spuren auf unseren Leibern hinterlassen. Hafenarbeiter haben den Höcker im Nacken, weil sie den Zucker in Jutesäcken auf dem Hinterkopf tragen. Wir haben ihn hier, vom Zuckerrohr.

– Müssen wir das wollen? lachte Tikay.

– Süß, nicht wahr? Zucker?

– Süße und Licht.

– *Disik Moris li byen byen du*, sang er spöttisch. Zucker aus Mauritius, ach wie schmeckt er süß.

Deshalb sagte ich, daß er kein Fischer war, Shy. Er war Zuckerrohrschneider. Warum hätte er sonst einen Höcker auf der Schulter gehabt? Sag mir das, Mädchen.

Und deshalb wußte er nicht, daß ein Zyklon im Anzug war. Deshalb stiegen er und Tikay in die *pirog*, die sie für gewöhnlich benutzten, und ruderten durch die tückische Passage zwischen den Korallen bei Flikanflak, obwohl das Meer schon leicht aufgewühlt war und im Kanal die Wellen übereinander schlagen ließ, und ruderten noch etwas weiter, setzten das Vordersegel an dem perfekt gebauten, rückwärts geneigten Mast und ließen sich davon hinausziehen, um dann lange Schnüre mit *ti-ruze* als Köder ins Wasser zu hängen. Und sie saßen auch dann noch in der *pirog*, als das Meer schon böser aussah. Weil sie auf Rauch warteten. Sobald sie Rauch sähen, wollten sie zurück an Land. Dann wären sie in Sicherheit.

Sie hatten nichts zu essen oder zu trinken dabei. Es machte nichts aus, denn ihnen war ohnehin nicht nach Essen zumute.»

6

Da bin ich also ein erfolgreicher Psychiater und Psychotherapeut auf einer paradiesischen Insel wo alle in Harmonie leben und Mauritius ist ein Musterbeispiel für die Welt wo unterschiedliche Kulturen zusammenleben und die Familie als Institution des Friedens und der Liebe gilt und jedermann tief religiös ist und ich werde von der Gesellschaft beneidet und es ist ja auch beneidenswert hier mit dem traumhaften Wetter und den kristallweißen Stränden und türkisblauen Lagunen und Mark Twain sagte zuerst schuf Gott Mauritius und dann den Himmel oder etwas in der Art und die Leute sind so freundlich hier sagt man und ich selbst bin auch ziemlich freundlich und habe eine glückliche Familie bin verheiratet mit einer prächtigen Frau außerdem sehr hübsch und sogar tatsächlich irgendwie mit mir verwandt um zu zeigen wie sehr alles in Butter ist und meine zwei Brüder oder vielmehr zwei meiner drei Brüder sind mit zwei Schwestern meiner Frau verheiratet und ich habe eine schöne Privatpraxis genau in der Straße wo Ärzte ihre Privatpraxen haben sollten nämlich in Lari Deforz und sie ist gleich nebenan oder ehrlicher gesagt direkt in einer Apotheke und ich praktiziere nebenbei als Psychiater am Brown-Sequard-Hospital wo ich ein volles Facharztgehalt beziehe und man mir alle Arten von interessanten Forschungsfällen gibt wie neulich den einer jungen Fabrikarbeiterin die keine Nahrung mehr zu sich nimmt und all die anderen interessanten Arbeiten mit denen Psychiater in aller Welt sich beschäftigen und ich versuche manchen der repressiveren Aspekte im Brown-Sequard-Hospital aus dem Weg zu gehen und bin glücklich mit meiner Arbeit und glücklich mit meinem Zuhause und wohne in einem großen zweistöckigen Betonhaus in Morselman Sen Zan eine Gegend ohne das Wirrwarr von Tabakläden schmuddeligen kleinen Geschäften Fahrradwerkstätten Schneidersalons Schustern die bei der Arbeit sitzen Uhrenflickern Friseurläden barfüßigen Kindern genau besehen eine Gegend in der es keinerlei Anzeichen von Leben gibt und unser Haus steht unter Bewachung und hat eine ordentlich gestutzte hohe Bambushecke rundherum und ein Vorhängeschloß an dem riesigen schmiedeeisernen Tor und anders als all die anderen Betonhäuser in der Straße mit ihren Einbruchssicherungen und ihren zwei Meter fünfzig hohen Bambushecken und ihren Bewohnern die ich nicht kenne noch je gesehen habe anders als all diese hat mein Haus kein flaches sondern ein schräges Betondach und hebt sich so von den anderen ab und ich kümmere mich jovial um meinen Schwiegervater der bei uns im Haus wohnt und meine Frau braucht nicht zu arbeiten nicht einmal Teilzeit und kann die ganze Zeit in dem einbruchssicheren Haus bleiben wenn sie denn will und selbst im Garten ist sie eingezäunt von hohen Bambushecken obwohl sie trotz meiner umsichtigen Vorkehrungen anführte es könne Nachbarn geben die durch die Hecke zu ihr hinspähen und sie sagte auch sie habe Angst vor Einbrechern denn wenn es keine gäbe wozu hätten wir dann eine Einbruchssicherung und auch vor *marsan mersri* die Dinge an der Haustür verkaufen und um derentwillen sie ein Schild an die Tür hat nageln lassen mit der Aufschrift Bitte keine Hausierer und vor Klempnern die Reparaturen ausführen sollen weil sie nicht will daß jemand in unsere Abflußrohre hineinschaut sagte sie und vor dem *dhobi* der angeblich ihre Unterwäsche stiehlt und vor den Arbeitern die die Küche umbauten und so sagte sie durch das Badezimmerfenster guckten während sie in der Wanne saß und vor unserem eigenen Gärtner der wie sie zu bemerken glaubte sie komisch ansieht und manchmal drängt sich mir der Gedanke auf daß sie alles tun würde damit irgendwer sogar oder vielleicht besonders ein Einbrecher die Mauern um ihr Leben niederreißt aber ich persönlich glaube daß sie im tiefsten Inneren sehr glücklich ist und ungefährdet wie die Häuser wie meine drei Kinder die zwar lustlos wirken mürrisch unzufrieden reizbar eingebildet und permanent gelangweilt und wie mir scheint über nichts Bescheid wissen nicht über die

Flora und Fauna des Landes noch wie man in ein *pukni* bläst um Feuer zu machen oder wie man einen Drachen macht oder einen Kreisel oder wie man einer Ziege das Fell abzieht trotzdem sind sie die Besten in ihrer Klasse oder unter den ersten zehn oder so und ich lasse sie bei ihren Klassenlehrern Privatstunden nehmen was ein Vermögen kostet und zwar in allen Fächern nicht bloß in ein paar und sie haben Tanzunterricht und Klavierunterricht und scheinen trotzdem nichts zu wissen oder richtig zu mögen und ich habe einen BMW und meine Frau einen Renault und wir haben Videokassetten daheim mit unserem ganzen glücklichen Leben darauf damit es für ewig auf Band gebannt bleibt dieses oberflächliche Bild alles gefilmt und aufbewahrt und dennoch bin ich angeblich nicht nur Psychiater sondern auch Analytiker und dabei verträgt mein Leben es nicht unter der Oberfläche betrachtet oder gar analysiert zu werden und es kommt mir vor als segelten alle einschließlich mir selbst im Badedreß auf einem Windsurfbrett dahin während unter Wasser wenn wir uns nur die Mühe machten die Taucherbrille aufzusetzen wenn ja wenn sich uns ein ganz anderes Bild bieten würde von Gemetzel und Haien die blutige Beute verschlingen und Aalen die hinterrücks Tintenfischarme abbeißen und Barracudas die blitzschnell kleine Fische schnappen und schlimmer noch vielleicht waren wir die Haie und Aale und Barracudas und dennoch wenn ich es nur jemandem erzählt hätte wäre es jetzt vielleicht anders gekommen aber was genau hätte ich erzählen sollen wo es doch von außen so anders wirkt so ordentlich und beneidenswert aber verträgt es ein genaueres Hinsehen oder hätte ich was auch immer sagen können und hätte es überhaupt etwas genützt aber wenn man niemandem davon erzählt ist es die Stille oder besser das Vertuschen oder noch genauer jene Lüge die wächst und wächst und zu einem rasanten Betrug wird und dann ist sie Teil der alltäglichen Wahrheit und dann ist es zu spät irgendwem irgendwas zu erzählen und als Hosenally schließlich sagte komm und schau sie dir durch die Spionscheibe an ein interessanter Fall da war es schon viel zu spät für mich um irgendwas zu sagen weil ich nicht mal Hosenally von ihr erzählt hatte noch sonst irgendwem und nun da sie im Gefängnis war und zur Beobachtung geschickt wurde, wie konnte ich da noch etwas sagen wenn sie schon als interessant angesehen wurde wie eine Art Fallstudie und wenn ich irgendwas zu Hosenally gesagt hätte wäre ihm klargeworden daß ich ihm Wissen vorenthalten hatte nicht nur über sie die er nicht kennt sondern auch über mich seinen angeblichen Freund seit zweieinhalb Jahren und daß ich in Wirklichkeit gar nicht sein Freund war sondern eine Art Fremder und er hätte Bescheid gewußt über tausend Halbwahrheiten und sogar Lügen die ich ihm erzählt hatte und meiner Frau und den Kindern und jedermann und darüber daß sie nun Teil eines sogenannten Skandals war mit der ganzen Aufregung in der Presse über die Mörderin von Rozil obwohl ich gehofft hatte angesichts ihrer Verbindungen zu den Pressezaren würde man sie verschonen aber entweder war die Verwandtschaft nicht nahe genug oder sie war ihnen zu dunkelhäutig oder zu arm jedenfalls schonte die Presse sie nicht und stellte sie als kaltblütige Mörderin hin die mit zweiunddreißig Messerstichen ein neugeborenes Baby getötet hatte das nicht oder so fürchte ich vielleicht doch von mir war und ich hatte ihren Bauch nicht mal richtig bemerkt dachte nur sie legt an Gewicht zu und sie sagte kein Wort nur daß sie zu nichts aufgelegt sei schon gar nicht dazu mich sie berühren zu lassen und wir stritten uns häufig sie meckerte daß ich meine Frau nicht verließ wie ich es versprochen hatte wo meine Frau mich doch nicht verstand und sie drohte sogar mich zu erpressen alles öffentlich zu machen so daß wenn wir uns trafen und das geschah häufig nichts mehr übrig war nicht einmal der sexuelle Kontakt nicht einmal Zuneigung nur eine Art zwanghafte Wand zwischen uns so daß sie nicht einmal um Geld bat für die angeblich siebte Abtreibung in den dreißig Monaten unserer *komeraz* dieser Affäre denn was sonst soll ich dazu sagen als *komeraz* oder Affäre außer ich nenne es jene Sache, was also konnte ich zu diesem Zeitpunkt zu diesem speziellen Zeitpunkt zu Hosenally sagen darum blieb ich bei derselben alten Lüge und sagte ich würde später kommen und er sagte nein ich solle gleich kommen weil er noch nie jemanden gesehen habe der so verschlossen und kalt sei und er wollte wissen ob ich glaube daß ihr bewußt sei was sie getan hatte und schließlich hätte ich Fachkenntnisse im Bereich Kindsmord und postnatale Depression und so seufzte ich auf und ging mit Hosenally hinüber zu dem Raum mit dem Einwegspiegel um sie anzuschauen ohne daß sie eine Ahnung hatte daß jemand sie betrachtete und ich sah sie an und da war sie Françoise saß da starrte in die Luft als sei sie nicht in diesem Raum gefangen sondern in sich selbst und als ich dastand vor dem betrügerischen Einwegspiegel bevor ich merkte daß ich nur dastand und starrte wurde mir zum erstenmal bewußt in welches Gefängnis ich mich selbst bereits gesteckt hatte weil ich anscheinend nicht durch das Glas zu schauen vermochte und ich sah sie ich sah Françoise darauf wie eine Figur im Fernsehen und ich fühlte nichts als wäre ich selbst eine Abbildung auf einem Bildschirm zweidimensional eingepreßt auf dem Glas und ich konnte mich nicht rühren als hätte ich ein Mittel zur Muskellähmung eingenommen oder als wäre ich in einem Alptraum befangen in dem ich sosehr ich mich auch bemühte kein Lebenszeichen von mir geben konnte und mit immer noch leerem Blick sah ich sie an als sei sie nichts nicht einmal eine interessante Patientin und die ganze übrige Welt eine Lüge und sie noch mehr Lüge und ich auf der paradiesischen Insel ein erfolgreicher und glücklicher Mann von allen und jedem respektiert und ich hatte das Gefühl als fiele ich und fiele und fiele endlos ewig ohne je mit einem Ruck zu erwachen und zu wissen daß es ein Alptraum war

7

Ich
schreibe.
Ich
mag
sogar
lügen
wenn ich
so sagen
darf.
Ich
Shy
richtig
oder falsch
Ich
ergründe
Warum?

Ich erkläre mich einverstanden, die Frage nach dem «Warum?» zu beantworten.

Fängt sich leichter an mit einem Gedicht. Ich schreibe auf, um mich zu heilen. Sie, falls ich Sie so anreden darf, Sie sagten, ich solle aufschreiben, warum warum warum ich nicht esse. Sie sagten, ich könne die Wahrheit schreiben oder glatte Lügen, ganz wie ich will. Beides wäre in Ordnung. Sie sagten, Dinge aufzuschreiben könne eine Therapie sein. Eine ganz neuartige Therapie, sagten Sie. Ich könne meine Gründe, nicht zu essen, aufschreiben, damit Sie sie lesen, oder für mich selbst oder für die Nachwelt oder damit keiner sie liest oder was auch immer. Sie sagten auch, ich solle versuchen, falls überhaupt möglich, nicht mehrere auf einmal, sondern immer nur eine Begründung zu nennen und mich darin zu vertiefen, in sie einzutauchen wie für die Ewigkeit. Sie sagten, möglicherweise sei etwas in mir blockiert, und ich solle es aus mir herausschreiben, dann hätte ich Raum, um Dinge aufzunehmen. Eine Verstopfung im wahrsten Sinn des Wortes. Die der Entleerung bedarf. Wenn ich Sie richtig verstanden habe. Sie sagten es halb im Scherz. Sie sagen alles halb im Scherz. Weswegen Sie, im Gegensatz zu vielen anderen, mich nicht noch mehr vom Essen abbringen. Das ist meine Art zu scherzen. Und deswegen schlägt Ihre Therapie vielleicht auch schon an, denn bis vor kurzem habe ich nichts von der lustigen Seite betrachten können.

Sie meinen auch, daß ich es schaffen kann.

Ich glaube Ihnen nicht ganz. Aber ich will nicht sterben. Also werde ich Ihre Vorschläge befolgen.

Auf jeden Fall würde ich mir gern beweisen, daß ich Nahrung nicht deshalb zurückweise, um den anderen eins auszuwischen oder um Aufmerksamkeit zu erregen. Obwohl ich den Verdacht habe, daß es so sein könnte. Ich bin sicher, es kann nichts anderes sein.

Der Hauptgrund, warum ich aufhörte zu essen, war, daß ich dünn sein wollte. Schlank. Biegsam. Grazil. Leicht wie eine Feder.

Also hielt ich Diät.

Ich wollte, daß mein ungebärdiger, verrückter Haarschopf, dieser wild gewordene Mangustenschwanz, gegen meine Schlankheit absticht. Sie haben mich noch nicht mit offenem Haar erlebt: ich sehe aus wie die wilde Frau aus Kat Borneo. Mein Haar ist ein Geheimnis. Ich binde es zu einem ordentlichen Zopf auf dem Rücken, ziehe es straff nach hinten.

Aus meiner Kindheit erinnere ich mich an all die alten Frauen, wie sie so dasaßen und den kleinen Mädchen auf ihren Schößen zugurrten: «Li gro, li kler, li ... zoli.» «Sie ist pummelig, sie ist hell, sie ist ... hübsch», sangen sie. Und ich war nicht pummelig. Ich war mager wie ein Hering, nichts als Knie und lange Handgelenke und abstehende Ohren unter meinem zurückgebundenen Haar. Ich war schmächtig. Ein eckiges, schmächtiges Mädchen.

Schultern wie ein Kleiderbügel, was nicht in Ordnung war, und dann bloß ein paar dünne Knöchelchen, die an den Schultern dranhingen.

Aber ich gewöhnte mich daran.

So war ich eben.

Und dann wuchs ich heran, wurde zwölf, nahm die Papiere meiner Schwester und ging in die Spinnereifabrik. Nun bin ich bald dreiundzwanzig und habe fast zehn Jahre Arbeitserfahrung hinter mir. Zehn Jahre lang Fäden aus Wollebündeln spinnen und Kragen nähen, Kragen und nochmals Kragen. Weiß nicht, für wen ich das alles eigentlich tue oder was überhaupt daraus wird. Ich fühle mich alt und ausgelaugt. Geht es uns nicht allen so. Dieses ständige Auf und Ab. Wie ein Tier, fühle ich mich so? Wie ein Ochse, um genau zu sein, der ins Geschirr geduckt seine Arbeit tut. Im Sitzen, an der Maschine. Andere, wie ich bei meiner ersten Stelle, müssen den Fadenlauf im Auge behalten, und wenn er reißt, was alle paar Minuten passiert, steigen sie auf einen Stuhl und binden ihn schnell wieder zusammen, und das tun sie tagein tagaus, acht Stunden Schicht, durchwechselnd. Von sieben bis drei, von drei bis elf, von elf bis sieben. Und wieder von vorn.

Und ich habe mich nie beklagt. Bitte verstehen Sie mich nicht falsch. Ich beklage mich auch jetzt nicht. Auf jeden Fall arbeite ich lieber bei der Zwirnherstellung, als im Takt der Mulemaschine hin und her rennen zu müssen wie meine Kolleginnen. Andere arbeiten härter als ich. Vor allem jetzt, da ich Fließbandnäherin bin, fest an einem Platz sitze, mit Rückenschmerzen, und Kragen um Kragen nähe. Aber ich denke viel darüber nach, warum wir solche Sklavenarbeit tun müssen. Warum habe ich mit zweiundzwanzig schon zehn Jahre Arbeitserfahrung. Im nächsten Jahr wird der Boß mir vermutlich eine Urkunde für treue Dienste überreichen, sechs Jahre bei dem gleichen Arbeitgeber. Wo kommt die Arbeit her und wo geht sie hin? Irgendwer weiß es vielleicht, aber ich habe keinen Schimmer. Manchmal macht mich das tief innen stinkwütend. Ich weiß nicht, was es ist. Mit diesen acht Stunden mein Brot zu verdienen, hat mir das Kreuz gebrochen.

Ich mußte viel essen. Das taten wir alle in der Fabrik. Ich war richtig stolz, daß ich ein bißchen rundlich wurde. Endlich pummelig. Zwar weder hellhäutig noch … hübsch, aber wenigstens pummelig. Und als Näherin bewegte ich mich weniger. Viel weniger als an der Zwirnmaschine. Ich bewegte mich eigentlich überhaupt nicht mehr. So wurde ich richtig schön rund und speckig. Und das gefiel mir.

Ich erinnerte mich an die knubbeligen, kugelrunden Babys, die von den Frauen wie Teig durchgeknetet wurden. Sie rieben das Baby mit Kokosnußöl ein und massierten es dann von Kopf bis Fuß. Streichelten und drückten die Arme, die Beine und den rundlichen kleinen Körper. Die Babys gurrten. Die Erinnerung an jene Zeit muß in mir hochgekommen sein. Es gefiel mir. Ich war mollig geworden.

Die anderen sagten zufrieden «Ah» und zeigten Stolz und Freude über meine neue Figur.

Und dann wurde auf einmal eine andere Tonart angeschlagen. Ohne Ankündigung. Ohne Vorwarnung. Einfach so.

Plötzlich fing jeder damit an: wer hübsch sein will, muß dünn sein. Wer gesund bleiben will, muß dünn sein. Und auch wer glücklich sein will, muß dünn sein. Alle Zeitschriften schrien es mir ins Gesicht. Im Fernsehen kam es auch. Die Regierung finanzierte sogar Reklame gegen Überernährung. Die rechtmäßig gewählte Regierung. Ich übertreibe nicht. Nur die Großmütter und die alten Tanten hielten stand und blieben bei ihren Ansichten, tun es bis heute, und verwarfen derartige Vorstellungen. Sie lieben alle, die rundlich, mollig, ja sogar fett sind. Noch immer sagen sie zu mir: «Um Himmels willen, *baap-re-bap*, was ist in dich gefahren? Du siehst aus wie ein Wrack. Wohin ist das alles verschwunden?» Aber so ist es jetzt eben. Vorher, als ich ein bißchen zugelegt hatte, gurrten sie, wie die Babys, vor Freude über meine üppigen Formen.

Zugleich mit dieser neuen Tonart, wie ich es nenne, daß Dünnsein Schönheit, Gesundheit, Glück, ja sogar Geltung und all das bedeute, kam noch etwas anderes auf.

Auf einmal gab es Reklame gegen Akne; und damit meinten sie mein Gesicht. Junge Leute fanden mein wunderschönes pokkennarbiges Gesicht plötzlich häßlich; sie sahen nicht mehr das Gesicht, sondern nur noch die Pockennarben, die bisher einem jeden, einschließlich mir, als Zeichen von Schönheit gegolten hatten. Nun hielten nur noch die alten Frauen meine Pockennarben für schön. Nur sie betrachteten meine Rundlichkeit als Beweis für den Respekt, der mir zustand.

Ich ließ mich von den anderen beeinflussen, nicht von den alten Frauen. Diesen Fehler begehen viele. Ich jedenfalls tat es.

Ich fühlte, daß ich, um weiterleben zu können, dünn werden mußte. Die Bürde, glücklich zu sein, lastet auf mir, auf mir persönlich, als Individuum, und auf meinem körperlichen Vorhandensein. «Ich» bedeutet meine Figur. Und diese Figur muß dünn sein. Also hielt ich Diät. Ich begann weniger zu essen. Das war der Grund. Einfach eine Diät.

Nicht zuviel hiervon. Nicht zuviel davon.

Nur dies. Das nicht.

In dieser Nahrung ist Fett. In jener nicht. In dieser Nahrung sind Kalorien. In jener nicht. In dieser Nahrung ist Cholesterin. In jener nicht. In dieser Nahrung sind Kohlehydrate. In jener nicht. Dieses, jenes, dieses und jenes.

Allmählich konzentrierte ich mich immer stärker auf die Nahrung. Auf das, was in mich hineinkam. Und dann, statt mich auf die Form meines Körpers zu konzentrieren, achtete ich nur noch auf die Nahrung selbst, auf das, was durch meinen Mund in meinen Körper gelangte. Ich habe so genau auf Nahrung geachtet, daß ich jetzt, genau hier und jetzt, um die Wahrheit zu sagen, einfach überhaupt nichts mehr essen will. Danke sehr.

Wenn man nur lange genug über Nahrung nachdenkt, bleibt nichts übrig, was man guten Gewissens essen könnte. Immer ist es zuviel von dem oder zuviel von jenem. Oder sonst einfach nicht besonders appetitlich. Warum überhaupt noch essen?

Also hörte ich auf damit. Das ist mein erster Grund. Ich glaube, es ist mehr Wahrheit als Lüge darin, aber vielleicht nicht die ganze Wahrheit. Ich bin auf einer Diät des absoluten Wahnsinns.

Das ist wahr. Und ich hatte Angst, daß Dinge aus meinem Körper hervorbrechen würden.

Ich hatte schlimme Akne gehabt, wie man heute sagt und wie Sie zweifellos bemerkt haben. Deshalb ist mein Gesicht über und über pockennarbig.

Auch dies galt als schön, wie ich schon sagte. Manche Dinge dürfen durchaus wiederholt werden.

Schauen Sie sich Om Puri an.

Läßt ein glattes Gesicht häßlich erscheinen.

Die schönste Schauspielerin von allen.

Und auch hier wurde ich ein Opfer von Verrat. Plötzlich fanden sie alle, Pockennarben seien häßlich. Ganz plötzlich, ich sage es Ihnen.

Davon bekam ich Todesangst. Wenn nun das, was unter meiner Haut war, in mir drin, wieder hervorbräche, als neuer Anfall von Akne? Wenn nun das, was ich aß, Akne hervorrief?

So plagten mich zwei miteinander gekoppelte Sorgen. Nichts in mich aufnehmen – und nichts aus mir herauslassen zu wollen.

8

«Sheila kam zurück vom Grasschneiden für die Kuh Luxmi. Alle Kühe heißen Luxmi, und jede Kuh ist die Göttin der Fülle. So sagte Sheila, als sie mir Luxmi vorstellte, und Sheila kennt sich da aus. Ihre Hündin begrüßte sie mit Schwanzwedeln. ‹Wie geht's deinen Kleinen?› fragte Sheila sie.

Bevor sie daranging, das Gras abzuladen, legte sie eine Hand auf ihren Bauch und strich liebevoll über seine Wölbung. Obwohl es ihre erste Schwangerschaft war, wußte sie, wie alle Bauersfrauen, genau, daß die Wehen bald einsetzen würden. Sie ließ das vordere Ende des langen Grasbündels langsam nach unten gleiten und stellte es am Boden ab, ein dreißig Kilo schweres Bündel Gras, rund um einen Aloestock gewickelt und mit *lalyann*, einer langen Kletterpflanze, umwunden. Sie hatte keine Zeit, sich um die Kuh zu kümmern. ‹Ich vernachlässige meine Götter›, dachte sie. Rief nur: ‹O Luxmi, so wie du werde auch ich bald ein Kleines haben.› Das brachte sie zum Kichern.

Sie schickte ihre Nachbarin, um mich aus dem Haus einer Freundin zu holen, wo wir uns bis zur Geburt die Zeit vertrieben, schwatzten, Reis auf einen *vann* sortierten und unser Gelächter wie Spreu durch die Luft wirbeln ließen. Ich war aus Be di Tombo gekommen. Nach Por Lwi gelaufen. Vom Bahnhof Viktorya mit dem Zug bis zur Station Welcome, und dann zu Fuß bis zum Haus deiner Großmutter in Flikanflak.

Deine Großmutter war jünger als ich, und sie liebte Farben. Bunte Saris. Manchmal wickelte sie sich ihren Sari um die Knie und fuhr mit Gandhis Fahrrad, das er als Bezirksvertreter mit einem Darlehen von der Arbeiterpartei gekauft hatte, die Hauptstraße hinunter. Sie war wie ein Mädchen. Verspielt. Einfach so. Sie konnte die ganze Nacht auf der *dolok* trommeln, singen und mit den alten Frauen tanzen bis zum Morgengrauen.

Vor meiner Ankunft mußte sie sich entkleiden und waschen. Sie nahm den Schal ab, der ihren Hut hielt, dann den Hut selbst und hängte ihn an einen Nagel. Sie zog eine von Gandhis alten Khakijacken aus, worunter sie der Schicklichkeit halber ihren *horni* trug. Dann einen *choli*. Sie löste die Bänder ihrer Pumphosen, die wiederum aus einer alten Khakihose ihres Mannes umgearbeitet worden waren. Dann ihren schweren blauen Rock, zum Schutz gegen die Dornbüsche. Sie war barfuß und trug keine Unterwäsche.

Sie zog ein altes Kleid an und ging dann zum Waschen an die Wassertonne. Von Kopf bis Fuß, besonders Hände und Fußsohlen. Nur untenherum wusch sie sich im Abtritt, mit viel Wasser aus einem Blechtopf. Dann ging sie wieder hinein und legte ihr frisch gewaschenes, trockenes Baumwollgewand an. Einer Reihe von Göttern, denen das herzlich egal war, dankte sie dafür, daß sie an jenem Morgen noch die Wäsche hatte besorgen können. Sie hatte an der Quelle im kühlen Wasser gestanden, ihre und Gandhis wenigen Kleidungsstücke auf dem Waschstein am Bachrand durchgewalkt, sie zum Bleichen ausgelegt, ausgespült und zum Trocknen auf die Büsche gehängt. Dann war sie selbst von Kopf bis Fuß im Strom untergetaucht und hatte sich die Haare gewaschen. Stellte sich dabei vor, ein blauer Krishna beobachte sie und andere Frauen beim Baden im Fluß. Bis sie wieder angezogen war, hatte die Morgensonne die Kleider schon fast getrocknet.

Als ich zu ihrem Strohhaus kam, das nur aus einem Raum bestand, die Böden aus festgetrampeltem Kuhdung blitzblank und schmuck, sah ich auf der Veranda Gandhis Fahrrad, das er mit der Anleihe bei der Arbeiterpartei gekauft hatte, und sagte: ‹Zum Glück ist er da, falls ich jemanden zu Hilfe holen muß.›

‹Er ist zum Fischen gegangen›, sagte Sheila und hielt ihren Bauch umklammert. ‹Ich habe zwei Nachbarinnen Bescheid gesagt, die mit mir beim Grasholen waren. Ich mußte zweimal gehen, einmal für die jumnapurry, diese hungrige Mutterziege, und einmal für Luxmi. Sie haben versprochen zu kommen.›

‹Ab ins Bett. Warte noch, so sauber, wie du bist, muß ich erst das frische Laken aufziehen, Dummerchen.›

Und dann hörten wir zum erstenmal davon. Der Wächter von Welcome, Soon in höchsteigener Person, kam mit seinem Gewehr die Straße entlang. Er rief etwas. Die Hündin schoß aus dem Loch, in dem sie mit ihren beiden Welpen lag, bellte seine Stiefel an und versuchte an seinen Hosen zu zerren.

‹Ruf deinen Hund zurück, *bowji*, wo ist Gandhi?› Dann rief er wieder seine Botschaft: ‹*Siklonn*, es kommt ein Zyklon› und ‹Trefft Vorkehrungen, Befehl von Welcome.›

‹Klingt, als wäre Welcome so eine Art Gott, der Zyklone losschickt. Befehl von Welcome, daß ich nicht lache. Als nächstes sagen sie uns noch, wann wir gebären dürfen. Ihr habt mir gar nichts zu befehlen.› Sheila war weiß Gott nicht auf den Mund gefallen.

Und mit Soons finsterer Warnung vor dem Zyklon setzten bei Sheila die ersten richtigen Wehen ein.

‹Noch nicht pressen, *aspere*›, sagte ich zu ihr. ‹Warte noch.›

Um Witzeleien war ich nie verlegen, das muß ich schon sagen. Ich sagte ihr, sie solle sich vorstellen, aus dem Baby würde eines Tages so ein Halunke von Streikbrecher werden, und deswegen sollte sie ihn bei sich behalten und nicht auf die Welt loslassen. Sie lachte und gehorchte.

‹Entzündet das Holzkohlenfeuer›, wies ich die Nachbarinnen an. ‹Das Mädchen muß es warm haben.›

Und dann bekamen wir eine erste Ahnung von dem, was uns bevorstand. In der Ferne erhob sich ein seltsamer Klang, wie ein dumpfes Grollen. Die ältere Nachbarin sagte: ‹*Siklonn pe vini.* Das ist der Zyklon. Er kommt. Es ist wie bei dem von 1937.› Und der Klang kam näher und näher und wurde zum ersten Windstoß. Zum allerersten Windstoß. Er schüttelte das Haus durch. Verwandelte den Eukalyptusbaum in einen Mast, an dem eine einzige große Kugel hing statt Millionen von Blättern. Sämtliche Blätter ballten sich zu einer einzigen Riesenkugel zusammen. Und der Stamm schwankte und tanzte wie ein hoher Mast, hin und her, wie betrunken, ließ den Kopf hängen und peitschte dann rundherum. Nach ungefähr zehn Sekunden war der Windstoß vorbei, und es herrschte wieder die seltsame Stille.

‹*Ala li kumanse*. Das ist erst der Anfang›, sagte die Nachbarin.

Man hörte, wie erste Vorkehrungen getroffen wurden. Fischer versammelten sich am Strand und zankten, ob die Piroggen jetzt oder später aus dem Wasser zu ziehen seien. Daran gewöhnt, jeder für sich zu fischen, wurden sie wütend, weil sie sich zusammentun mußten, um die schweren *pirog* auf den Strand zu schieben. Hoch oben auf den Strohdächern sicherten die Leute ihre zerbrechlichen Häuser und riefen den Nachbarn ein paar Worte zu.

Andere liefen zu dem schäbigen kleinen Laden, um Seile und Nägel zu kaufen. Die Hämmer gingen von Hand zu Hand. Fast keiner hatte Werkzeug. In dieser Arbeitersiedlung war Werkzeug eine Seltenheit.

‹Er ist noch nicht zurück›, sagte sie.

Ich sagte ihr, sie solle sich keine Sorgen machen. Mir blieb nichts anderes übrig. Was hätte ich sonst sagen sollen, Shy? Ich, die immer bei der Wahrheit bleibt. Ich konnte nicht anders als ihr sagen, sie solle sich keine Sorgen machen.

‹Er ist noch nicht zurück›, sagte sie wieder und wieder.

‹Warum ist er zum Fischen gegangen, Sheila? Habt ihr genug Essen und Kerzen im Haus?›

Die Nachbarinnen sagten, sie müßten noch ein paar Vorkehrungen gegen den Zyklon treffen; danach wollten sie wiederkommen und noch ein paar Kerzen mitbringen. Sie hatten Feuer im Holzkohleofen, dem *reso*, gemacht, und eine eigenartige Wärme durchglühte den Raum.

‹Ich weiß nicht, soll ich ihn drinbehalten oder herauspressen, Fatma.› Ich sagte ihr, es sei noch nicht an der Zeit. Was stimmte. Seine Schädelkrone, die ich schon tasten konnte, schob ich mit der Hand zurück. ‹Dein Körper ist noch nicht bereit.› Hielt ihre Schultern mit einem Arm und das winzige bißchen vom Kopf des Babys, das jetzt sichtbar war, mit der anderen Hand.

‹Wie kann ich bereit sein, zu so einer Zeit?› Plötzlich ging ein Ruck durch ihren ganzen Körper. ‹Bereit?› sagte sie höhnisch. ‹Bereit? Wie denn, wenn Gandhi draußen auf See ist und dieser Schnüffler von Soon mit einer Zyklonwarnung daherkommt.›

Sie war straff wie eine frisch gespannte dolok-Haut. Bis zum Platzen gespannt wie eine Ravane in der Mittagssonne. Wie eine Trommel. Sie stachelte ihren Körper zu Wut und Groll auf den Eindringling darin an. Ich spürte es. Und wußte, daß die Geburt schwierig werden würde. Genau so, wie ich bis dahin davon ausgegangen war, daß sie leicht verlaufen würde. Nun wußte ich, daß dem nicht so war.

‹Kann ich rausgehen und nach seiner *pirog* Ausschau halten?› Was konnte ich schon erwidern, Shy, außer natürlich: auf keinen Fall. Wiederum sagte ich: Es wird schon alles in Ordnung sein mit ihm.

‹*Larmwar*›, sagte sie. Das heißt Küchenschrank. ‹Wie ein riesiges Trumm von Küchenschrank, so fühlt er sich in mir an.›

‹Jetzt entspann dich einfach. Und hör mir zu.› Ich versuchte alles.

‹Ich brauche kein Buch, um einen Namen für ihn zu finden. Was sie im Panchang auch sagen, ich nenne ihn Lallmohar, abgekürzt Larmwar.› So war sie, deine Großmutter. Wie ein wildes Tier. In gewisser Weise sollte er ihr nachgeraten.

Und als die letzten Wehen kamen, befahl ich ihr, stark zu pressen, und auf die Welt kommen würde ein Held der Arbeiterklasse oder sogar, wenn sie großes Glück hatte, eine Heldin der Arbeiterklasse, deren Namen auf ewig verehrt werden würde. Eine große Befreierin aller Armen wie wir selbst. Oh, es gab Träume, und Witze, und albernes Geschwätz bei uns Frauen. Die ganze Zeit hatte ich nur Gedanken für Sheila. Das ungeborene Baby war ein Mythos. Ein Küchenschrank, um es mit ihren Worten zu sagen.

Wenn sie preßte, drückte ich auf ihren Bauch. Ich drehte den Kopf des kleinen Wurms herum und war schließlich bereit, dieses Früchtchen herauszuziehen.

Aber er weigerte sich, geboren zu werden.

Was wußten wir damals schon, Mädchen, daß Larmwar, nachdem er zu einem prächtigen Mannsbild herangewachsen war, später auf den Namen Laval getauft und ein Verräter, ein Streikbrecher werden würde, und dann auch noch ein Held der

Arbeiterklasse. Das Bündel Unschuld sollte zu dem Gebrochenen Mann werden, dem die Geschichte nach und nach ihren Stempel aufdrückte.

Mit dem nächsten starken Windstoß kam der Geruch von Rauch.

‹Was ist das für ein Rauch, doch nicht etwa von einem Haus?› Sheila hatte sich die Sorgen der ganzen Welt aufgebürdet. Eine Nachbarin kam dazu. Sheila schickte sie während eines weiteren Windstoßes los, es herauszufinden.»

9

Ich bin
Kokosnuß
Scheu
Ich bin
Eß
Scheu
Heilige
Kokosnuß
warum
esse
ich
nicht.
Wollte ich
daß
meine
eigene Mutter
Spenderin
meines Lebens
stirbt?

Es liegt nicht an der Diät, wie ich beim letzten Mal gesagt habe. Es ist etwas anderes. Etwas Bedeutenderes. Reinheit. Ganz nahe an Gottgleichheit. Oder vielleicht sogar Teil davon.

Ich faste.

Denn Fasten bedeutet, mich zu läutern und rein zu sein, und rein zu sein heißt, heilig und fromm zu sein, und ich will heilig und möglichst auch fromm sein.

Ich war zu Hause und war ungefähr dreizehn und hatte in der Fabrik gearbeitet, da bekam ich eines Abends einen Weinkrampf und konnte nicht mehr aufhören, und sie liefen alle zusammen und brachten mich per Taxi bis zur Irrenanstalt vom Brown Sequard, und die Ärzte sagten, sie sollten mich dort lassen. Sie würden mich behandeln, sagten sie. Irgend etwas dagegen tun. Sie gaben mir eine Schockbehandlung. Schickten mich dann nach Hause.

Zwei Tage später bekam ich zum erstenmal meine Periode.

Es war einfach ein schwerer Fall von prämenstruellem Syndrom gewesen, schätze ich jetzt, im Rückblick, Herr Doktor.

Elektroschock gegen die Periode.

Das ist Ihr Beruf, nicht wahr. Sie arbeiten an diesem verdammten Ort. Ich bin hier schon gewesen.

Also, ich war wieder zu Hause. Und was sagten sie mir dort?

Raten Sie mal.

Sie sagten: Schlaf auf der Grasmatte, nicht in deinem Bett, das sagten sie. Unrein. Und wasch deine Kleider nicht auf dem Waschstein, den alle anderen benutzen, sagten sie. Sie flüsterten. In einem Tonfall, als sprächen sie über etwas Schmutziges. Insgeheim Schmutziges. Dreck. Unreinheit. Wenn du deine Periode hast, gibt es einen eigenen Stein für dich, sagten sie. Soll das heißen, jeder weiß, wann ich meine Periode habe, fragte ich. Halt den Mund, Mädchen. Schämst du dich nicht? Ich war sauer. Ich wurde unverschämt. Die Periode zählt also mehr als Seife, fragte ich. Du frecher Teufel, du. Schämen solltest du dich, bekam ich zur Antwort. Du mußt lernen, Mädchen, dich zu schämen. Setz dich ordentlich hin, um Gottes willen. Schlag die Augen nieder, wenn man mit dir spricht. Berühre nicht das Essen deines Vaters, wenn du deine Periode hast. Unrein. Und berühre auch nicht das Essiggurkenfaß, damit der Essig nicht verfliegt. Du Schlampe. Durch das Glas, fragte ich. Du hast keinen Anstand im Leib, antworteten sie. Und pflück keine Schoten vom Chilistrauch, sonst verwelkt die ganze Pflanze und stirbt ab. So ist es.

Meine Mutter, mit Namen Petchay, hatte mittlerweile ein Gelöbnis getan. So heißt es: ein Gelöbnis. Getan.

Getan. Erledigt. *Fini*.

Wenn es mir, Shy, bessergehen würde, versprach sie, Mutter,

den in Frage kommenden Göttern, daß ich, Shy, zwei Dinge tun würde. Sie unterzeichnete in meinem Namen einen Vertrag mit den Göttern. Handelte gewissermaßen als Bevollmächtigte. Die Bedingung, die den Vertrag in Kraft setzte, lautete: sofern die Götter dafür sorgten, daß es mir besserginge.

Und es ging mir besser.

Damit hatte ich meinen Teil des Vertrags zu erfüllen.

Was hatte meine Mutter in meinem Namen versprochen?

Daß ich über Feuer gehen und Cavedee tragen würde, ein Gestell mit bronzenen Milchkrügen, dabei Zunge und Brust von Nadeln durchbohrt.

Damals erschien es mir nur recht und billig: ein Vertrag, durch den ich mein Wohlbefinden zurückgewann, im Austausch für ein paar Stunden zeremonieller, religiöser Pein. Schlimmstenfalls. Und zuvor ein großer Wirbel um mich. Ich würde das Zentrum von viel Aufmerksamkeit sein. Ich hatte gesehen, wieviel Aufsehen die anderen dabei erregten.

Über rotglühende Kohlen zu laufen tue nicht weh, wenn man rein sei, sagten sie. Wenn man geläutert sei. Ein Bett voll glimmender, gleißender, wabernder rotglühender Kohlen, über denen die Luft flimmerte. Weder Wunden noch Schmerz. Ich sah andere, die es taten, Dutzende Jahr um Jahr, warum sollte ich es also nicht schaffen. Nichts dabei.

Sich Nadeln durch die Zunge zu stechen ließe kein Blut fließen und tue nicht einmal weh, wenn man rein sei. Obendrein könne man noch auf beide Enden der Nadel eine Zitrone spießen, sagte sie. Wenn man rein sei. Man könne sich Metallhaken durch die Haut auf der Brust stecken. Wenn man rein sei. Milch, sagten sie mit Nachdruck, die man in der Mittagssonne in einem *lota* auf dem Kopf trage, werde nicht sauer … wenn man rein sei. Wenn man geläutert sei.

Ich
Shy,
würde hier
gern

etwas sagen
aber ohne Band,
o Herr.

Eigentlich doch ganz schön berechnend, diese Schacherei mit den Göttern, finden Sie nicht? Sprich soundso viele Vaterunser, und die Sache ist erledigt. Geh über Feuer. Schneide deinem Sohn nicht die Haare – ein Gelübde für seine Gesundheit. Geh nach Lamek, nach Mekka. Dann ist es o. k. Schrei dein Bekenntnis heraus, Herr, ich lege Zeugnis ab, und dann ist alles in Ordnung. Nimm eine Kokosnuß, brich eine Kokosnuß, und fertig. Ich finde das ganz schön billig, Doktor. Sich Nadeln mit Zitronen durch die Zunge zu spießen, als Teil eines Vertrags. Eines Vertrags, den ich nicht abgeschlossen habe. Der in meinem Namen geschlossen wurde. Ein bißchen prämenstruelle Depression, und schon verfrachten sie dich ins Brown Sequard und verwickeln dich dann in Abmachungen mit den Göttern.

Band wieder anschalten.

Jedenfalls, um es kurz zu machen, man kann nicht über Feuer gehen oder Cavedee tragen, wenn man seine Periode hat.

Sie ist unrein. Also ist auch alles, was man tut, unrein. Auf jeden Fall wird die Milch in dem *lota* auf deinem Kopf sauer werden, und dann weiß jeder, daß du deine Periode hast und die Götter an der Nase herumführen wolltest, ebenso wie deine Mutter und deine Tanten, was noch schwerer zählt. Beide Male hatte ich meine Periode nicht, aber trotzdem platzte ich fast vor Wut. Denn was wäre, wenn ich sie gehabt hätte. Hätte ich den Göttern und den Tanten getrotzt? Hätte ich ihnen trotzen sollen? Indem ich bereitwillig über Feuer ging und Cavedee trug, signalisierte ich damit vor der Öffentlichkeit mein Einverständnis, jedermann zu verkünden, daß ich zu diesem Zeitpunkt, und zwar nur zu diesem Zeitpunkt, rein war und zu anderen Zeiten eine schmutzige, unreine Person?

Es ist auch nicht nur die Periode.

Fleisch zu essen, bevor man über Feuer geht oder Cavedee trägt, ist unrein. Fisch zu essen ist unrein. Vor allem Sardinen in

Büchsen. Im Restaurant zu essen ist unrein. Eier zu essen ist unrein. «Ti ti», sagten sie, «pfui.»

Fasten ist rein.

Reinheit kommt gleich nach Frömmigkeit.

Eine Frau zu sein ist unrein.

Daran läßt sich schwer etwas ändern.

Also gingen wir hinunter zum Fluß, in Trance nach zwei Wochen Fasten, und die Leute schlugen auf die Trommeln, hämmerten wie verrückt darauf herum, und wir alle tanzten, warfen die Köpfe zurück, und das gelbe Musselingewand klebte an mir und machte mich nackt, und wir waren barfuß und mein Haar offen und wild, und wir tanzten auf der Straße, wir rasten, tobten die Royal Road hinunter, barfuß, offenes Haar, hüpfende Brüste, glasige Augen, all diese verschlossenen, engstirnigen Frauen, einschließlich mir, verfielen in Raserei, und die Männer auch, aber das tun sie ohnehin meistens, wenn sie betrunken sind, also ist es nicht so ungewöhnlich, aber wir, die Frauen, tobten wie wild gewordene Kreaturen über die Straße, nur daß keiner es so sah, Doktor. Sie hielten es für ein Zeichen von Heiligkeit. Von Reinheit. Wie oft habe ich mir angehört, was auf der Royal Road alles nicht erlaubt ist, und dann führen wir uns so auf. Laufen vor aller Augen über rotglühende Kohlen. Die Touristen machten sogar Bilder davon.

Als ich Cavedee getragen und mir Nadeln durch die herausgestreckte Zunge gespießt hatte, wo doch ein Mädchen für gewöhnlich nicht einmal die Zunge herausstrecken darf, Doktor, haben Sie das schon einmal bedacht, ließen meine Eltern ein Foto machen. Ich kann es Ihnen zeigen. Ich, wir alle stiegen in der schweißtreibenden Gluthitze der Sonne zum Tempel hinauf und wieder hinunter, und als ich heimkam, stank ich grauenvoll und wollte ein Bad nehmen, aber meine Mutter sagte, ich dürfe vor dem Essen nicht baden, weil das Bad die Reinheit von mir abwaschen würde. So hat sie es gesagt. *«Pa beyne. Propte-la pu lave.»* Ich mußte rein sein, um essen zu dürfen, sagte sie, also konnte ich unmöglich hingehen und die Reinheit abwaschen. Ich mußte rein sein, bevor ich essen durfte, weil es besonders geweihtes Essen war. Nicht baden, sagte sie, damit wäschst du deine Reinheit ab.

Schöne Reinheit, dachte ich. Die man abwaschen kann wie Schmutz. Ich habe mir schon alles mögliche angehört. Und darauf gehört. War gewohnt zu gehorchen.

Jetzt bin ich durcheinandergekommen. Ich scheine mir viele Gedanken über meine Periode zu machen. Ist sie unrein? Bin ich es? Ist Essen unrein?

Ich habe aufgehört zu essen, Doktor, um reiner zu werden. Je weniger Essen, desto reiner. Reiner und heiliger. Ich will heilig sein. Ich will Vergebung erlangen. Ich will gesund sein. Lieber bekäme ich überhaupt nie mehr meine Periode, wenn sie unrein ist. Wenn ich nicht esse, hört sie vielleicht auf. Aber mehr als alles andere will ich jeglichen Vertrag erfüllen, den man in meinem Namen unterzeichnet haben mag, hier oder anderswo. Ich will den Göttern nichts schuldig sein. Vor allem nicht Kali, aber auch den anderen nicht. Und wichtiger noch, ich will meiner Mutter nichts schuldig sein. Besonders jetzt, da sie tot ist. Wenn ich ihr etwas schulde, werden die Götter ihr vielleicht zürnen, und falls ein Unglück sie befällt, wo immer sie jetzt ist, bin ich daran schuld. Kann man sich etwas Unflätigeres vorstellen, der eigenen Mutter gegenüber?

Hiermit möchte ich meine Mutter rügen, obwohl sie tot ist, und vielleicht war es ja letztlich meine Schuld, daß sie in einer Blutlache auf dem Bett starb, umgeben von all den Tanten und Großmüttern und Cousinen und Großtanten und Nachbarinnen, von Geflüster und Verbotenem und Panik und Zorn und Resignation und Heimlichkeit und Unvermeidlichkeit, nur weil sie nicht noch so einen Haufen Ärger wie mich auf die Welt bringen wollte. Sie wollte sich nicht noch so etwas aufzwingen lassen. Alle Frauen kennen dieses Drama. Wie im Theater. Manche überleben. Manche sterben. Jedenfalls wissen wir alle Bescheid. Das Geheimnis war uns gemeinsam, bis heute. Bis heute.

Ihr Blut war so rein.

Meine Mutter starb an Unschuld.

Ein zorniges Begräbnis. Mit schweigenden, aufrechten

Frauen, deren Augen aufsässig funkelten. Und die Männer, diese feigen Duckmäuser von Männern, verschanzten sich hinter ihrer Unwissenheit, taten so, als wäre die Ursache dieses Todes weder bekannt noch begreiflich, als hätte er nichts mit ihnen zu tun. Oh, nein.

Meine Mutter, die jetzt tot ist, starb in einer Lache von reinem Blut, weil sie eine Frau war. Sie, die Unschuld im Tode, wurde ein Opfer des Gesetzes. In Stillschweigen begraben. Ha, ha, ha.

Und wir lassen zu, daß es so weitergeht, Doktor. Sie sind Arzt. Sie wissen verdammt genau Bescheid. O ja. Auch Sie sind schuldig. Durch Ihr Schweigen. Das Wort kommt Ihnen nicht über die Lippen, oder? Sie können es nicht aussprechen. Wenn Ihre Mutter so etwas getan hätte, wo wären Sie dann am Ende?

Wer also hat meine Mutter getötet?

Waren Sie es?

Oder ich?

Sie war schuldig, ihr ganzes Leben lang. Schuldig, indem sie mich, ihre einzige Tochter, zwang, sie in mich eindringen zu lassen, in meinen Kopf, so sehr, daß sie immer noch in mir drinsteckt und mir befiehlt, nicht zu essen.

Was hattest du für eine Scheiße im Kopf, frage ich sie. Wie konntest du die Periode für etwas Schmutziges halten? Wie konntest du so einen Vertrag in meinem Namen abschließen?

Ist es unfair, die Toten zu beschuldigen, Doktor?

Ich weigere mich, das weiterzugeben, so wie du es getan hast, Mutter, von deiner frauenhassenden Mutter und ihrer und ihrer und ihrer Mutter, weiter an jene, die nach mir kommen, und danach und danach. Auch wenn das hier und jetzt das Ende bedeutet.

Nicht zu essen ist die einzige Art, die mir einfällt.

Die einzige Möglichkeit, mich von dem Gefühl des Schmutzes zu befreien, das du, Mutter, mir eingeimpft hast, sahst du darin, daß ich über Feuer gehe oder Cavedee trage, aber das tue ich nicht, ich tue es nicht, weil ich die Heuchelei dabei nicht ertragen kann, und so bleibt mir nur noch eins übrig: fasten, fasten, fasten, noch einmal versuchen, rein zu werden, rein, ganz rein.

Ich weigere mich.

Weigere mich, dieses Gefühl von Schmutz an meine Tochter weiterzugeben.

Lieber verzichte ich auf meine Tochter.

Lieber esse ich nicht.

Lieber verzichte ich auf das Leben.

Und den Tod.

Einfach nicht essen.

Das ist die Wahrheit, Doktor.

10

«Die Nachbarin kam wieder hereingestürzt.

‹Ein Zuckerrohrbrand. Das Zuckerrohr brennt. *Dife dan kann.* Geballte Gluthitze wie von einem Vulkan steigt mit jedem Windstoß aus dem Zuckerrohr auf. Man muß zurückweichen, so stark ist sie. Heiß wie die Hölle. Hades hat seine Pforten geöffnet. Das Feuer selbst ist glühend rot wie geschmolzenes Eisen. Der aufsteigende Rauch fegt über den Himmel und wird durch die Sonne zur feurigen Decke, der Horizont flammt scharlachrot. Das Universum knistert und kracht in allen Fugen. Der Lärm ist ohrenbetäubend. Die Hitze läßt keinen nahe herankommen. Dicker schwarzer Rauch steigt in Spiralen empor. Toter Rauch fegt über den Himmel und wird zur neuen Wolke, von der Hitze aufwärts gepeitscht und vom Zyklon davongetragen, und sie rast über den Himmel dahin, zusammen mit den Sturmwolken. Welcomes Zuckerrohr brennt ab wie Zunder. Sein Zuckerrohr. Ihr Zuckerrohr.

Der Wind facht es nur noch mehr an. Schon von der Straße kann man es hören. Alle Mangusten sind geflüchtet. Die Ratten strömen in Scharen heraus. Flöhe springen so hoch sie können. Frösche hüpfen aus dem kleinen Sumpf. Hunde, den Schwanz zwischen die Beine geklemmt, verstecken sich hinter den Menschen. Insekten schwärmen zu Tausenden aus den Zuckerrohrfeldern auf, um den Flammen zu entkommen, und die Schwalben schwirren wie ein dunkler Schwarm Bienen auf der windabgewandten Seite des Feuers umher, stoßen herab und schnappen sich die Insekten, wenn sie herauskommen. Ein großer Tag. Was für Geschöpfe, diese Schwalben.

Welcome treibt die Männer wie Vieh zusammen, damit sie das Feuer ausschlagen. Aber sie weigern sich. *Non*, sagen sie. Nein, nein und nochmals nein. Es ist das Zuckerrohr vom Boß, soll er doch hingehen und das Feuer selbst löschen, sagen sie. Nein. Nein. Nein. Es muß schon ein Zyklon kommen, damit wir ‹nein› sagen, ist es nicht so? Sie sagen, die Böen sind zu stark, das Feuer wird überspringen, sie sagen, der Regen wird es löschen, sie sagen, sie haben es nicht gelegt, warum also sollen sie es löschen, sie sagen einfach alles, Hauptsache es heißt Nein zu Welcome.

Welch ein Augenblick, in dem sie nein sagen, welch ein Augenblick, in dem wir nein sagen. Ein Zuckerrohrbrand. Und wir leben in Häusern aus Gras. Endlich, nach so langer Zeit, haben wir es geschafft, wir haben nein gesagt. Wir sagen ‹nein›. Aber in welch einem Augenblick.

Sie drehte völlig durch. Tanzte herum. ‹*Mardeveren*›, sagten einige, was soviel hieß, daß sie übergeschnappt sei. ‹*Sen Veronik*›, murmelten andere, die sich mit dieser Heiligen auskannten. Manche sagten, sie spräche ein *Sen Expedit*-Gebet, um dem *tablisman* Böses an den Hals zu wünschen. Gefährlich, ließen sie durchblicken. *Tit-Alber*, wurde kurz vermutet, ein Poltergeist, der mitunter Schlimmeres im Schilde führt. Wie in einem *servis buk* vielleicht, sagten sie, wenn der Klang der *dolok*-Trommel allen die Haare zu Berge stehen läßt und die Vorfahren durch eine Person zu den Anwesenden sprechen.

‹Laßt sie›, sagten die alten Frauen. ‹Laßt sie.›

Und dennoch sagte sie Dinge, an die ich mich noch erinnere, Mädchen. Bis heute. Sie wütete weiter:

‹Das erste, was alle Menschen lernen sollten, ist ‹nein› zu sagen. Nein, faß mich nicht an. Nein, ich will jetzt keine Milch. Nein, schlag mich nicht. Nein, erdrück mich nicht mit deiner Affenliebe. Statt dessen spielen wir mit. Beugen gehorsam den Nacken. Ja, Sir. Ja, *misye*. Ja, *gran misye*. Ja, großer Boß. Ja, Sir. Ja, ja, ja. Ganz wie Sie meinen. Ja, Vater, ja, Mann. Ja, Sklavenhalter, ja, Kulitreiber, ja, mein Herr. Ja. Ja, Sir. Ja bitte. Ja danke. Ganz wie Sie meinen, Sir. Wenn es Ihnen beliebt, Madam. Ja. Gewiß. Ja. Natürlich, Sir. Aber sicher doch, Boß. Ja, ja, ja.

Sie haben das ‹Nein› in uns gebrochen. Haben uns auf Sklavenschiffe verladen, uns das ‹Nein› aus den Zungen geschnitten. Uns in Ketten gelegt, uns andere Namen gegeben. Uns benannt.

Uns zugerichtet. Einen wie den anderen. Uns verkauft. Verschachert. Vergewaltigt. Uns gezwungen, den Arsch hinzuhalten. Uns den *Code Noir* aufgedrängt, das Gesetz für die Schwarzen, mit Zwangstaufe. Alles Katholiken, auf einen Schlag. Selbst die Kirche hat uns gekauft und verkauft. Sah uns als Teil ihres Besitzes. Brachte uns bei, ja zu sagen. Ja, *wi, wi.* Reißen Sie mir nur den Säugling von der Brust, Boß. Verkaufen Sie ihn. Ja. Ja. Alles, nur nicht die Peitsche. Ganz wie Sie meinen. Ja, nehmen Sie ihn. Alles, nur nicht an die Leiter gebunden und geschlagen werden. Selbst jetzt noch, wenn ich Leiter sage, *lesel*, schwingen in dem Wort Generationen von Folterqualen mit, als sei eine Leiter nicht etwas Nützliches, um irgendwo hinaufzusteigen. Ja. Ja. Nimm meine kleine Tochter, kreuze sie mit dem Sklaven deiner Nachbarin.

‹Kreuze sie›, sagte sie und legte mit einer plötzlichen Bewegung die Innenseiten ihrer Handgelenke aufeinander.

‹Ja. Ja. Natürlich. Ganz wie Sie wünschen. Quält uns. Ja. Wir verlangen nichts. Nicht einmal unser tägliches Brot. Wir wollen keine Rechte. Kennen nicht einmal das Wort. Wir werden euch schmeicheln in unseren *segas*. Wir widmen sie euch. Wir sagen und singen es auch, daß du, unser Boß, besser bist als alle anderen Bosse. Es versteht sich von selbst, daß du besser bist als wir. Warum wären wir sonst Sklaven?

Ja. Ja, Sir. Wir werden uns beugen. Das werden wir. Wir haben es bisher getan, warum also nicht auch weiterhin. Ja. Wir werden uns fügen. Das werden wir. Wir werden eure Gebete sprechen und unsere vergessen. Ja. Natürlich werden wir gehorchen. Alle, die nein sagten, die sich weigerten. Sie waren die Helden. Aber sie haben nicht überlebt. Man machte kurzen Prozeß mit ihnen. *Fini.* Unsere tapferen Vorfahren wurden getötet. Unsere feigen Vorfahren überlebten, jene, die sich bereitwillig duckten, sich duckten und ihre Lendentücher herunterzogen. Wir wurden vergewaltigt, ob Mann oder Frau. Unsere edlen Großmütter wurden gehängt. Wie Ana de Bengal. Und unsere edlen Großväter wie Anthoni de Malabar. Beide gehängt von der Holländischen Ostindien-Kompanie. Wie Hunderte anderer von der Französischen Ostindien-Kompanie. Die sich beugten und buckelten, die den Rücken krumm machten, sie überlebten, sie lebten weiter und flößten uns mit der Muttermilch ein, uns zu ducken, weiter zu schweigen, unsere Aufsässigkeit zu zügeln, uns zu fügen, wenn wir überleben wollten. *Napa fronte*, biete ihnen nicht die Stirn. Gib nach. Gib auf. Wie willst du sonst überleben? Bitte. *Bizin kurbe*, du mußt fügsam sein. Gib nach. Gib auf. Es bleibt dir nichts anderes übrig, um zu überleben. Du mußt dich dareinschicken, mußt unterwürfig sein. Bitte. Ich flehe dich an, mein Kind. Ich flehe, flehe, flehe dich an, erheb nicht deine Stimme, sag nicht ‹nein›. Bitte. Um meinetwillen. Du mußt die Dinge hinnehmen. *Bizin rezinye*, dich darein ergeben. Widerstand ist zwecklos. Bitte. Gib nach. Gib auf, mein Kind, sagten die Älteren, die Überlebenden, weil es der einzige Rat war, der ihnen je etwas Gutes eingebracht hatte. *Bizin aksepte*, du mußt die Realität akzeptieren. Du kannst sie nicht ändern. Alle anderslautenden Erinnerungen werden verbannt. Und alle neuen Ideen im Keim erstickt. *Fode pa rezone*, widersprich nicht, versuch gar nicht erst, die Frage nach dem Warum zu ergründen. Es lohnt nicht. Du mußt dich fügen. Gib nach. Gib auf. Gib gleich auf, du Kind der ersten Generation. Du, hineingeboren in die Sklaverei, du kannst nichts Neues schaffen, du hast nur zu gehorchen.

Doch diese Kinder, denen ihre feigen Mütter das Katzbuckeln eingetrichtert hatten, taten etwas. Sie erfanden eine Sprache, tauglicher als eure, ihr blöden Zuckerrohrbosse. Eleganter. Unsere Sprache. *Kreol*. Und darin sagen wir meistens ja, Sir. Meistens. Das einzige, was wir zu sagen wissen. Die Sprache erinnert uns daran, daß ihr uns alles genommen habt, was wir je besaßen. Und doch erinnert sie uns auch daran, daß wir immerhin noch imstande waren, eine Sprache zu erfinden, jawohl. Das könnt ihr uns nicht nehmen. Obwohl ihr es versucht. Und wie ihr es versucht. Keine Sprache, sagt ihr. Nur Gossenjargon. Nur ein *patwa*. Hat keine Grammatik, sagt ihr. Verballhorntes Französisch. Und dennoch, heute, ein Wunder, ein Wunder: Wir sagen ‹nein›, wir weigern uns. Hin und wieder kommt das ‹Nein› zu uns zurück. Nein, nein, nein. Und zwar in unserer Sprache: nein, nein, nein. Nur wenn wir ‹nein› sagen können, wissen wir, was es heißt, ja zu sagen. Freiheit, Freiheit. Wann werden wir frei sein. Wir werden frei sein.

Aber es gibt auch gute Nachrichten, Leute. Bessere Nachrichten. Richtig gute Nachrichten. Nicht nur nein sagen. Gute Nachrichten. Yippieh. Das Feuer war gelegt. Einer im Dorf hat diesmal wirklich ‹nein› gesagt. Bravo. Wir werden siegen. Wir werden siegen.

Wie ein Windstoß des Zyklons war sie hereingeweht gekommen, um dies zu verkünden, und nach ihrem wilden Gesang ebenso schnell wieder verschwunden.

‹Total übergeschnappt, das ist sie. Bringt uns nur in Schwierigkeiten mit ihrem Gerede. Wieso Feuer gelegt? Wieso sich weigern? Solche Lieder singt man doch nicht. Siegen. So was sagt man doch nicht. Klingt wie Rebellion – frei sein, wir werden frei sein. Sie hat den Verstand verloren. Muß am Mond liegen. Oder an dem niedrigen Luftdruck vor dem Zyklon. Vielleicht ist sie müde im Kopf. *Jayde*. Laßt sie.›»

11

Es ist nicht mein Fehler aber vielleicht habe ich ihn eingemauert oder besser abgekapselt meinen eigenen Schwiegervater und vielleicht halte ich ihn gefangen in unserem Betonhaus in Morselman Sen Zan und er ist gar nicht richtig krank sondern sitzt nur in seinem Zimmer wie in einer Falle denkt er kann sich nicht bewegen denkt er ist krank und es ist sieben Jahre her seit wir den großen Streit hatten den größten von allen und seither habe ich ihn nicht einmal gesehen nicht mal für einen Augenblick obwohl er wie meine Frau mir erzählt mich in den sieben Jahren drei- bis viermal pro Tag durch die Spitzenvorhänge gesehen hat aber er kann sich nicht rühren oder rufen oder sonst etwas tun und sie sagen es war ein Schlaganfall aber ich weiß nicht recht und es ist jetzt vielleicht zu spät um die Mauern noch einzureißen hineinzugehen ihn zu sehen ihn zu besuchen denn die Ziegelmauern halten rundum dicht und wir benützen jetzt alle verschiedene Türen und das Tabuzeichen steht überall nicht nur auf den Wänden und wie ein Verhängnis auf unseren eigenen Stirnen und in heiligen Büchern sondern auch auf jedem x-beliebigen Möbelstück und auf den Gesichtern der Vermittler und da ist jene frühere Einkapselung durch die Art und Weise wie die vier Ehen arrangiert wurden oder sollte ich organisiert sagen denn sie wurden eigentlich nicht arrangiert weil sie unseren Wünschen entsprachen und sowieso waren sie unsere Cousinen zweiten Grades und dadurch daß wir Brüder im gleichen Bereich arbeiten und die Mädchen auch wir drei Brüder nämlich sind ein Arzt ein Zahnarzt und ein Psychotherapeut und nur der vierte fällt heraus und ist Polizeichef und die drei Schwestern sind eine Anwältin eine Rechtspflegerin und eine Notarin und nur die vierte ist Hausfrau verheiratet mit einem Reporter und wir sind völlig miteinander vermengt und schnüren uns gegenseitig ein schließlich sind zwei meiner Brüder zugleich auch meine Schwäger da ja die Mutter meiner Frau die Schwiegermutter von meinem Bruder und von mir ist und unsere Kinder keine Vettern und Cousinen beiderseits haben sondern immer nur die gleichen wohin man sich also wandte überall war die Wand vor einem und als ich einmal für ein Jahr ein ehebrecherisches Verhältnis mit der Frau meines Bruders unterhielt war sie ja zugleich die Schwester meiner Frau was den Inzest verdoppelte und du fängst an dich wie der alte Mann zu fühlen den du eingemauert hast als seist du selbst eingemauert und spähtest durch Spitzenvorhänge auf die Besucher die zugleich deine eigenen dir entfremdeten Schwäger und Schwägerinnen sind denn der Streit war eine Fehde und bezog die ganze Familie mit ein und sowohl meine Frau wie auch ich haben uns beide fast allen unseren Brüdern und Schwestern entfremdet und meine Frau pflegt eine geheime Beziehung zu mir das heißt ihres Vaters Blick entzogen und eine geheime Beziehung zu ihrem Vater das heißt meinem Blick entzogen und wenn du denkst daß du im Grunde anderen Leuten Denkanstöße zu ihren Problemen liefern müßtest und dabei nicht einmal weißt wie du die eigenen angehen sollst dann fragst du dich was du eigentlich für ein Quacksalber bist was für ein Seelenklempner der nicht mal die Schrauben in seinem eigenen Hirn ordentlich festziehen kann und was ist eigentlich so grandios an dieser Institution die sie Familie nennen und von der mir Tag für Tag junge Patientinnen vorschwärmen die nichts tun würden was ihrer liebenden Familie mißfallen könnte was sie dann dazu bringt mit Freuden im Libanon als Hausmädchen zu arbeiten oder in Italien mit Unschuldsmiene auf dem Bahnhof von Mailand nach Freiern Ausschau zu halten oder in der Schweiz einen Bauern zu heiraten der bloß eine kostenlose Arbeitskraft zum Schuften braucht wobei die gleichen Eltern ihre Tochter nicht einmal allein auf den Markt von Rozil gehen lassen würden aber eins muß ich sagen dieses Mädchen aus der Fabrik das sich Tiny Shynee nennt sie schwärmt nicht sonderlich von ihrer Familie und ich sehe daß meine ebenso heuchlerisch ist wie die Familien die ihre Töchter in den Libanon schicken ihnen aber nicht erlauben allein zum Markt von Rozil zu gehen wenn nicht noch mehr und meine Tochter sagt vermutlich das gleiche über ihre Familie von wegen perfekt dabei ist sie blind wie ich weil in unserer Familie sich das Schweigen immer mehr ausgebreitet hat zusammen mit den Wänden immer mehr Wände so dick daß wir sie überhaupt nicht mehr wahrnehmen und auch nicht merken daß gar nicht sie die Ursache des Problems sind ist wo doch die Familie eine gewachsene Institution mit einer ruhmreichen Geschichte ist wohingegen diese ganze Einrichtung in Mauritius für fast alle von uns tatsächlich brandneu ist denn während der Sklaverei gab es keine Familien da wurde jeder einzeln auf dem freien Markt gekauft und verkauft und gekreuzt und was nicht noch alles und auf fünf Sklaven kam eine Sklavin was Ihnen eine Vorstellung davon gibt wie es war wieviel Vergewaltigung und Raub und die Bosse litten ebenfalls verzweifelt unter Frauenmangel was Ihnen eine noch klarere Vorstellung davon gibt wieviel Frauen vor langer Zeit erleiden mußten und zur Zeit der Gastarbeiter die im kollektiven Gedächtnis noch sehr lebendig ist kamen vier Arbeiter auf eine Arbeiterin was hatten die meisten da schon für eine Familie und dennoch war es diese weit überschätzte Institution die mir eine Ausbildung verschaffte mich zu dem Quacksalber machte den meine Frau geheiratet hat diese Ausbildung auf Kosten von Blut Schweiß und Tränen anderer und schlimmer noch auf Kosten ihrer Freiheit sie wurden verkauft in jeder Hinsicht ihre Arbeitskraft und ihre Körper Männerkörper und Frauenkörper an die französischsprechenden *kolom* die die Käufer waren und verkauft wurden auch die Kollegen die einem am meisten vertrauten denn der *kolom* war nicht an einem Arbeitsvermittler interessiert dem die Arbeiter nicht vertrauten und Respekt entgegenbrachten und mein Vater war der vertrauenswürdigste und respektierteste Arbeiter und dann nahm er das Vertrauen und den Respekt und machte sie zu Geld und fing an seine Kollegen zu verkaufen sie zu verraten und hinzuhängen und auszuhebeln und zu betrügen und der *kolom* sagte für zweitausend Rupien rodest du dieses *arpan*-Feld und er sagte klar und dann trieb er Arbeiter auf und ließ sie für eine halbe

Rupie pro Tag die Arbeit erledigen und zahlte tausend an sie und behielt tausend für sich und sparte und verlieh Geld gegen Zinsen und behielt den Schmuck den sie als Sicherheit hinterlegt hatten wenn sie ihre Schulden nicht zurückzahlen konnten und pachtete ein Stück Land von der Zuckerfabrik Beau Vallon zum Gemüseanpflanzen und kaufte einen Ochsenkarren womit er auf einmal dazugehörte und ich auf einmal der Sohn eines *sartye* war was soviel heißt wie Sohn eines Dorfnotablen einer bedeutenden Persönlichkeit obwohl in den Kreisen meiner angeheirateten Familie ein *sartye* die niedrigste anerkannte gesellschaftliche Stufe darstellt alles darunter ist schlicht nicht vorhanden und damit hatte mein Vater ein Transportmittel um Zuckerrohr zur Fabrik zu bringen und Geld daraus zu machen und er hatte Gemüse das er der Familie des Bosses verkaufte und eine *lakaz ros* aus Granitstein mit Kalkmörtel verfugt und damit einen Platz an dem die Arbeiter ihren Schmuck sicher verwahrt wußten und so war es auch denn wie ich sagte mein Vater war angesehen und wenn die Goldsovereigns nicht ausgelöst wurden bekamen wir sie und so ging es mit meiner Familie bergauf und mein Vater Gott weiß wie er der *sartye* es schaffte schickte uns ins Ausland zum Studium nach England zum Studieren und irgendwie statt Wissen anzuhäufen und eine Ausbildung zu erhalten und bereichert und erleuchtet zu werden wurde ich eher entleert und kostbarer Dinge beraubt ich wurde in eine Art Dunkelheit geworfen und all die Schätze der Vergangenheit welche die Menschen mir mitgegeben hatten welche sie selbst von ihren Vorfahren erhalten hatten all dies wurde beschlagnahmt mir gewaltsam und dennoch mit meiner Zustimmung entrissen und mein Vater war tot als ich zurückkehrte daher konnte ich ihn nie kennenlernen oder etwas wiedergutmachen oder etwas von ihm lernen sah nur das alte Foto eines Mannes im Kopftuch mit einem sanften freundlichen Mund und harten grausamen Augen aber was mir blieb das war immer noch mein Schwiegervater der Gemüsepflanzer und jetzt bin ich hingegangen und habe ihn lebendig begraben als verböte die Vergangenheit ihn anzusehen ihm zuzuhören oder gar mit ihm zu sprechen einen Blick durch einen Spitzenvorhang zu erhaschen und es kam so allmählich dazu wegen solcher Kleinigkeiten und jetzt zu denken daß all sein Wissen alles was er von Generationen vor ihm zusammengetragen hat mir und allen anderen verschlossen bleibt als hätten wir nichts von ihm zu lernen so wie ich glaubte ich hätte nichts von meinem Vater dem *sartye* zu lernen der das Wissen und die Weisheit von Jahrtausenden in seinem Denken speicherte und danach lachte sogar meine Mutter mich aus als ich sagte sie solle nicht zu der Statue beten die als Kerzenhalter diente und sie sagte der hirnrissige kleine Schwachkopf glaubt zu wissen wo Gott ist nun nachdem er in England war und maßt sich Frechheiten an wo doch jeder weiß daß Gott in allem steckt und als ich ihr sagte daß Wiedergeburt eine höchst zweifelhafte Sache sei da lachte sie den Kopf zurückgeworfen und sagte schau ihn dir doch an den Kohlenstoffkreislauf nur in ihren eigenen Worten die Maden die dich fressen und wiederum von Vögeln gefressen werden deren Ausscheidungen auf den Boden fallen und als Dünger für Gemüse dienen das wieder gegessen wird und sagte mir ich solle hingehen und versuchen etwas verschwinden zu lassen sie sagte es in Kreol *fer li fonn* dann ist immer noch Asche da und Rauch und ich wurde gedemütigt von meiner Mutter die stets lachte ja das tat sie vor langer Zeit und die ganze Nacht mit den anderen Frauen feierte und sang und tanzte und trank und sich unflätig benahm ich weiß es weil ich durch die Ritzen in der Holztür spähte aber jetzt sind alle Ritzen zwischen ihr und mir mit Beton zugepflastert ebenso wie die Mauern und das Schweigen und ich bin sicher die Mauern sind viel dicker für meine Kinder als für mich denn ich weiß daß das Schweigen und die Mauern da sind aber bei ihnen ist es als sei es ihnen nicht erlaubt sie zu sehen darum sind ihre Augen grausam und ihre Münder hart grausamer und härter als die meines Vaters aber zugleich schwächlicher und verdrossener und ohne seine Schöpferkraft

12

«Als ich ihr sagte, sie solle den kleinen Mistkerl drinbehalten, weil aus ihm ein Streikbrecher werden würde, den sie besser nicht auf die Welt loslassen sollte, wußte ich nicht, daß ich die Wahrheit sprach. Er wurde tatsächlich Streikbrecher.

So, wie das genaue Gegenteil ebenfalls eintrat. Er wurde ein Held.

Er, dein Vater, der schließlich zu dem Gebrochenen Mann werden sollte, den wir vorbeigehen sahen, er wurde ein Streikbrecher, und davor war er noch Schlimmeres als ein Streikbrecher. Sehen wir ihn uns an, Anfang 1967, einen jungen Mann, der ungefähr ab elf Uhr morgens, wenn er aufgestanden war, an Brücken lehnte. Nichts tat, als an Brücken zu lehnen.

Als kleiner Junge war er mit seiner Mutter nach Ros Bwa in die Nähe von Por Lwi gezogen. Sein zweiter Vater, Alter Mann Zahn, war gestorben; er war schon sehr alt gewesen. Sheila trug jetzt Rock und Bluse, verwahrte aber ihre drei Saris säuberlich eingepackt in einem *motri*, weil sie auf bessere Zeiten hoffte, in denen sie Gelegenheit haben würde, sie wieder zu tragen. Jetzt aber wohnte sie in Ros Bwa und fuhr jeden Tag nach Por Lwi, wo sie im Haushalt der Familie Lim Kit Fong arbeitete, und das seit sechzehn Jahren, sieben Tage pro Woche, dreihundertundfünfundsechzig Tage im Jahr, dreihundertsechsundsechzig in Schaltjahren. Ihre weißen Witwensaris, die sie nach Gandhis Tod ungefähr ein Jahr lang getragen hatte, dienten jetzt als Putzlumpen. Sie konnte sich immer noch nicht entschließen, ob sie weiter jeden Tag an Gandhi denken oder versuchen sollte, ihn zu vergessen. Also sann sie jeden Tag über diesen Zwiespalt nach. ‹*Jayde*›, dachte sie und schob den Gedanken weg.

Larmwar war arbeitslos und hegte einen trägen Zorn in sich. Er war lethargisch und schwerfällig.

Etwa ab halb zwei Uhr nachmittags hing er bei einem Bordell am Ende der Muslim Cemetery Road herum, weil er nichts Besseres zu tun hatte. Er spielte ein bißchen Poker unter einem Mangobaum und saß herum. Er freundete sich mit den Mädchen an, die dort arbeiteten. Er diente ihnen als platonischer Freund und den Zuhältern als mürrischer Rausschmeißer, dem sie hin und wieder etwas zusteckten, damit er in der Gegend blieb; schließlich war er ein kräftiger junger Mann, der weder trank noch Opium rauchte oder sich auf sinnlose Schlägereien einließ. Außerdem verkaufte er ein bißchen *gandya* für sie, wobei immer ein oder zwei Joints für ihn abfielen.

Er hieß immer noch Larmwar, hatte aber einen neuen Nachnamen bekommen. L'Ententé. Im Französischen heißt das der Starrköpfige. Es war der Sklavenname seines Stiefvaters, der anfangs mit seiner Mutter in Ros Bwa gelebt hatte. Das war sein dritter und letzter Vater. Sein Name blieb an Larmwar haften, weil er einer von der starrköpfigen Sorte war.

Er sann oft über diesen Namen nach. Da hatte man also einen jungen Sklaven so genannt, nachdem er mehr tot als lebendig von dem Schiff heruntergetrieben worden war in den Auktionssaal bei den Docks, nach Erbrochenem stinkend, die Augen tief in den Höhlen vor lauter Furcht, und man hatte ihn ausgewählt, den Gegenwert von ein paar Gewehren für ihn bezahlt und ihn zur Plantage gebracht. Man nannte ihn L'Ententé und seine Gefährten *Marmite*, schwarzer Topf, und *Lapuyante*, übelriechende oder stinkende Frau, und *Tigresse* und *Hottentot* und *Laboudeuse*, die Schmollende, und *Bourrique*, der Esel, und *Retourné*, der zurückgekehrte Flüchtling, und *Tetu*, der Starrköpfige, noch ein Starrköpfiger. Und damals wie heute bekamen diejenigen, die der Kirche nahestanden, mehr oder weniger freundliche Namen wie *Juste* und *Job* und *Favori* und *Ladouceur*, die Süße. Der letzte noch bestehende Beweis für die menschliche Individualität von Sklaven: *Lavigilante*, die Wachsame, *La Hache*, die Axt, *L'Inconstant*, der Unzuverlässige, *L'Alerte*, die Aufmerksame, *L'Éveillé*, der Beobachter, *Labêche*, die Hacke, *Levantard*, der Aufschneider, *L'Aiguille*, die Nadel.

Und heute, sinnierte er, was fängt man mit solch einem Namen an? Was macht man damit? Ihn zu ändern erschiene wie Verrat. Die letzte Erinnerung an jenes Individuum auszulöschen. Etwas zu begraben, das nicht begraben werden sollte. Zu vergessen, was in Erinnerung bleiben sollte. Zu verstecken, was in aller Augen bleiben sollte. Zu verdecken, was aufgedeckt sein sollte. Und dennoch, es dabei zu belassen hieße wohl, das Bild zu akzeptieren, das die Sklavenhalter von einem hatten. Sich weiterhin zu beugen, zu ducken und zu fügen.

Er war wirklich ein Philosoph. Was blieb ihm auch übrig, bei so einem Namen?

Er war zum Nachfahren von Sklaven geworden. Geboren wurde er als Abkömmling von Gastarbeitern. Nun war er ein Nachfahre von Sklaven. Nichts wird dir in die Wiege gelegt.

Nichts wird dir in die Wiege gelegt, Mädchen. Es kommt alles von außen, von dem, was dich umgibt, formt dich, macht dich zu dem, was du bist. Das ist die einzige Moral meiner Geschichte, Mädchen. Auch du mußt dich da draußen formen und bilden, Mädchen. Dir wird nichts in die Wiege gelegt.

Larmwar sollte bald in die Geschichte eingreifen. Eine furchtbare Rolle war für ihn vorgesehen. Er, wie etwa dreißig weitere junge Männer, die an Brücken lehnten und ab dem frühen Nachmittag bei Bordellen herumhingen, weil sie nichts zu tun hatten, sollte plötzlich zum Mitspieler, zum bezahlten Mitspieler, in einem grausigen Stück werden. Die Geschichte hatte ihn schon fast am Genick gepackt. Seine Schwerfälligkeit verwandelte sich in eine gewisse Kraft. Seine Lethargie wurde zu Energie. Seine Trägheit ging in Aktion über.

Und so parkte eines Tages ein schwarzer Humber vor dem Bordell. Ende 1967 war es. Und Larmwar L'Ententé stieg ein.

‹Oh, er kommt nicht raus. Er steckt auf ewig in mir fest.›

‹Pressen›, sagte ich. ‹Jetzt ist Zeit zum Pressen. Laß ihn los. Warte bis zur nächsten Wehe, und dann drück, so fest du kannst. Er oder sie wird ein Held der Arbeiterklasse. Geht in die Geschichte ein. Bring es hinter dich, los jetzt. Pressen.›

‹*Ayu*›, schrie Sheila, weniger aus Schmerz, sondern weil zugleich mit der Wehe der Zyklon sich mit voller Macht auf sie alle in dem kleinen Haus zu stürzen begann. Ein Haus mit Wänden aus Aloestämmen und Kuhdung und einem strohgedeckten Dach; ein Haus aus Gras. Rascher als zuvor folgte auf den Windstoß eine weitere heftige Bö.

‹Der Zyklon ist schlimmer als die Wehen. Gandhi? Ist er noch nicht zurück? Das Meer wird aufgewühlt sein. Wie kann ich etwas Neues rauslassen, wenn ich das Alte zurückholen will? Sag mir das, Fatma?›

‹Er kommt schon zurecht. Einem, der bei einem Zyklon auf See ist, kannst du nicht helfen.›

In diesem Augenblick hörten sie, wie die Fischer anfingen, die Boote aus dem Wasser auf den Strand hinauf zu schieben.

‹Schieb den Rollsteg unter, Kumpel.›

‹Bei dem hat sich's ausgeschoben. Nur noch ein träger Klotz. Deswegen hat seine Alte ja auch …›

‹Quetsch ihn drunter, oder wir kriegen dieses Trumm nie raus.›

‹Der Dreckskerl, dem die Scheißpirogge hier gehört, ist sternhagelvoll. Wir hätten sie im Wasser lassen sollen. Er wird's schon merken, wenn sie am Riff zerschellt.›

‹Lehnt euch auf das Hinterende, oder wie sollen wir das Ding sonst drunterkriegen.›

‹Das Scheißboot würde vermutlich auseinanderbrechen und mit seinen Trümmern unsere Piroggen noch auf Jahre hinaus ruinieren, jedesmal wenn das Meer in der Bucht aufläuft.›

‹Jetzt alle zusammen schieben.›

‹Feste drücken, verdammt noch mal.›

‹Habt ihr eigentlich nichts im Bauch oder was?›

‹Drücken.›

Sie schoben alle zugleich, zwei am Heck und der Rest verteilt zu beiden Seiten. Die Pirogge glitt über den festen Untergrund nahe der Wasserkante. Dann blieb sie in dem weichen, weißen Korallensand stecken, dreißig Zentimeter hinter dem Rollsteg.

‹Jetzt müssen wir den Bugspriet anheben. An die Arbeit.›

‹Klar. Schau, es geht sogar ohne Hände.›

‹Hey Leute, hier stimmt was nicht.›

‹Mußt schon die Hände dazunehmen, Kumpel. Heb ihn hoch.›

‹Hey, hört mal her.›

‹Hoffe bloß, irgendwer spendiert uns noch 'n Drink.›

‹Hey, wartet, alle mal herhören. Haltet die Schnauze.›

‹Deine Hände richten nichts wie Unfug an.›

‹Alle aufhören. Wo ist die Pirogge, mit der Gandhi und Tikay ausfahren? Wo zum Teufel sind die beiden?›

Schweigen breitete sich aus.

Als Fischer hatten sie bereits gemerkt, daß ein Boot fehlte, wußten es irgendwo tief im Hinterkopf, so wie man weiß, wo die eigenen Arme sind. An einem gewöhnlichen Tag hätten sie jederzeit ganz klar Bescheid gewußt, wer auf See war und wer nicht. Aber genarrt vom Zyklon hatten sie es nicht registriert.

Sie blickten dorthin, wo eigentlich die Lücke, der Durchlaß zwischen den Felsen sein sollte. Er war blockiert.

Riesige Brecher wälzten sich durch den schrägen Zugang. Der enge Durchlaß im Korallenriff war absolut unpassierbar.

‹Keine Chance.›

‹Haben sie was dabei?›

‹Nur ein ziemlich vergammeltes altes Focksegel.›

‹Geh ein Stück auf den Hügel rauf und schau nach ihnen, *kuyon*, du Lümmel›, rief ein alter Fischer seinem viel jüngeren besten Freund zu.

‹Ob sie schlau genug sind, bei Black River an Land zu gehen? Schließlich sind sie keine Fischer?› fragte einer der jungen Männer.

‹Sie sind nicht dumm›, erwiderte der Alte, der normalerweise alles, was Gandhi unternahm, als *betiz*, völligen Schwachsinn, abtat. Besonders abfällig äußerte er sich zu allen Änderungen, die Gandhi an seiner Pirogge vornahm, und selbst über Neuerungen an seinem Angelgerät. Boote und Ausrüstung, die sich im Lauf der Menschheitsgeschichte entwickelt hatten, durften nach Ansicht des Alten nicht so leichtfertig behandelt werden. Was für die Fischer in der Vergangenheit zum Überleben gut genug war, ist auch gut genug für uns. Schlechte Boote sinken. Die Boote, mit denen wir jetzt fahren, pflegte er zu sagen, haben alles überstanden. In gewisser Weise hatte er recht, Mädchen.

‹Sie sind beide *bebet lamer*, Geschöpfe des Meeres. Wenn irgendwer es schafft, dann sie. Aber wieso sind sie überhaupt draußen? Das sieht ihnen nicht ähnlich.› Der alte Mann sinnierte vor sich hin. Er wußte, daß sie keine Dummköpfe waren. Was hatte sie veranlaßt, hinauszufahren?

Dann wandte er sich um, sah zu seinem jungen Freund auf den Hügel hinauf und entdeckte hinter ihm etwas, das ihm alles erklärte. Dicker Rauch stieg von der Welcome-Plantage auf. ‹Also deshalb. Sheila kriegt bald ihr Kind. Sie brauchen das Geld. Ich wußte doch, daß sie nicht aus reiner Blödheit bei diesem Wetter aufs Meer hinaus sind.›

Auch er war nicht blöd. Er wußte Bescheid. Nur so hatten sie hinausfahren und draußen bleiben können. Ihre Köpfe waren voll mit Plänen und ihre Hände voll mit Streichhölzern. Zwar waren sie keine Fischer, aber dafür Seeungeheuer, das wußte er. Die Furchen in seinem Gesicht vertieften sich. Seine Augen, in denen das Weiße vom gleißenden Licht des Meeres im Lauf der Jahre völlig braun, schmutzigbraun geworden war, glitzerten in dem Wissen, über das nur er, mit all seiner Erfahrung, verfügte. Er fühlte Tränen in seinen braunen Augen brennen. Er versuchte zum Horizont zu blicken, doch der schien immer näher zu rükken, inmitten der aufgewühlten See.

Sie würden es nicht bis Black River schaffen. Nicht bei diesen Sturmböen. Und er wußte, daß sie genau dies versuchen würden. Ihnen blieb gar nichts anderes übrig. An ihrer Stelle hätte er das gleiche getan. Aber es war hoffnungslos.

‹*Pu enn kari*. Für eine warme Mahlzeit am Tag›, sagte er.»

13

Sobald die Mauer ihn umgab meinen Schwiegervater umgab sie auch meine Frau die seine Tochter war und ihre zwei Schwestern die mit meinen Brüdern verheiratet sind aber sowieso nicht mehr mit mir sprachen wegen der Fehde die ich mit ihrem Vater gehabt hatte jedenfalls wollte meine Frau mich nicht länger in ihrer Nähe haben und es war als habe die Einbruchssicherung sich dichter und dichter um sie geschlossen und schirme ihren Körper nun von allem ab nicht nur von Einbrechern und auch die hohen Bambushecken umgaben sie nun von allen Seiten und hielten mich fern wie sie Passanten fernhielten und sie wollte nicht daß ich sie nackt sah oder sie berührte und das ist einer der Gründe nehme ich an oder besser gesagt es ist nur eine Ausflucht und zwar eine ziemlich schäbige für die Tatsache daß ich mich so verzweifelt an Françoise klammerte die als Sekretärin bei Ireland Blyth arbeitete der großen Importfirma und ich glaubte sie stelle etwas Besseres dar als die Mauern meines großen Hauses und die Mauern zwischen uns allen und war gefesselt von der Kultur die sie vertrat denn sie sprach Französisch und vielleicht klammerte ich mich deshalb so sehr an sie und dann und dann begann die Lügerei das Versteckspielen und die Doppelbödigkeit und dann bin ich ihr schon verfallen ihr hörig als ich entdecke wie leer sie ist und in welchem Vakuum sie lebt und wie dick die Mauern um ihre Seele sind und sie bildet sich ein sie sei hellhäutig genug um die halbe Welt zu verwerfen weil die zu schwarz ist einschließlich mir selbst und dabei hat sie kein Ahnenzeugnis das ihr vielleicht Aufnahme bei der Hälfte gewähren würde zu der sie gehören möchte also ist sie mitsamt ihrer pathetisch schweigsamen schmallippigen Familie zu gut für alle die sie akzeptieren würden und nicht gut genug für diejenigen von denen sie akzeptiert werden möchte und gehört nicht mal einem der hiesigen Clubs an und klammert sich an mich oder an mein Geld in tödlicher Heimlichkeit in Schande aber haßt mich den Sohn eines Kulis haßt mich weil ich dunkel bin und kein Franzose und sie spricht unentwegt Französisch und verabscheut Kreolisch und sagt es sei vulgär und abstoßend und eine Beleidigung für das Ohr und überhaupt keine Sprache und daß sie es nicht spräche was stimmte tragischerweise nur während und nach dem Zyklon Gervaise nicht da kam in der Aufregung über den Sturm Kreolisch aus ihr heraus aus ihrem wahren Selbst aus ihrem tiefen Inneren als sei das ihre eigentliche Sprache und auch wenn ich sie im Schlaf sprechen höre ist es Kreolisch sie jammert in Kreolisch wehrt sich schreiend im Schlaf gegen unbekannte Geister in Kreolisch stöhnt in Kreolisch in der Sprache ihrer Seele ihrer armen versteckten erbärmlich begrabenen erstickten namenlosen Seele können Sie sich vorstellen sich der Sprache zu schämen in der Sie träumen nun dann haben Sie Françoise vor sich sie und das kulturelle Vakuum um sie herum in dem sie die Sprache verbergen muß in der sie denkt und träumt und eine Sprache sprechen muß die sie nicht wirklich kennt weder ihre Untertöne noch ihre Feinheiten ihre Anklänge ihre Zweideutigkeiten ihre Nebenbedeutungen und sie liest schlechte französische Bücher die angeblich preisgekrönt sind und die sie nicht mal richtig versteht und läßt nicht durchblicken daß sie eigentlich überhaupt nicht gerne liest so sehr sie es auch versucht und hört sich Musik an bei der sie gar nichts empfindet außer einer vagen Sehnsucht nach mittelalterlichen französischen Gesängen und ist blind für alles außerhalb dieser ihrer kleinen frankophonen Phantasiewelt in der ihre Vorfahren die Gauls waren und in der sie Französin ist in der sie aber ihre Nägel und die Nagelbetten genau betrachten muß und die Beschaffenheit und Farbe ihres Haars überprüfen bloß um sicherzugehen und ihre Brustwarzen und ihre *yoni* vor sich selbst verstecken für den Fall irgendeines Anzeichens nur um sicherzugehen kein Anzeichen von Dunkelheit oder Krausköpfigkeit als begnügten sich Kultur und Natur damit nur in Nägeln und Haar und Hautfarbe weitergegeben zu werden und dann muß sie sich doch immer wieder fragen warum sie eigentlich in einem verfallenen ärmlichen Holzhaus lebt das ihrer Vermutung nach einmal einer befreiten Sklavin aus Rozil gehört hat und muß sich angesichts ihrer hellen Hautfarbe doch fragen wer wohl der Franzose war der die Sklavin befreite und bei sich behielt und wer der französischsprechende Mann nach ihm war der wiederum die Tochter jener befreiten Sklavin bei sich behielt die heller war als ihre Mutter und wer der Franzose aus einer anderen Generation war der sich die Enkelin der befreiten Sklavin mit Gewalt oder mit Geld zu Willen machte und wiederum deren Tochter und so weiter durch Prostitution oder Fast-Prostitution und Vergewaltigung oder Fast-Vergewaltigung die ganze Reihe herunter beginnend mit der befreiten Sklavin die während der Sklavenära zwischen der reichen Gesellschaft mit ihren Vorstellungen von europäischer Kultur und der armen Gesellschaft mit ihrer eigenen Kultur voll Witz und Reichtum und innerer Ordnung stand und die Generationen nach ihr gehörten ebenfalls nirgendwo dazu schotteten sich mit zusammengepreßten Mündern und kleinen Glasfenstern um die Veranda von aller wahren Kultur der Armen ab vor der Françoise noch heute ihren schmalen Mund zu einem Schlitz zusammenpreßt und daran lag es vielleicht daß sie das Gefühl gewann jeder sei gegen sie oder müsse es sein warum wäre sie sonst so hohl und oft sagt sie sie fühle sich ganz leer und ihr Kopf sei leer fühle sich leer an und sie bildet sich Krebsgeschwüre ein welche die Leere füllen vor allem in den weiblichen Bereichen und hat pathologische Furcht vor einer Schwangerschaft die wieder ein Stückchen die Leere füllt und sie hält mich zum Narren indem sie sagt nicht nur durchblikken läßt sondern direkt sagt daß sie die Pille nimmt was sie in Wirklichkeit keineswegs tut weil wie sie sagt aber das ist glaube ich nicht der Grund die katholische Kirche dagegen ist und sie fügt sich der Kirche wenn auch mit Groll und Haß aber dann wiederum wettert die Kirche weit weniger gegen Verhütung als gegen Abtreibung der sie sich alle paar Monate unterziehen mußte in aller Heimlichkeit und dann redet sie davon daß man sie nicht legalisieren darf weil die Mädchen es sonst auf der Straße mit den Jungs treiben und Abtreibungen rauf und runter haben und sie die Ärmste die Lügen von der Pille erzählt und schwanger wird und abtreiben muß und es ist sicher unfair von mir ihr die Schuld zu geben weil es im Grunde mein Fehler ist weil ich wissen müßte daß sie lügt und ich Kondome benutzen sollte aber da ich nun einmal bin wie ich bin und mich nahtlos in die Reihe der Fast-Prostitution einfüge will ich Françoise ohne die geringste Einschränkung genießen ohne jede Verantwortung ausgenommen nur das Geld das Geld für die Abtreibung in Bo Basin immer wieder Geld das ich ohne zu zögern hergab außer beim letztenmal als sie so weit ging zu leugnen daß sie überhaupt schwanger war und es verheimlichte und niederkam und das Baby tötete und dann fällt mir ein wie sie mir immer erzählte daß ihr Vater ihn nicht nur lautstark verkündet sondern auch in die Tat umgesetzt habe seinen Ausspruch er habe den Kürbiskern gepflanzt aus dem sie erwuchs und daher gebühre ihm das Recht als erster von dieser Frucht zu kosten und ich wußte nie ob ihr Vater wirklich Inzest begangen oder sie sich alles bloß eingebildet hatte und ich neigte dazu ihr nicht zu glauben nicht weil ich einen Geschlechtsgenossen das heißt ihren Vater in Schutz nehmen wollte sondern weil ich den Verdacht hatte daß für sie keiner gut genug war außer ihrem eigenen Vater denn sie sagte sie würde lieber jeden hellhäutigen Mann heiraten Hauptsache hellhäutig egal wie gemein oder grausam oder durch Inzucht degeneriert und häßlich so ihre Worte er auch sein möge als einen Nicht-Weißen wie sie es nannte was wirklich komisch ist denn als was betrachtet sie sich selbst oder gar ihren Vater was ich aber nie fragen konnte weil sie daran vielleicht zerbrochen wäre aber ich weiß es weil sie manchmal davon sprach nach Südafrika auszuwandern wie ihre Cousinen wo man wie sie glaubte die Hautfarbe der Menschen respektierte und dieser Gedanke wiederum brachte sie in Wallung wenn es Anti-Apartheid-Demonstrationen gab weil sie mit ihren simplen rassistischen Anschauungen sich dort selbst angegriffen sah oder vernichtet oder schlicht um die Ecke gebracht wegen ihrer Hautfarbe wo sie selbst nicht einmal gänzlich weiß war um ihre eigene stupide Klassifizierung zu verwenden so daß es mir nach einer Weile erschien als kämen ihre Mauern den meinen mindestens gleich nur daß ich an meine nicht glaubte und ihre der Stoff waren aus dem ihre Seele bestand und sich vorzustellen daß ich mich immer weiter und weiter mit ihr traf um mich von Mauern zu befreien und sie erzählt mir sie überlegt Nonne zu werden oder auszuwandern oder Selbstmord zu begehen und statt keinen Gedanken an Hautfarbe und Rassen und Herkunft zu verschwenden war sie besessen davon und hatte eine ausgewachsene Phobie daß die Hellhäutigkeit oder wie sie es betrachtete das Französische das sie an sich verehrte logischerweise wenn sie nur einmal klar nachdachte aus der Vergewaltigung und Prostitution und Demütigung von Generationen von Frauen resultieren mußte und nun ist sie da eingesperrt nicht nur in den Mauern des Irrenhauses sondern auch in ihrem eigenen Gemüt

14

«Als sie durch die Passage gerudert waren, wo ihnen die seitlich herankommenden Brecher zu schaffen machten, hatte Gandhi von ferne jemanden gesehen, der in Flikanflak die Straße entlangging.

‹Da ist er ja, dieser Arsch.›

‹Von mir sagst du, ich hätte keinen Respekt. Glaubst du vielleicht, bloß weil wir auf See sind, kannst du jetzt fluchen?›

‹Was für eine Schweinerei hat Soon jetzt wieder vor? Immer wenn wir auf Biharry und sein kleines Notizbuch warten, taucht dieser Schnüffler auf. Ich kriege Zustände, wenn ich ihn sehe, mit seinem Gewehr. Ich kriege schon Zustände, wenn ich bloß seine Stiefel sehe. Wir schuften im Schlamm, und er trägt diese Stiefel. Und Sheila kriegt bald ihr Kind. Mich schüttelt's, wenn ich ihn sehe. Normalerweise traut er sich doch gar nicht ins Dorf. Vor lauter Angst, man könnte ihn abmurksen. Was kann es bloß sein.›

‹Vor allem bei dem Regen. Was hat er bei dem Wetter draußen zu suchen. Hat doch sonst Angst, er könnte bei Regen schmelzen. Und dann noch mitten im Dorf. Hattest schon recht, auf ihn zu fluchen, Gandhi.›

Sie ruderten und ruderten, mit ihren jämmerlichen Dollen aus Tauwerk, und als sie das Focksegel setzten, konnten sie es wegen des verrückten Windes nicht allzu straff ziehen. Sie fuhren eine halbe Meile weit hinaus. Nicht mehr. Man konnte sie immer noch sehen.

‹Deswegen haben wir ihn in den Zuckerrohrfeldern nicht gesehen. Er ging von Welcome aus die Hauptstraße hinunter. Wie der König von England. Statt rumzuschnüffeln und nach Maniokdieben oder Feuerteufeln wie uns Ausschau zu halten. Warum? Tikay? Warum?

Tikay. Ich weiß warum. O mein Gott, Tikay. Was waren wir dumm. Merkst du nicht, wie bös das Meer aussieht? Eine kurze Welle hier und ein schwerer Brecher da. Der Windstoß allein kann diesen Tumult im Meer nicht aufgerührt haben. Siehst du es nicht, Tikay? Die See ist so aufgewühlt, das kann nicht nur am Wind liegen. O mein Gott, Tikay. Schau dir den Himmel an. Er bewegt sich. Schau, die Wolkendecke. So sieht es vor einem Zyklon aus. Da ist der Rauch. Rudern wir zurück. Unser Auftrag hat uns blind gemacht. Deswegen ist der Schnüffler unterwegs, er kündigt den Zyklon an. Wir haben alle Anzeichen übersehen. Bloß für einen Tag Arbeit. Und Sheila kriegt bald ihr Baby.›

Sie ruderten eine Weile, mußten aber bald alle paar Schläge die Pirogge wenden, um der schweren Dünung aus Norden und den kurzen Kabbelungen von Süden zu entgehen. Als der erste allgewaltige Windstoß aus Süden kam, mußten sie das Segel ganz einholen.

‹Der Durchlaß wird jetzt blockiert sein. Bei der Dünung von Norden und den Gegenwellen aus Süden. Die Vögel fliegen alle zurück zu den Klippen bei Albyon. Das sieht schlecht aus, Tikay. Die Vögel fliegen nicht umsonst zu dieser Tageszeit zurück. Sie wissen Bescheid.›

Du fragst, woher ich das alles weiß. Ich war doch nicht dabei, sagst du. Ja, ich nehme auch noch eine Tasse. Von meinem süßen Vanilletee, bitte. Nicht diesen scheußlichen schwarzen Kaffee. Solltest dich wirklich schämen. Schau dir bloß deinen Hals an, wie ein *pul liku tuni*, du gerupftes Hühnchen.

Die Sonne hatte sich mittlerweile über dem Wasser beim Hafen gesenkt. Natürlich hat der alte Mann es mir erzählt. Er war zwar auch nicht dabei. Aber wenn überhaupt jemand weiß, wie es sich zugetragen hat, dann er.»

«War er schon geboren, der Gebrochene Mann? Sind Gandhi und Tikay tatsächlich gestorben? Und was ist mit ihren Leichen passiert? Arme Sheila. Und was geschah weiter, nachdem Larmwar in den schwarzen Humber eingestiegen war? Weißt du die Nummer?»

«Red nicht von Leichen, bevor sie gestorben sind. Und verschon mich mit deinem ‹Arme Sheila›. Geschichten sind Geschichten. Es gibt gewisse Regeln beim Erzählen. Die wichtigste heißt Zuhören. Warum bloß diesen grauenhaften schwarzen Kaffee, Mädchen? Hab Geduld, vor allem was die Humbers angeht. Da wird es ganz schön haarig. Wenn du bloß ein bißchen dicker wärst. Einen hohlen Blick. Das hab ich in einem Shakespeare-Stück gehört, bei dem mein Raffick mitspielte, als er im Bhujoharry College war. Heute abend brauchst du eine gute Suppe. Das kriegst du von mir. Ein gutes Rezept. Für eine Fischsuppe. Siehst nicht so aus, als brächtest du mehr hinunter. Willst du das Rezept haben?»

«Ich versuche Geduld zu bewahren. Was für ein Rezept?»

«Für Fischsuppe. *Buyon pwason*. Leicht und schmackhaft. Ganz wie der Arzt es dir verordnet hat. Du gießt etwas Öl in deinen *karay*. Nein, nicht zum Ausbacken. Gerade genug, um den Fisch darin anzubräunen. Erst die eine Seite, dann die andere. Aber zuvor den Fisch in Stücke schneiden. Nicht filetieren, nein. Bestäube ihn mit einem Hauch Gelbwurz. Streu auch Thymian und zerstoßenen Knoblauch über den Fisch. Wie gesagt, die Fischstücke bräunen lassen. Dann herausnehmen und auf eine Platte legen. Nun in demselben Öl vorsichtig Zwiebeln anbräunen. Sie müssen vorher in dünne halbrunde Scheiben geschnitten sein. Wenn die Zwiebeln fast braun sind, gib zermahlene Ingwerwurzel hinzu. Eine ordentliche Portion. Dann zerstoßenen Knoblauch. Und zwei oder drei kleingeschnittene Tomaten, die im Öl gebraten werden, wohlgemerkt, gebraten. Dann füge etwas Chili hinzu. Außerdem Salz und Wasser. Wenn das Wasser kocht, gib den Fisch wieder dazu. Koch Reis und gieß etwas von der Kochflüssigkeit in die Suppe. Zum Servieren mit kleingeschnittenen Korianderblättern und Petersilie garnieren.

Der Humber nahm Larmwar und vier weitere große junge Kerle mit, die als Rausschmeißer bei Bordellen herumhingen, und brachte sie zu einem *kanpman*. Larmwar war nie zuvor in einem *kanpman* gewesen. Nicht einmal in Be di Tombo, eine Straße weiter von Ros Bwa.

Das also war ein *kanpman*.

Er hatte noch nie dergleichen gesehen.

Wunderschöne, gepflegte Rasenflächen und viel Grün und Blumen und Veranden und kunstvoll geflochtene Korbsessel und leicht beschwipstes Gelächter, das aus offenen Hemden emporstieg.

Menschen standen herum wie Statuen, mit hohen, glitzernden Kristallgläsern in den Händen. Manche schienen hierher zu gehören. Lachten und tauschten Vertraulichkeiten aus. Dunkle Brillen und teure Stoffe. Hände und Fingernägel geradezu abstoßend sauber.

Etwa fünfzehn andere Männer jedoch wirkten genauso unbehaglich, wie er sich fühlte. Manche überdeckten es mit lautem Gerede. Oder traten von einem Fuß auf den anderen. Ihre riesigen Hände wirkten hier fehl am Platz.

Es waren nur Männer. Zum erstenmal in seinem Leben, obwohl er sich schon so lange bei Bordellen herumdrückte, zum allererstenmal witterte Larmwar, daß Vergewaltigung in der Luft lag. Vergewaltigung. Oder war es das überhaupt? Nicht eher der unverwechselbare Geruch von Männern, die von anderen Männern gedemütigt werden? Es erinnerte ihn an etwas. Er legte ganz leicht den Kopf zurück und schnupperte.

Ein betrunkener alter Mann musterte ihn von oben bis unten, wie ein Lüstling ein junges Mädchen beäugt. Später fand Larmwar heraus, daß er ein Richter war. Die anderen waren Zuckerplantagenbesitzer und Anwälte und Ärzte. All jene Männer starrten Larmwar an. Warum? Nun, das hätte jeder getan, Mädchen. Larmwar, dein Vater, war wie ein wilder Hirsch. Groß und schön, den Kopf hoch erhoben, aber mißtrauisch. Er glich einem Gott. Doch diese Männer starrten jeden neuen Mann so an, wie Jagdbeute.

Plötzlich erinnerte er sich. Jener Geruch; es war die Polizeistation. Die Polizeistation von Senkrwa und die von Tru Fanfaron. Und noch schlimmer, die Polizeistation von Ti Rivyer. Ist dir das schon mal aufgefallen, Mädchen? Die Polizeistationen riechen nach Männern, die von anderen Männern gedemütigt werden. In dem Geruch liegt mehr Demütigung als Furcht. Eher die Demütigung eines Polizisten durch einen anderen als die Furcht der Gefangenen. Nein, nicht die Furcht der Gefangenen. Du konntest es sogar riechen, wenn dich keiner durch die Gitterstäbe hindurch anschaute, mit Verlangen in den Augen.

Die Männer im *kanpman* waren die Demütiger und die Gedemütigten. Sie verströmten den Geruch aus allen Poren. Machten Jagd auf entflohene Sklaven. Vergewaltigten alle Frauen, außer natürlich ihre eigenen wundervollen Mütter, die ihnen Tränen in ihre gottverdammt heuchlerischen Augen trieben, Mädchen, und vergewaltigten die meisten Männer, sofern die sich nicht genug lieb Kind machten, um selbst zum Vergewaltiger zu werden. Sieh mir meine Sprache nach, Mädchen. Ja, ich weiß wohl, daß ich sie hasse. Weil sie uns an unsere Vergangenheit erinnern.

Ich weiß davon, Mädchen, weil er es nachher meinem Raffick erzählte. Und mein Raffick hat es mir erzählt, darum.

Worte begannen in Larmwars Gedanken Form anzunehmen, erzählte mir Raffick, neben den Bildern von Korbsesseln und dem Geruch der Demütigung, einem Geruch, der ertrank in den noch übleren Ausdünstungen von teuren, aufdringlichen Parfüms, die seine Nase beleidigten – Worte, die sich neben die Bilder von Rasenflächen und Bougainvillea-Büschen drängten:

Eine Aufgabe zu erledigen. Feinde. Wenn wir jetzt nicht handeln. Das Land in die Hand bekommen. Hungersnot, wenn Unabhängigkeit erreicht wird. Sie sind doch daran schuld. Und wir waren zuerst hier. Es gibt Geld dafür. Und nachher einen vollen Job. Für die Zwischenzeit würden Werkzeuge erforderlich sein.

Die Worte *sab* und *lasid*, Buschmesser und Vitriol oder Säure, Werkzeuge, deren man sich im Bordellgewerbe bei Revierkämpfen bediente. Die Worte wirbelten in seinem Kopf umher. Er hörte auch Sprüche gegen Heiden und Götzenanbeter und irgendwo mittendrin sogar Flüche über Vegetarier. Verdammte Grasfresser, hörte er. Er hörte die Worte ‹Pflicht gegenüber unserer Gemeinschaft›. Und *Bann Angle*, die Engländer, würden Truppen entsenden müssen. Damit, schien die Schlußfolgerung zu sein, gäbe es keine Unabhängigkeit für Mauritius, und das würde Sieg bedeuten. Eine Kolonie bleiben. Nein zur Unabhängigkeit, hörte er. Den Affen keine Rasierklingen in die Hand geben. Müssen der Arbeiterpartei das Rückgrat brechen. Sie mittendurch spalten. Sonst Unabhängigkeit und Hungersnot. Vielleicht sogar Kommunismus. Er fragte sich, was das war. Oder die Hindu-Gefahr. Was das wohl sein mochte.

So bekam die Geschichte Larmwar zu fassen.

Er mußte sich taufen lassen, beschloß er. Sonst bekam er die verdammte Säure noch in sein eigenes gottverdammtes Gesicht.

Er würde einen leisen Ekel davor überwinden müssen, Blut zu trinken und Fleisch zu essen. Ihn schauderte es vor dem Kannibalentum. Aber sonst stand ihm noch Schlimmeres bevor, dachte er. Er suchte einen Priester auf. Und es geschah.

Und von da an hieß er Laval. War allerdings bei jedermann als Laval Larmwar bekannt. Larmwar wurde sein Nachname. Laval Larmwar L'Enteté. Er ähnelte zu sehr einem prächtigen Möbelstück, als daß der Name sich einfach abstreifen oder mit ein bißchen Weihwasser abwaschen ließ. Man sagte von ihm, er sei gebaut wie ein imposanter doppeltüriger Küchenschrank.

Laval, der Name, den er selbst auswählte, war der eines Heiligen, oder zumindest etwas Ähnlichem, aus Senkrwa. Ein Mann, der als Heiliger galt, weil er als einziger Priester nach der Sklavenbefreiung den Menschen freundlich begegnete. Da fragt man sich natürlich, wie es zu jener Zeit um die anderen Priester bestellt war. Und wie es um die Priester heute steht. Jedenfalls würde Père Laval eines Tages ein Heiliger sein, dachte Laval. Bis hinauf zum Vatikan, höre ich, wenn am Ort genug Geld dafür zusammenkommt, Shy. Laval Antoine. Antoine nach St. Antoine Koson, einem illegalen Heiligen. Einem möglicherweise nützlichen Heiligen für miese Jobs. Wie auch er gerufen wurde, wo es um einen miesen Job ging.

‹Wie kommt es›, zischelte seine Mutter ihm im Flüsterton zu, wütend wie eine Schlange, ‹wie kommt es, verflucht noch mal, daß du jedesmal, wenn ich von einer Brandstiftung bei einem Geschäft höre, mit diesen schwarzen Autos unterwegs bist? Um genau die gleiche Zeit. Antworte mir, du Verräter.› Sheila nannte ihn einen Spitzel und einen Denunzianten. Sie hatte recht. Und du hör auf, so hochmütig dreinzublicken, Mädchen. Ich bin ebenfalls Mutter, und auch ich mußte meinen Sohn mit ebendiesen Wörtern bezeichnen.

‹Was für Geschäfte? Wer? Ich?› antwortete Larmwar.

‹Und der Überfall in den Zuckerrohrfeldern bei Bel Vi Arel?› Sie zischte ihn an wie eine wütende Natter. ‹Als ob das irgendwas Gutes einbrächte, für Geld zu arbeiten, du gottverdammter Stricher. Für das Geld von Bossen und Politikern.› Sie war eine Frau, die es genau nahm.

‹Wer hat letzte Nacht das Lastwagendepot der Regierung in Brand gesteckt? Was waren das für Kanister, die du heimgebracht und dann mitgenommen hast?›

Es dauerte nur ein paar Wochen, und der Krieg brach aus. Der Krieg, der zu den Rassenkonflikten von 1968 werden sollte. Doch statt dort auszubrechen, wo die Bosse und rechtsgerichteten Politiker es so sorgfältig geplant hatten, nämlich zwischen den Hindus aus dem Norden und allen übrigen, brach er zwischen Larmwars Bordellbesitzern und den Zuhältern aus dem benachbarten Plenn Vert aus. Ganz von selbst verwandelte sich der Rassenkrieg in einen Revierkampf. Der Revierkampf hatte mehr Stoßkraft als das hohle Gerede im *kanpman*.

Aber die Werkzeuge lagen bereit. Es gab sogar fünfzehn Gewehre. Ein Revierkampf sollte es sein.

Doch der Revierkampf wurde wiederum zum Rassenkrieg.

Weil die Besitzer der anderen Bordelle Muslims waren. Also kämpfte Laval im Rassenkrieg von 1968 nicht für die Unabhängigkeit, was offenkundig in seinem Interesse gewesen wäre, sondern dagegen, und kämpfte auch nicht, wie eigentlich ausgemacht, gegen diejenigen, die zu viele Götter hatten oder Vegetarier waren, sondern gegen die anderen, die nur einen Gott hatten und Rindfleisch aßen. Schweinefleisch aber haßten. Beides schien Larmwar alias Laval gleich hohl.

Er hatte keine Ahnung, aber mein Raffick erzählte mir davon, daß weitere vier Wagenladungen von Männern ebenfalls in den *kanpman* gekommen waren. Auch sie hatten die Bougainvillea-Büsche und die kunstvollen Korbmöbel gesehen, die Demütigung und das allzu starke teure Parfüm gerochen. Hatten ebenfalls seltsame Worte vernommen. Waren ebenfalls mit Werkzeug versehen worden. Wie ein Spiegelbild. Nur an einem anderen Tag natürlich.

Und auch sie hatten zu jener Zeit mehr Gründe für einen Revierkampf als für jede andere Art von Auseinandersetzung.

So kam es, daß zwei Banden von fünfzehn bis zwanzig Halbstarken, bis an die Zähne bewaffnet, jeweils im Viertel der anderen zu wüten begannen. Greueltaten wurden begangen. Und ihnen folgten Banden von Jungen, noch kaum trocken hinter den Ohren, die reinsten Kinder waren es, die da plünderten und vergewaltigten und raubten, als Nachhut dieser beiden Banden bezahlter Schläger, zu denen mein Sohn und dein Vater gehörten.

Und die Familien luden sich auf den Kopf, was sie nur konnten, und setzten sich ab.

Wie wenn du Essig, Welcomes Essig, zu Milch gibst. Die Leute waren wie die Milch. Begannen sich abzusetzen. Es war eine Völkerwanderung, Mädchen.

Ich lebte damals in Ros Bwa. Als sie kamen, nahm ich meine beiden Enkel, die Kleinen von Fazia, und versteckte mich im Nachbarhaus. Sie waren Kreolen. Wir mußten uns zwei Tage versteckt halten, bis uns eine Militäreskorte nach Plenn Vert brachte. Von unseren Sachen bekamen wir kein Stück je wieder. Nicht mal meine Hühner. Als wir an unserem Haus vorbeikamen, spähte ich kurz hinein. Ich guckte in mein Wohnzimmer, ein kleiner Raum aus Wellblech in einem gemieteten Haus, und sah, daß sie sogar die Goldfische der Kleinen erstochen hatten und das Bassin rot war von ihrem Blut. Der Sessel, unser einziger Sessel, war aufgeschlitzt. Die Polsterung quoll heraus.

Und wir begegneten unseren Spiegelbildern, Menschen, die

flohen wie wir, nur in die andere Richtung. Furcht im Blick. Sie wirkten, als hätten auch sie soeben erstochene Goldfische in ihren Bassins und aufgeschlitzte Sessel in den Wellblechhäusern von Plenn Vert gesehen, aus denen sie flohen. Ich konnte nicht in Ros Bwa bleiben und sie nicht in Plenn Vert. Sie vermochten es ebenso wenig zu fassen wie ich. Bis heute nicht.

Du hast das Mal im Gesicht des Gebrochenen Mannes gesehen, über die ganze Seite. Säure. Vitriol. Was er austeilte, bekam er wieder zurück. Was er einsteckte, zahlte er heim.

Er war einer der rund dreißig Schuldigen. Sechzehn auf jeder Seite.

Das Mal ist noch immer auf seiner linken Wange. Irgendeine rechte Hand erwischte ihn dort mit einem Glas purer Säure. Das Mal steht für seine Schuld. Auch er ist schuldig und hat seine Spur auf dem Hals eines anderen hinterlassen, als obszönes Mal von einem Buschmesser.

Zwar weder so schuldig wie die Männer vom *kanpman* in ihren offenen weißen Hemden noch so schuldig wie die Zuckerbarone, die sie bezahlten. Doch schuldiger als die Plünderer, die nach ihnen kamen, und sehr viel schuldiger als die Menschen, die mit keinem Krieg etwas zu tun hatten und mit Bündeln auf ihren Köpfen fliehen mußten, mit Säuglingen im Arm und Furcht im Blick.

Gerichtsverhandlungen fanden nie statt. Hätten sonst womöglich einen weiteren Krieg heraufbeschworen, sagten sie.

Sowieso waren die wirklich Schuldigen viel zu hoch oben. Sind es bis heute.

Die britische Armee rückte ein, und das Land geriet unter Militärbesatzung. Und wegen der Ausgangssperre mußte die Unabhängigkeit um Mittag verkündet werden statt um Mitternacht. Mittags, nicht auf der Schwelle zwischen zwei Tagen.

Aber Laval wußte nicht, daß es keine Gerichtsverhandlungen geben würde. Niemand wußte das. Und als die britischen Truppen kamen und die Ausgangssperre verhängten und der Rassenkrieg endete, ergriffen diejenigen, die getötet oder anderen die Hände abgehackt hatten, oder die grauenvolle Male auf der linken Gesichtshälfte trugen, die Flucht. Auf beiden Seiten. Sie flohen aufs Land.

Laval floh nach Banbu, weil er sich schwach erinnerte, als Junge von dort nach Flikanflak gekommen zu sein, und weil Banbu nicht weit von Flikanflak entfernt lag und, soweit er sich entsinnen konnte, schon immer als Versteck für die Banditen des Landes gedient hatte. Ein Sumpfloch, in dem die Malaria wütete. Fremde kamen nicht gern dorthin. Bis heute verlangen Taxifahrer ein Vermögen, um dich dahin zu kutschieren, Shy. Dein Geburtsort. Dort jedenfalls beschloß er, sich zu verstecken. Und dort, in Banbu, wo er sich versteckte, begegnete er deiner Mutter, Petchay, der Tochter von Soon, verliebte sich, schwängerte sie und verließ das Dorf. Du bist ein Kind der maurizischen Unabhängigkeit, in ebenjener Unabhängigkeit unter Ausgangssperre wurdest du empfangen. Der Sohn von Sheila und Gandhi, genannt Larmwar, der Schrank, umgetauft Laval, erst Bandit, dann Flüchtling, verliebte sich in die unschuldige Petchay, die dich gebar, Tiny Shynee. Ich bin eine der wenigen, die weiß, daß er dein Vater war, oder sollte ich sagen: ist? Wozu das auch gut sein mag.

‹Ein Glück, daß Moutou die Pirogge gebaut hat›, sagte Gandhi, sein Gesicht schwarz in dem malvenfarbenen Licht. Moutou ging stets los und suchte sich seinen eigenen Jackbaum, bezahlte dafür und ließ ihn vor seinen Augen ausgraben. Und dabei plante er bereits, wie er die geschwungenen Spanten, die beidseitig vom Kiel ausgingen, aus der Krümmung vom Stamm zu den Wurzeln des Jackbaums herausmeißeln würde. Damit wurden seine Boote so stark wie Häuser. Kein quergemasertes Holz unterbrach den herrlichen Schwung. Er ließ den Baum mit dem Ochsenkarren bis nach Gran Gob bringen, wo er unter einem Baum arbeitete. Er schnitzte Planke um Planke aus dem Holz. Eine Pirogge von Moutou erkennst du auf den ersten Blick, Mädchen. Manche sagten, er habe eine besondere Gabe. Sie sagten, er sähe das Boot und seine Rundungen in höchster Vollendung vor seinem inneren Auge, bevor er an die Arbeit ging. Er war nicht bloß ein Schiffszimmermann, sagten sie. Er baute die Boote der Götter nach. Piroggen und Kanus. Ein paar von seinen Booten gibt es noch heute. Doch nicht jenes, das Gandhi und Tikay benutzten.

‹Stimmt›, sagte Tikay, ‹aber wer hätte schon gedacht, daß das Meer, das gleiche Meer, das vor sieben Tagen, vor sieben kurzen Tagen, noch glatt und still wie eine Glasscheibe dalag, sich derart verwandeln würde? Die hoch aufragenden Tamarinberge malten sich auf dem Glas davor ab wie ein Spiegelbild. Vor dem Riff konnte man bis auf den Grund sehen, Korallen und Fische in phantastischen Farben. Wer hätte geglaubt, daß der milde blaue Himmel und der rosige Sonnenuntergang über dem stillen, flachen türkisen Meer sich so verwandeln würden? Zu dieser wütenden, grauen Mordsee?›

Gandhi und Tikay ruderten mittlerweile immer heftiger und heftiger. Es war unmöglich, ein bestimmtes Ziel anzusteuern; sie konnten nur versuchen, den riesigen Brechern auszuweichen, die in das Boot zu schwappen drohten. Es lief bereits voll. Alle paar Minuten legten sie die Ruder ab und schöpften das Boot mit Blechtöpfen leer. Die schwere Dünung aus Norden ließ sie immer wieder einen Wellenberg hinaufrudern und dann auf der anderen Seite in einem Irrsinnstempo herabsausen, als säßen sie in einem Motorbob. Und nicht nur mußten sie den turmhohen Brechern ausweichen, sondern sich auch noch mit *larul kurt* herumschlagen, den kurzen Wellen, die von Süden quer dagegen klatschten. Ein *vannsi* war aufgekommen und blies in immer rascher aufeinanderfolgenden Windstößen.

‹Was ist mit Sheila, Gandhi?› fragte Tikay.

‹Läßt einen an Wiedergeburt glauben.›

‹Red nicht so. *Chup chap*. Wir vergeuden unseren Atem mit Reden. Rudere lieber. Unser Atem, das will ich dir sagen, Gandhi, ist nichts im Vergleich mit diesen Sturmböen. Rudere, du Narr. Rudere.›

‹Wir wissen ja nicht einmal, wohin wir rudern. Auf jeden Fall bleibt nichts für immer tot. Uns fressen die Fische, und die Menschen essen den Fisch. Also ist es Wiedergeburt.›

‹Rudere nach Black River. Rudere über die nächste Welle hinweg.›

‹Vermutlich finden sie uns völlig aufgedunsen, als aufgeblähte Wasserleiche angespült, wie den alten Onkel Frid.›

‹Zieh uns nicht den Mumm aus den Knochen, Gandhi.›

‹Du hast mit Sheila angefangen und mit dem Baby in ihrem Wasserbauch.›

‹Wasser zu Wasser. Statt Staub zu Staub. Wenn man daran denkt, daß wir auf Feuer gewartet haben.›

‹Wir wollten eine Aktion, die sich nicht dauernd sinnlos im Kreis dreht. Wir wollten etwas tun, das die Geschichte verändert. War unsere Aktion so schlecht geplant und sinnlos wie ein Zyklon, Tikay?›

‹Haben unsere Leben eine Spur hinterlassen, Gandhi? Meine Mutter hat auf Diego Garcia gelebt, ist dort geboren und groß geworden und dann fortgegangen, um hier zu leben und mich auf die Welt zu bringen; sie weinte, weil sie so verwundbar war, und fragte sich, ob sie überhaupt eine Spur, auch nur das leiseste Zeichen, auf diesem maurizischen Land hinterlassen habe. Ich versicherte ihr, aber natürlich, Mutter. Sie war der stärkste Mensch, den ich je kannte. Da siehst du, wie verwundbar wir sind.›

Und damit peitschte der erste schwere Regenguß los. Bei einem Zyklon fällt der Regen nicht zu Boden. Erinnerst du dich an Gervaise von 1975, Mädchen? Ja, du warst damals noch eine halbe Portion. Die Geschichte ist nicht meine Erfindung. Der alte Mann hat sie mir erzählt. Und sag nicht immer wieder, aber er war doch gar nicht dabei, denn er wußte, was geschehen war, als ob er dabeigewesen wäre, weil er ein Denker war, und den ganzen Tag lang draußen in seinem Boot nichts tat als nachdenken, und das Denken läßt dich die Dinge begreifen. Daß Tikays Mutter aus Diego Garcia kam, ist wichtig, nun schau mich nicht an, als wäre ich verrückt. Der alte Mann erzählte es mir, und damals war es nicht von Bedeutung. Aber jetzt. Weil Tikays Mutter, so will es scheinen, auf Diego Garcia keinerlei Spuren hinterlassen hat. Wird es uns ebenso gehen? Spurlos? Eine ganze Gesellschaft ausradiert, um, wie im Fall von Tikays Mutter, einer Militärbasis Platz zu machen? Kokosnußpalmen abrasiert, um Raum für Landebahnen zu schaffen. Meeresschildkröten ermordet für den Bau eines Marinedocks. Ihre Familie ließ alle Tiere und das bescheidene Mobiliar zurück. Ihr Esel rieb sein Hinterteil an einer Kokosnußpalme, als sie fortgingen. Um nie wieder zurückzukehren. Niemals mehr. Diego Garcia wurde für immer von Mauritius abgespalten. Ist jetzt in englischem Besitz, verpachtet an die Vereinigten Staaten, und dient als riesige Basis. Und das darum, wie sie behaupteten, damit du in einem *unabhängigen* Mauritius geboren werden konntest? Es ist nicht deine Schuld, nein, aber laß nicht dauernd durchblicken, daß ich von der Geschichte abschweife oder Dinge erfinde. All dies ist zufällig nicht nur wahr, sondern auch wichtig. Und worauf du eine Antwort wissen mußt, Mädchen, wenn ich das einmal so sagen darf, worauf du, ihr jungen Leute, die Pflicht habt zu antworten, das ist die Frage: ist es *für immer* abgespalten?

Der Regen kam von der Seite. Er fiel nicht von oben nach unten. Er stürmte von Süden gegen sie an, peitschte sie, bis ihre Wangen und Unterarme schmerzten. Zum Schutz mußten sie die Augen halb schließen. Ganze Wände von Regen, wie riesige Leintücher, fetzten an ihnen vorbei. Bald wußten sie nicht einmal mehr, wo die Küste war, konnten es anhand des wildbewegten Wellenmusters nur schätzen. Und das Wasser schwappte eimerweise in die Pirogge.

‹Sie werden nicht mal ein Loch für uns ausheben können, wenn sie unsere Leichen finden. In einem Fuß Tiefe steht schon das Wasser. Von Wasser zu Wasser und wieder zu Wasser. Und mit Einäscherung wird es auch nichts, verdammt. Ertrunkene dürfen nicht verbrannt werden. Bleibt nichts übrig, als bei der Polizeistation Meldung zu machen und zu versuchen, uns im Wasser zu verbuddeln.›

‹Soon, der alte Schnüffler, wird vor uns bei der Polizei sein›, sagte Tikay.

Sie lachten.

Das war das letzte, was sie von sich gaben. Sie saßen still und nahe beieinander.

Der Zyklon verschlang sie. *Fini.*

Die Vögel, die sich mit dem Rückflug zu den Klippen bei Albyon Zeit gelassen hatten, kamen in Bedrängnis.

Ein zierlicher Tropik-Vogel, der mit seiner Gefährtin in den Schluchten des Black River lebte, fiel zwischen zwei mörderischen Windstößen aus schwindelnder Höhe in das Wasser, als hätte er Jagd auf einen fliegenden Fisch gemacht. Auch er, *fini.*

Sie sahen die Welt unter Wasser nicht wie sonst, wenn sie an einem herrlichen Tag mit einem selbstgefertigten Harpunengewehr direkt hinter dem Riff tauchten. Sie sahen weder die im Mittagslicht durchscheinenden, berauschenden Farben der Korallen noch die verspielten, glänzenden Fischlein. Sie sahen nicht die atemberaubende Schönheit der wilden Farbenpracht. Sie sahen ihre raffinierten Fischfallen nicht, die sie mit Füßen und Händen aus gespaltenem Bambus geflochten hatten und in welche die Fische von oben hineingeraten, um dann nicht wieder herauszufinden, weil sie nur nach unten schwimmen können. Nun hatten sie keinen Blick für die Fallen. Auch sie sanken nach unten wie die Fische. Sie sahen nicht das Stahlblau noch das elektrisierende Rot. Noch den goldenen Glanz. Noch das kristallene Silber. Noch das grelle Rosa. Noch das schillernde Grün. Keiner von beiden konnte schwimmen.

Grau.

Fini.

Sie und ich blieben mutterseelenallein in dem Zyklon. Wir beide, zusammen. Allein. Sheila und ich. Und der Zyklon von 1945.

Der allerallerschlimmste Zyklon, den es je gab, Mädchen. Zwar heißt es, es kann immer noch schlimmer kommen. Mag wohl sein. Aber die Alten sagten, er sei schlimmer gewesen als der Zyklon von 1892. Den habe ich nicht erlebt, also weiß ich es auch nicht.

Alle mußten los, sich um ihre Häuser kümmern, um die Kinder, die Männer, das Vieh, die Boote und das Essen. Alle versteckten sich, wie wilde Tiere.

Und uns Frauen, Sheila und mir, war sogar das versagt. Wir konnten uns nicht verstecken. Wir hatten eine Aufgabe zu erledigen.

Wir mußten die Geburt durchstehen. Ich sage ‹wir›, weil, wie gesagt, Sheilas Körper streikte. Sie sagte, es läge an Larmwar. Aber natürlich lag es an ihr. Ich würde das Baby herauslocken müssen, oder herauszerren. Sie tat es nicht absichtlich, aber ihr ganzer Körper versteifte sich vor Zorn und Groll. Ihre Fröhlichkeit war verflogen. Ihre frischen Farben verblaßten zu Weiß, wie der Sari einer Witwe. Sie wollte nichts Buntes mehr sehen, fühlte sich wie eine Ausgestoßene, die keine leuchtenden Farben mehr tragen durfte, nur ungefärbtes Tuch. Sie wollte Gandhi zurückhaben. Und sie wollte keinen Neuankömmling. Aber der Neuankömmling würde erscheinen. Wenn ich ihn für sie zur Welt brachte. Deshalb bin ich ein wenig auch deine Großmutter, Mädchen. Deine Oma. Als Larmwar anfing, im Rassenkrieg mitzumischen, sagte Sheila zu mir, das ist alles deine Schuld, Fatma. Und sie lachte. Ja, sie lernte wieder zu lachen. Auf gewisse Weise.

Der Zyklon schickte seine Windstöße immer rascher hintereinander. Jedesmal hörte man erst das Grollen in der Ferne, das näher kam und alles zu Bruch gehen ließ, und dann flog das Strohdach bündelweise davon. Die Büschel von *vetiver*, mit so viel Sorgfalt eines über dem anderen festgebunden, hielten nur, solange *das Ganze* hielt. Doch sobald das erste von einem mörderischen Windstoß fortgerissen war, nahm jede neue Bö ein weiteres Bündel Stroh mit sich fort. Das erste flog davon. Und durch das so entstandene Loch kam der Wind herein und riß noch ein Bündel weg. In jedes Loch drangen Wind und Regen, peitschten von oben und von der Seite herein. Der Wind begann sich des Hauses zu bemächtigen. Jede Bö drohte das bescheidene Grashaus auseinanderzureißen. Mit jedem Windstoß wurden die Wehen heftiger und das Loch im Dach größer. Ich stellte die Blechwanne unter das Loch. Was sollte ich sonst tun.

‹Schau nach der Hündin und ihren Welpen›, sagte Sheila. ‹Sie sind in einer Höhle bei dem Gewürzmahlstein.› Als ich hinkam, Mädchen, lag die Hündin völlig verstört am Rande einer kleinen Pfütze. Und in der Pfütze, in jenem fahlen purpurnen Licht, schwammen zwei neugeborene Welpen. Mit geschlossenen Augen, aber sie schwammen. Ich tauchte die Hand in das trübe Wasser, und es war heiß. Wie Suppe. Die Hitze war aus dem Boden aufgestiegen. Ich hob die triefnassen Welpen aus der Erdsuppe, und die Hündin folgte mir nach drinnen.

Die Nacht brach an. Aber bei einem Zyklon wird es nicht richtig dunkel. Nicht einmal in der Nacht entkommt man dieser schaurigen Malvenfarbe.

‹*Pena repi, Beti.* Es läßt nicht nach, Tochter›, sagte ich zu ihr. Nur dieses eine Mal nannte ich sie Tochter. Sie wirkte so hilflos. Es war nicht einmal dunkel.

Die Wolken sind so hoch, Mädchen, daß sie das Sonnenlicht widerspiegeln, während sie über den Himmel dahinrasen, und darum bleibt es die ganze Nacht hindurch so geisterhaft hell. Für uns, für die Geburt, war dies Segen und Fluch zugleich.

Ich mußte Luxmi und die Mutterziege ins Haus bringen. Sheila sagte, die Tiere verstünden es besser als sie, Junge auf die Welt zu bringen. Gegen die Hühner wehrte ich mich eine Weile. Dann gab ich nach und holte auch die beiden Hennen, von der eine vier piepsende Küken hatte. ‹Was soll's›, dachte ich, ‹das macht nun auch nichts mehr aus.›

Wir richteten uns für die Nacht ein. Der Holzkohleofen tat sein Bestes, uns warm zu halten.

‹Wir können nirgendwohin, selbst wenn wir wollten.› Sheila sagte das. Dann fragte sie mich recht zerstreut, ob ich mir irgendwo einen Unterschlupf suchen wollte.

‹Wir stehen das zusammen durch.› Die ganze Nacht über wurden die Windstöße immer wilder. Und Sheilas Wehen immer heftiger. Die ganze Nacht über löste sich ein Strohbündel nach dem anderen vom Dach.

Sie wehrte sich gegen die Geburt. Widersetzte sich der Natur. Widersetzlich wie die Natur. Ihre Natur gegen die Natur der

Natur. Wie viele Naturen können gegeneinander kämpfen, Mädchen? Keine einzelne Natur. Kein einzelner Gott. Vielleicht so viele, daß es gar keine mehr sind.

Schließlich war das ganze Dach fortgeweht, und der Regen prasselte voll herein.

Die Kleider klebten uns am Leib, hafteten an uns, so eng an unser Fleisch geklatscht, daß wir wie nackt und bloß dasaßen.

Zwei nackte Frauen.

Im malvenfarbenen Licht.

Und dann bedeckten uns allmählich die zerfetzten Blätter aller Bäume von ganz Flikanflak. Die Blätterschnipsel wehten durch das klaffende Loch, das einst das Strohdach gewesen war, und blieben an unseren nackten Körpern kleben.

Wir verwandelten uns in pflanzliche Lebewesen, rochen sogar wie diese zermatschte, zerfetzte grüne Masse.

All jene zermalmten Blätter stanken stark und grün nach Leben. Pur.

Wir waren durchnäßt. Bis auf die Knochen. Nah beieinander, zusammengekauert, in Erwartung einer Ankunft. Wir beide und die Tiere, über und über bedeckt mit Blätterfetzen.»

15

Bei
meiner
Lüge
ich
werde
verbrennen oder
vertrocknen
oder
mich verzehren
und
bei
meinem
Wort
versuchen
das Leben
wieder zurück-
zubringen oder das Leben
wieder
zu verkehren
in sein
inneres
Muster.

Ich glaube nicht, daß es am Nichtessen liegt. Das heißt, an der Diät. Und auch nicht am Fasten.

Es hat mit etwas anderem zu tun, das von außen das gleiche zu sein scheint wie nicht essen. Nämlich nicht konsumieren. Ich will kein Konsument sein. Ein Konsument verzehrt Dinge. Ich will nichts verzehren. Ich will den Dingen kein Ende setzen.

Ich würde vorziehen, die Dinge in meinem Körper zu verwerten, statt sie einfach zu konsumieren. Ich bin kein Feuer, das Zuckerrohrblätter verzehrt. Ich weigere mich zu verzehren. Irgendwie habe ich das Gefühl, daß es mich verzehrt, was ich esse. Ich werde zu einem Konsumenten gemacht, aber ich bin kein Konsument.

Ich leide nicht an Auszehrung. Wenn ich jetzt wohl auch so aussehe, mit meinen herausstehenden Knochen und meiner Angst vor Blut.

Ich habe nichts dagegen zu essen, Nahrung zu verwerten. Ich wehre mich nur dagegen, Nahrung zu konsumieren. Ich bin ein Produzent. Ich arbeite. Jahrelang habe ich große Flaumballen in Wollfäden verwandelt. Ich produziere. Ich weiß nicht immer, was ich produziere. Noch, für wen ich produziere. Aber ich weiß sicher, daß ich Produzent bin. Jetzt mache ich Hemden. Ich produziere. Ich bin kein Konsument.

Seit vielen Jahren schon spricht man mich als Konsumenten an. Die Reklame wendet sich an mich als Konsumenten. Die Geschäfte bezeichnen mich als Konsumenten. Selbst meine Gewerkschaft hält mich für einen Konsumenten. Es gibt sogar eine Konsumentenvereinigung.

Der Bus hält bei der Station Rozil. Gefallene Bastion. Station. Überall gigantische Aufforderungen zum Konsum. Konsumieren Sie dies. Konsumieren Sie das. Die handgemalten politischen Plakate sind jetzt verboten. Zu schmuddelig, sagt man uns. Ich habe sie immer gelesen. Hätte gern selbst welche aufgehängt. Jetzt verboten. Jetzt saubere Reklame. Riesenorangen. Groß und keimfrei. Konsumier sie. Stell keine Fragen, und man erzählt dir keine Lügen.

Ich stelle Fragen.

Man erzählt mir Lügen.

Aber das akzeptiere ich nicht.

Ich bin kein Konsument.

Ich weigere mich.

Diese Weigerung, zu konsumieren, führt schließlich dazu, daß ich nicht esse.

In meiner Kindheit in Banbu pflückten wir wilde Blätter, *bred malbar* vom Boden, *bred murum* von Bäumen, *bred sonz* in den Sümpfen und *bred gandol, bred patat, bred martin* – und sie waren unser Gemüse, sie wuchsen von selbst und durften einfach gepflückt werden, und wir bereiteten sie auf zweierlei Art zu, entweder *tufe*, mit viel Öl und Zwiebeln und Knoblauch und Chili, bei geschlossenem Deckel und mit wenig Wasser gedünstet, oder *buyon*, in reichlich kochendem Wasser mit Gewürzen.

Wir fischten in Kolonnday mit einer Rute, geschnitten aus den Bambusbüschen bei Lavalet, und kochten daheim Fisch, *karang* oder *kapitenn* oder *madam tonbe* oder *vyel* oder *kordonye*, mit Curry oder als Suppe oder gebacken oder in einem *ladob* mit Tomaten und Gewürzen. Wir gingen zum Belil River, fingen *tilapya* und Karpfen und aßen sie knusprig gebacken, oder zogen Aale an Haken unter den Felsen hervor, entschlossen, aber voller Übermut, und die Mütter weigerten sich, Aal zu kochen und riefen «*Ti ti*». Am Fluß sammelten wir Garnelen, *chingri*, dutzendweise in unseren Röcken oder unserem *jali*, und kamen damit heim, machten Chutney oder kochten *rogay*, mit Tomatensoße. In Fallen fingen wir Süßwassergarnelen, *kamaron*. Und aßen sie knusprig gebacken.

Und wir tranken Milch von unserer Kuh und schöpften die oberste Schicht ab und ließen sie zu Ghee gerinnen, als Zutat für Kuchen, für Faratas und für Biriani. Und wir pflanzten Kräuter und Zwiebeln im Hinterhof, wässerten sie mit einem Netz von Kanälen, gespeist aus natürlichen Quellen, bevor der Brunnenkressehändler alles zu sich ableitete und uns das Wasser nahm.

Und wir schlachteten zu Neujahr eine Ziege und teilten sie mit den Nachbarn, und wir hatten *trenez*, Hühner, die man kaum füttern mußte, die Eier für uns legten und denen wir den Hals umdrehten, wenn Freunde oder Verwandte überraschend zu Besuch kamen. Enten gab es, *kanar mani* und *kanar patuyar*. Es gab sogar Wildenten.

Wir pflückten Papaya und aßen sie gleich und holten uns körbevoll Guaven, *guyav de sinn* und *guyav de frans*, und Avocados, die am Baum troffen vor Saft, und aßen Mangos noch grün mit Salz und getrocknet und eingelegt und püriert als Chutney und dann halbreif in Essig und in *sakre manga*, gekocht mit Zukker und Chili und *kari pule*-Blättern und schließlich reif, wenn der Saft einem über die Hände bis zum Ellenbogen läuft und man ihn zum Schluß von den Armen leckt, und Lychees, rot wie Rosen, und *longann*, deren köstliches Aroma man noch den ganzen Tag im Mund nachschmeckt, und Koronsol, die riesige Frucht mit dem betäubendsten Duft des ganzen Universums und ihrem großen Rautenmuster im Inneren, und Bergamotten, so sauer, daß man die Augen zusammenkneifen muß, und *mason*, das mild nach Babykotze roch, und *vavang* und *zan burzwa* und *zanblon* und *frez* und *rusay* und Granatäpfel und Granadillen und Pflaumen und Oliven und die seltsamen roten Pfefferkörner und wilde Stachelbeeren und reife Tamarinde und *bilinbi*, runde und längliche, und Loquats, Früchte direkt am Baumstamm, und Bananen, die in großen Stauden nahe der Stelle wuchsen, wo wir das Geschirr wuschen, und die wir an langen Zweigen in der Küche aufhängten, um ein Büschel nach dem anderen abzubrechen.

Und wir aßen grüne Bananen, gekocht als *polimas banann* oder als trockenes Curry oder in dünnen Scheiben gebacken mit einem Hauch Gelbwurz. Und Wurzelgemüse, um das man sich nach dem Pflanzen nicht mehr zu kümmern brauchte: Maniok, Pfeilwurz, *violet, kanbar susu, surann.*

Sie sagen nun vielleicht, Doktor, vielleicht sagen Sie, sei nicht albern, Mädchen, du kommst nicht drum herum, Dinge zu kaufen. Die Zeiten haben sich geändert. Ich stehe Rede und Antwort. Ich habe nichts dagegen, im Laden von Lung Yu oder in jedem anderen kleinen Laden einzukaufen. Daran liegt es nicht. Neulich erst war ich in Banbu und stattete dem Laden von Lung Yu einen Besuch ab, um mich an meine Kindheit zu erinnern und zu versuchen herauszufinden, warum, o warum nur ich nicht esse, und als meine Augen sich von der gleißenden Helle draußen auf das Halbdunkel im Laden umgestellt hatten, sah ich, daß die Tauben noch immer auf der Auslage mit den Linsen saßen. Ich sah, daß noch immer Kokosnußhälften zum Abmessen einer Portion benutzt wurden, für Reis, Linsen, Mehl, gemahlene Hülsenfrüchte, rote Bohnen, schwarze Bohnen, halbe Erbsen, Zukker, Milchpulver und grobes Salz direkt von den Salzpfannen bei Black River.

Ich sah, daß noch immer der chinesische Abakus zum Zusammenrechnen benutzt wurde.

Ich sah die alte Waage.

Ich sah *bros koko*, die Kokosnußhälften, mit denen man den Boden poliert, auf einem Fuß tänzelnd und dabei schrubbend. Sie hingen in einem Bündel an Holzpfosten. Ich sah den langen Stock des Ladenbesitzers, mit dem er die hoch oben hängenden Waren vom Haken löste und herunterholte, damit der Kunde sie aus der Nähe betrachten konnte.

Ich sah Körbe aus getrockneten Blättern der Pandanuspalme, in allen Größen, mit und ohne Deckel, mit langen und kurzen Henkeln, viereckige, in denen man Essen mit zur Arbeit nehmen kann, *tant rasyon* zum Reiseinkaufen und winzige Körbchen für die Schiefertafeln von Schulanfängern. Und *vann* zum Reissortieren aus geflochtenem, gespaltenem Bambus oder aus Aluminium, mit denen man nachmittags beieinandersaß, die Köper hochwarf, worfelte und die «Spitzen» aussortierte, die den Reis klumpig werden lassen. Man warf sie den Hühnern hin, die schon darauf warteten.

Und Besen aus entrippten Kokosnußblättern. Zum Zusammenfegen von Mangoblättern, und um Wasserlachen von der Veranda zu kehren.

Und *fatak*-Besen aus gebündeltem wildem Gras zum Fegen im Haus.

Außerdem Kehrschaufeln aus schräg durchgesägten, alten Zweiliterkanistern.

Ich sah Eimer in jeder Größe und *reso*, Holzkohleöfen mit einer Aussparung für einen Blasebalg darunter, große und kleine. Alle hingen an Haken unter der Decke. Und dazwischen ein Drahtkorb mit frischen Eiern. Und eine Glasvitrine mit Brötchen hinter der Theke. Und Molassekuchen und *gato koko* aus gedörrten Kokosnüssen. Und *gato ros*. Und *gato kanet*. Alle schauten dich aus Glasvitrinen an. Und im Ofen gebackene Kuchen namens *gato franse* und Süßigkeiten, die *gato indyen* hießen. Während der Zuckerrohrernte gab es *gato laklers*, Kuchen aus Sirup von der Zuckerfabrik. Und zum chinesischen Neujahrsfest *gato lasir* aus Reis, auch «Wachskuchen» genannt, weil er aussah wie gewachst. Dann gab es *gato papay*, der aber nicht aus Papayas, sondern aus chinesischem Kürbis bestand; man entzog dem Kürbis mit ungelöschtem Kalk die Feuchtigkeit und ließ dann die trockenen Kürbisstücke in Sirup köcheln.

Da waren die Kekse. Importierte Kekse aus England, aus Südafrika und Frankreich, und hiesige Kekse aus der Fabrik. Außerdem *biskuit manyok*, Tapiokakekse aus der Bäckerei Maybur. Und ganz einfache, große, viereckige Kekse, mit denen man Makkaroni belegt.

Da war Butter zum Schmieren von Broten und eine offene Büchse Sardinen, dazu ein langer, flacher Holzlöffel mit zwei Dornen an einem Ende, um eine Sardine herauszufischen und ein Brötchen damit zu belegen, und Schmelzkäse in Scheiben und eine Büchse Marmelade. Weiter gab es eine Platte mit *zasar legim*, eingelegtem Gemüse, und noch eine mit gebackener Schafsleber.

Es gab Pökelfisch und Dörrfisch aller Art: Hechtmakrele und Tintenfisch, der aussah wie alte Stricke, und große Bündel von Seewels. Früher gab es auch noch gedörrtes Haifischfleisch in Stücken zu einer Rupie. Damals sehr beliebt, jetzt aber nicht mehr vorrätig, wie ich bemerkte.

Kinder ließen ihre fünfundzwanzig Sous auf die Theke klimpern und verlangten *pixi-du*, Eis am Stiel in Plastikhüllen, und kleine Päckchen mit saurer Tamarinde oder süßsauren, eingesalzenen chinesischen Trockenfrüchten.

Und es gab Öl zum Kochen, das in die mitgebrachte Flasche abgefüllt wurde, mittels eines Meßbechers aus einer umgearbeiteten kleinen Makrelendose mit einem perfekt angelöteten Griff daran. Ähnlich wie der Milchmeßbecher meines Vaters. Arme Leute und uralte Rentner kauften hier das Öl eßlöffelweise.

Paraffin wurde ebenfalls in Halbliterportionen in mitgebrachte Flaschen abgefüllt.

Und es gab längliche Seifenstücke, mit denen man die Kleider unten am Fluß wusch. Manche waren blau, andere cremefarben. Wenn die Frauen alle zwei Wochen ihren Einkauf tätigten, lugte stets ein Stück Seife über den Rand ihres Korbs.

Es gab Bohnerwachs in kleinen flachen Dosen oder im Plastikeimer. Vorwiegend rot, aber auch schwarz, grün und farblos. Das trat an die Stelle der Mixtur aus feinstem Lehm und Kuhdung, die über Generationen hinweg die schönsten Böden hervorgebracht hatte. Nun glänzten sie noch stärker als zuvor. Frauen brachten Stunden damit zu, ihre Böden zu polieren. Oft rutschte man darauf aus, so spiegelglatt waren sie. Wollte eine Frau nicht als Schlampe gelten, mußten ihre Fußböden blitzblank sein.

Es gab *deksi*, Kochtöpfe aus Aluminium mit hohem Rand und flachem Deckel, zu einem Riesenstapel getürmt, von den untersten mit fünfzig Zentimetern Durchmesser hinauf bis zu denen mit zehn Zentimetern. Zum Reiskochen oder für Teewasser. Vom Holzfeuer wurden sie schwarz, und Tag für Tag schrubbten junge Mädchen wie ich sie mit *paydefer*, Stahlwolle, die ebenfalls im Laden zu haben war. Es gab Aluminiumtöpfe mit Deckel und Stiel zum Milchkochen. Und *karay*, schwere schwarze gußeiserne Töpfe mit abgerundetem Boden zum Ausbacken in allen Größen, wiederum unten beginnend mit fünfzig Zentimetern Durchmesser bis hinauf zu zweiundzwanzig Zentimetern. Durch ihre Henkel, die wie Ohren aussahen, lief ein Stück Kokosseil, das sie zusammenhielt. Auf jedem Topf war der Preis vermerkt, in chinesischer und lateinischer Schrift.

Es gab Korbstühle und zwei niedrige Tische und Hochstühle für Babys.

Die Theke bestand aus sechs Reihen mit jeweils sechs Auslagen oder Schüben voller Wunder; mit dem Ellbogen auf die Theke gestützt, konnte man durch das Glas auf die oberste Reihe sehen.

Dort gab es in der ersten Auslage Flickzeug für Fahrräder, kleine Spiegel, Clips und Haarnadeln, Sicherheitsnadeln, Heftzwecken, einfache Stecknadeln, Lineale, Bleistifte, Radiergummis und Geometrie-Sets. Die daneben bot Baumwollzwirn in allen Farben, entweder auf winzig kleinen Pappscheiben zu fünfzig Sous oder auf Garnrollen. Eine Abteilung war für Nadeln reserviert. Große Nadeln und kleine Nadeln. Nadeln in allen bekannten Stärken. Außerdem Nadeln für Einfaß-Stich. In jeder Dicke. Nadeln für Singer-Nähmaschinen und halbe Ahlen zum Flicken von Matratzen. Es gab Häkelnadeln in verschiedener Stärke. Und Stricknadeln. In einer Ecke lagen Perlen in diversen Farben und Größen und Rollen mit Bändern und Spitzen zur Verzierung von Selbstgenähtem.

Darunter war die Abteilung mit Strängen von Stickgarn in allen Farben. Außerdem *Koton perle*, in großen, glänzenden Knäueln.

Es gab Nylonschnüre zum Fischen mit unterschiedlicher Reißfestigkeit und ein ganzes Sortiment von Angelhaken sowie Zugschnüre, Sinker und Senkgewichte.

Daneben war der Schub mit Gesichtscreme, «Snow» aus China, Augenbrauenstiften, Sets mit Schwämmchenstiften, Lippenstiften, einem Satz chinesischer Tinkturen zum Einreiben in winzigen runden Blechdöschen, Pinzetten zum Auszupfen von Augenbrauen, Maßbänder, Kämme, Wassermalkästen, Babybürsten.

Außerdem gab es Schuhwichse.

Und natürlich Streichhölzer. Und gut sichtbar aufgebaut alle billigeren Zigarettensorten. Zigaretten wurden im Päckchen oder einzeln, *detay*, verkauft. Im Laden brannte eine kleine Paraffinlampe, an der die Kunden ihre Zigaretten anzünden konnten. Die Leute kauften nicht gern Streichhölzer. Ein Raucher ging den anderen auf der Straße um Feuer an. Eine Geste genügte. Von Zigarette zu Zigarette.

Neben diesem Schub war die Elektroabteilung mit Schaltern, Steckern, Buchsen, Mehrfachsteckern, Sicherungen, Sicherungsdraht, Birnenfassungen, Adaptern, von dreipolig auf zweipolig und umgekehrt, Verlängerungskabeln in jeder Stärke, Batterien, normal, klein und winzig. Glühbirnen, hauptsächlich 15 und 25

Watt, aber auch bis zu 100 Watt, und außerdem winzige Birnchen für Taschenlampen.

Taschenlampen gab es auch. Viereckige mit langem Griff, die gut standen, und winzig kleine.

Darunter befand sich der Klempnerbedarf: T-Rohre, Knierohre, Reduzierventile, Wasserhähne, Dichtungsringe für Wasserhähne, Stöpsel, Zubehör für Schwimmerventile.

Eine Auslage mit Nägeln in allen Größen, in Päckchen, in Schachteln, manche groß genug, um damit ein Wellblechdach festzuhämmern, bis hin zu winzig kleinen Stiften.

Ein weiterer Schub mit Schrauben aller Art. Kurz und dick, kurz und dünn, lang und dünn, lang und dick. Die meisten mit englischem Kopf, manche auch mit amerikanischem.

Dann kamen die Regale. Babypuder und Stoff für Lendentücher. Hustenmedizin und Fahrradpumpen. Kugelschreiber in Glasgefäßen. Schulhefte jeder Sorte, dick und dünn, groß und klein. Man konnte ein sogenanntes *pad* kaufen, ein Blatt aus einem Block Luftpostpapier und einen Umschlag dazu, wenn man einen Brief an den Sohn oder die Tochter schreiben lassen wollte, die in Italien oder im Libanon als Haushaltsgehilfen arbeiteten. Notizbücher und Malhefte mit Pauspapier. Ausmalbücher. Pastellkreiden und gewöhnliche Wachsmalkreiden und Bleistifte, manche mit Radiergummi, manche ohne. Ein Stapel Schiefertafeln und Griffel für die Schulkinder. Ein paar Puppen und Plastikautos und batteriebetriebene Spielzeuge, jeweils in einer durchsichtigen Plastikhülle zum Schutz vor Staub.

Gummihandschuhe, stapelweise in Plastik verpackt, für die Arbeit im Garten und auf den Feldern. Und Gummilatschen in allen Größen, ebenfalls stapelweise in Plastik verpackt.

Sicheln und Buschmesser und Äxte und Hippen. Die brauchte man auf dem Land. Zur Arbeit und zur Verteidigung.

Und Fahrradglocken. Und alle nur erdenklichen Einzelteile eines Fahrrads. Fahrradschläuche im Kreis aufgehängt. Es gab sogar Schläuche für Motorräder.

Küchenhandtücher und Badehandtücher und Taschentücher. Es gab spezielle kleine Tücher zum Einwickeln von Brötchen, die man zur Arbeit mitnimmt. Decken, manche rot, andere grau. In der Ecke standen große Rollen mit Plastikvorhängen in Quietschrosa, Knallgrün und Gelb, Rot, Königsblau und Orange. Ungefähr zehn flache Ballen Baumwolltuch mit grellen Mustern. Transparentpapier zum Basteln von Drachen: lila, rot, gelb, rosa, organge, blau, grün, weiß. Man konnte die verschiedensten Drachen basteln: *patang* oder einen großen Kastendrachen, *rwa dezer*. Einwickelpapier wurde bogenweise verkauft. Teller, Tassen, Untertassen, Teekannen, Becher, Krüge und Servierschüsseln, Suppenschüsseln, *katora, katori.* Löffel und Gabeln. Und große *kalchul*, Servierlöffel. Reiben. Büchsenöffner, Flaschenöffner.

Feuerwerk. Kanonenschläge und raffiniertere Sorten, hauptsächlich aber Streifen mit Zündplättchen. Es gab eine Masse namens *petar rape*, die aussah wie rotes Siegelwachs; rubbelte man am Boden mit der Gummilatsche darüber, explodierte sie. Wenn Hühner hineinpickten, bekamen sie die Ladung ins Gesicht und starben.

Für Kinder gab es Kreisel und Trillerpfeifen und Wasserpistolen. Außerdem Würfel in verschiedenen Größen.

Für Erwachsene gab es Spielkartenpäckchen; nach der Arbeit versammelten sich die Männer unter einem Mangobaum, zogen vier Steine heran, legten ein Stück Pappe in die Mitte und widmeten sich voll und ganz dem Kartenspiel und dem Trinken. Auch Domino gab es. Das spielten die Wachmänner im Dienst oder nachmittags unter einem Baum.

Kleine Paraffinlampen und Paraffinkocher namens *lalanp ver*, die nicht mehr importiert werden, weil so häufig tödliche Unfälle passierten, wenn der brennende Docht in den Paraffinbehälter fiel. Außerdem gab es die normalen Primuskocher und handliche Paraffinbrenner.

Auch eine kleine Auswahl an Medizin war da: Aspirin, Paracetamol, Augenwasser, Abführmittel wie Brooklax und diverse Mittelchen zum Inhalieren. Eines hieß Benugé's Balsam. Und alle Arten von Tinkturen zum Einreiben bei Muskelschmerzen. Daran merkte man, daß die Leute körperliche Arbeit verrichteten. Allein an der Anzahl von Tinkturen zum Einreiben. Es gab Vaseline in Dosen und Inhalierstifte. Es gab Rasierklingen und Rasierer.

Seile, riesige Bündel von Seilen. Kokosseil und *lakord filin* und *labaka*-Seil. Große Rollen mit Verlängerungskabeln. Bindfäden und Bastschnüre.

Tee, Kakao, Kaffee und Dosen mit Fisch, Thunfisch und Makrele in Öl und in Tomatensauce, Sardinen, Erbsen, Frühstücksfleisch, Mais, Tomatenpüree, gepökeltes Lammfleisch, Bambussprossen, Ente, Corned beef, chinesische Würstchen, Kondensmilch mit und ohne Zucker, Butter in Dosen, Käse in Dosen, Milchpulver in Dosen (auch in Kartons oder pfundweise), Aal in Dosen, Obst in Sirup, Austernpilze. Ein ganzes Sortiment von Babynahrung, hauptsächlich von Nestlé, mit kugelrunden Babys auf allen Etiketten. Es gab Hafergrütze und Maltabella-Grütze. Heimischer Honig, frisch gemahlener Pfeffer in Glasflaschen, Essig und Methylalkohol aus hiesiger Produktion.

Päckchen mit Gewürzpulver. Nelken zum Kochen und für Zaubersprüche, Nelkenpulver und ganze Nelken, einzeln zu kaufen. Zimtrinde in großen Flocken oder fein gemahlen. Diverse Sorten Currypulver in verschieden großen durchsichtigen Päckchen: Eagle Brand hieß hier *igul brenn*, und manchmal sah man eine Kinderhand neben sich zur Theke hinauflangen, und ein Stimmchen sagte: «Meine Mutter sagt, ich soll für eine Rupie *igul brenn* holen». Es gab *ti-lani, gro lani, meti* und Ballen von Tamarinde in Öl.

Lebensmittelfarbe.

Kampfer und farbiges Kreidepulver für religiöse Feste. Rotes Pulver, das sich verheiratete Frauen beim *sindur* auf den Scheitel streuten. *Tika*, die sich Frauen auf die Mitte der Stirn klebten.

Kerzen. Und Kerzenhalter aus alten Dosen. Und Mottenkugeln, *taftalinn* genannt. Halsbänder und Leinen, um die Hunde zum Baden an den Kanal zu führen.

Hämmer, Schraubenzieher, Zangen, Bohrzubehör für Holz und Stein. Sogar Hobel. Ein Handbohrer. Scharniere aller Art, Türgriffe, für innen und außen, Fenstergriffe, Schubladengriffe zum Anschrauben und eine Reihe von Vorhangschlössern zum Schutz vor Einbrechern.

Ratten- und Mäusefallen.

Dazu Rattengift und Flohvertilgungsmittel. Manche von den Flohvertilgungsmitteln waren in Europa verboten. Hier machten die Leute ausgiebig davon Gebrauch. Es hieß *medsinn pis*, Flohmedizin. Dazu wurde gewitzelt: «Wieso, sind deine Flöhe etwa krank?»

Badeseife. Ein Sortiment Seife, auf jedem Stück das Gesicht einer hübschen Dame.

Und streng unter Verschluß Luxusgegenstände verschiedenster Sorte. Wecker, Shampoo, schwarze und weiße Hunde aus Steingut als Hochzeitsgeschenke, Plastikbehälter, kleine Radios, Deodorants. Die Glasvitrinen boten in größerem Rahmen ungefähr das, was die Leute zu Hause hatten: hauptsächlich Schrott.

Eine Tiefkühltruhe mit gefrorenem Lammfleisch, ausgelöste Stücke und Rippen sowie Herz und Leber vom Schaf, Hühnerfleisch, Oktopus und Fisch, das Rindfleisch symbolisch etwas separat. Man konnte auch eine Plastiktüte mit Schweinsfüßen kaufen.

Richtung Taverne dann hauptsächlich Bier, Rum und Wein, aber auch Gin, Wodka, Whisky. Und dahinter in der Taverne, der *lakanbiz*, stippten die Männer einen Finger in ihr Quentchen Rum und verspritzten ein paar Tropfen auf dem Boden *pu gran dimunn*, für die Vorfahren oder die Götter oder sonst irgendwen, und kippten dann das Glas mit einem Ruck hinunter. Saßen herum, aßen *gajak*, kleine Happen aus eigener Herstellung, tranken und lachten und liebten einander mehr, als sie sich sonst zugestanden, wenn sie nüchtern waren. Ihre Stimmen drangen bis in den Verkaufsraum, aber man sah sie nie, weder vom Laden noch von der Straße aus.

Kartoffeln, Zwiebeln, Knoblauch, Ingwer, ein paar kümmerliche Tomaten. Und das eine oder andere Gemüse auf der Theke. Für diejenigen, die keine Zeit gehabt hatten, zum Markt zu gehen.

Die Tageszeitung.

Und dahinter, in Haus und Hof des Ladenbesitzers, gab es Zement und Baustahlmatten zum Bau von Häusern aus Beton, und Wellblech und Holz zum Bau von Wellblechhäusern, und Bretter und Sperrholzplatten zum Bau von Möbeln. Zu kaufen gab es auch verzinkte Eisenstäbe zur Herstellung von Fensterrahmen.

Es gab rollenweise Maschendraht für Hühnerausläufe und normalen, einfachen Draht für Zäune.

Ich habe gegen nichts in Lung Yus Laden etwas einzuwenden. Noch zögere ich, dort etwas zu kaufen. Sie sehen, Doktor, ich habe nichts dagegen, für Dinge zu bezahlen. Nicht wirklich. Solange ich sie gebrauchen kann. Solange sie Teil unseres Lebens sind.

Ich will nur nicht auf das *Konsumieren* beschränkt werden, das ist alles. Ich will nicht, daß der reine Verzehr mein Leben beherrscht. Das ist alles. Das meiste in Lung Yus Laden benötige ich für mein Leben. Dagegen habe ich nichts.

Dennoch weigere ich mich zu konsumieren.

Ich bin kein Konsument.

Aber was geschieht, wenn man mich zum Konsumenten macht, damit ich esse, einfach bloß esse. Das möchte ich gern wissen.

16

«Wieso ein Streikbrecher aus ihm wurde, fragst du? Lag es in seiner Natur?

Er war damals noch gar nicht geboren, woher sollten wir das also wissen?

Nun, nachdem der Rassenkrieg ausgebrochen und vorbeigegangen war wie die Pest, man die Unabhängigkeit um Mittag statt um Mitternacht verkündet hatte wie eine Segnung, nach dem Abzug der britischen Truppen und der ersten Koalition zwischen der Regierung, die für, und der Opposition, die gegen die Unabhängigkeit eintrat, war für diejenigen, die etwas Ordentliches besaßen, wie Land oder Fabriken, alles in Butter. Ebenso für andere, die so etwas Ordentliches wie den Besitz von Land oder Fabriken anstrebten und ihrem Ziel schon recht nahe waren. Alles in Butter.

Laval aber, der Schritt für Schritt zum Gebrochenen Mann werden sollte und dem im ersten Zug die linke Gesichtshälfte mit Säure verätzt, von Vitriol entstellt wurde, nun, er begann einfach wieder bei dem Bordell am Ende der Muslim Cemetery Road herumzuhängen.

Es war keine Arbeit zu bekommen.

Er hatte Arbeit gesucht, verzweifelt, hartnäckig, verbissen, nonchalant, verbittert, und manchmal nur, um sich zu vergewissern, daß er keine bekam. Um ein Haar trug er sich für *Kat Zur a Pari*, Vier Tage in Paris, ein; der glanzvolle Name stammte von denjenigen, die dabei mitarbeiteten. Es bot Teilzeitanstellung in Erschließungsprojekten gegen Entlohnung halb in Naturalien wie Reis, Mehl und Öl, was an die Gastarbeiter erinnerte, und halb in Form eines geringen Gehaltes. Dann beschloß er jedoch, lieber weiter bei dem Bordell herumzuhängen.

Im Dezember 1971 traten die Hafenarbeiter, die Transportarbeiter und die Arbeiter in den Zuckerfabriken alle miteinander in Streik. Ein edler Streik, wenn auch nicht der edelste. Der kam 1979. Ich war beim Streik von 1971 dabei. Mitten dabei. Jeder, der beim Streik mitmachte, kannte mich. Erkundige dich ruhig. Wenn die Leute genug Zeit und Mut aufbringen, erzählen sie gern vom Streik. Sie erinnern sich an die kleinste Kleinigkeit. Es war eine Bewegung. Für die Anerkennung der Gewerkschaften, zur Anhebung der eingefrorenen Löhne, und um die Koalitionsregierung zu erschüttern. Ich trat für den Streik ein. Er war seit Monaten in Vorbereitung. Geheime Treffen. Geheime Beiträge, in Unmengen.

Und dann tauchte abermals der schwarze Humber in Lavals Leben auf. Noch einmal, sollte ich sagen. Und diesmal nahm er auch meinen Raffick mit. Er lehnte mittlerweile ebenfalls den ganzen Tag an Geländern. Und hing bei Bordellen herum.

Du willst wissen, wo die schwarzen Humber in der Zwischenzeit waren? Das ist die klassische Frage, Mädchen. Drei Jahre sind vergangen, und ich sage dir, die gleichen Humber tauchen wieder auf. Woher? Von wo? Unter welchem Stein hervor? Die Antwort ist ganz einfach. Die Reifen sind abgefahren, und niemand kauft neue. Derweil werden die Karren irgendwo vor irgend jemandes Haus aufgebockt. Die Zulassung erlischt, und die Versicherungsbeiträge werden überfällig. Niemand erklärt sich bereit, Reparaturen oder Wartung oder Steuern zu bezahlen. Schließlich sind bei allen Wagen die Batterien leer. Die Schläger verkaufen das eine oder andere Teil, wenn sie Geld brauchen. Sie suchen den und jenen auf, werden aber immer nur hingehalten. Und so verrotten die schwarzen Humber unerkannt vor sich hin. Bis. Bis wann? Darauf könntest du wohl selbst kommen, Shy. Bis die reichen Männer die Banditen wieder brauchen. Dann auf einmal kaufen sie neue Reifen, lassen das Fahrzeug wieder zu, ersetzen die defekten Teile, zahlen die Versicherung und lassen sogar eine neue Schicht schwarzen Lack draufklatschen. ‹Alles in Butter›, sagen sie zu den Banditen. ‹Hier, da habt ihr›, und drücken ihnen Geld in die Hand, mehr als genug für den Wagen. ‹Kein Problem.›

Und dann kommen sie wieder hervor, die Humber, wie diese fahlen Lebewesen unter schweren, unbewegt daliegenden Felsblöcken. Wird der Fels weggerückt, kriechen sie heraus. Selbst die Insassen in den Humbern wirken lichtscheu, als kämen sie für gewöhnlich nur nachts heraus.

Zurück zum *kanpman.*

Ein weiteres Mal die Bougainvillea-Büsche, Herumstehen auf der Veranda, Anstoßen mit großen, eisgekühlten Gläsern Whisky, alles wie gehabt, bis auf die Wortfetzen, die Bruchstücke von Anweisungen, die zwischen den klimpernden Gläsern hin- und herflogen: sie sollten Männer zusammentreiben. Treibt sie zusammen. ‹*Rod zom*›. Geht los und treibt Männer auf. Das Angebot war verlockend: sie alle würden als Angestellte im Hafen arbeiten, gegen monatliches Gehalt, wenn sie es schafften, den Streik zu brechen. Die Worte, die ihm hinterher im Gedächtnis blieben, sprachen nicht von Rassenkrieg, sondern von Klassenkampf.

Die Arbeiter werden langsam unverschämt. Führen alle möglichen hochtrabenden Reden. Sprechen von einer Arbeiterklasse, jawohl, oder sogar von der Arbeiterklasse. Bauarbeiter brennen das Verwaltungsgebäude nieder. Unwissende Arbeiter tun plötzlich, als könnten sie regieren. Störenfriede. Die Hafenarbeiter sind die zähesten. Bolschewiken. Agitatoren. Kommunisten. Stacheln wunschlos glückliche, mit Gott und der Welt zufriedene Arbeiter an, sich gegen uns zu erheben. Genau wie in Rußland. Ruinieren das Land. Lohnerhöhungen wollen sie. Scheint ihnen nicht klar zu sein, daß sie von Glück sagen können, überhaupt Arbeit zu haben. Schlangen von Arbeitslosen vor den Toren. Kapieren sie nicht, daß wir ihnen keine höheren Löhne zahlen können? Wissen nicht, welcher Platz ihnen in der Gesellschaft zukommt. Müssen die Transportarbeiter im Auge behalten; sie spielen eine Schlüsselrolle. Erpressen das ganze Land. Müssen sie auf ihren Platz verweisen. Wofür halten die sich eigentlich. Aufgepeitscht von Agitatoren. Paul Berenger, sagen sie. Und Dev Virahsawmy. Shafeek Jeeroobhurkhan.

So hieß es. Doch ich vernahm auch neue Töne von meinem Raffick.

Im Gespräch hörte ich ihn und den Gebrochenen Mann von nächtlichen Streifzügen durch Bars in Kirpip erzählen. Und von Banden. Wie früher die Jagd auf entlaufene Sklaven, genau dasselbe noch einmal. Das grausige Spektakel, Mädchen, wie Sklaven zusammen mit ihren Herren Jagd auf Entflohene machen. Sie rotteten sich wieder zusammen. Und redeten unflätiges Zeug.

Sprachen ständig von Stiefeln und Arschlecken und wie sie andere dazu zwingen wollten, die Hosen herunterzulassen. Dreckige Bastarde.

Sie brauchten nie förmlich einzuwilligen, Streikbrecher aufzutreiben und Jagd auf Streikende zu machen. Sie hingen einfach herum, in den Humbern, im *kanpman* und in den Bars von Kirpip.

Und so wurde Laval, dein Vater, zum Streikbrecher, und mein Raffick ebenso. Worüber ich mit Sheila gescherzt und gewitzelt hatte, das wurde für uns beide zur grausigen Wirklichkeit. Sie hörten nicht auf alte Schachteln wie uns. Fuhren in diesen Autos durch die Gegend, eingezwängt wie die Sardinen. Männer. Richtige Männer. Ein paar weibische waren auch darunter. Immer Zigaretten dabei. Das Geld klimperte in ihren Taschen. Stolzierten überall herum.

Mitten unter dem Streik also rotteten diese Rausschmeißer aus den Bordellen des ganzen Landes sich in Por Lwi zusammen und machten sich dann auf zum Hafen, ein Haufen von Großtuern, beschützt von der Armee.

‹Es gibt Arbeiter, die arbeiten wollen›, lautete die Propaganda der Regierung, ‹und ein paar Störenfriede halten sie davon ab.›

Sie brachen den Streik.

Ich kann nicht mehr darüber sagen, Mädchen. Mir sitzt ein Kloß in der Kehle. Mich schaudert es, wenn ich nur daran zurückdenke, mein eigener Sohn. Und der von Sheila, dein Vater.

Dieser Verrat hinterließ bei Laval ein furchtbares Mal. Er bekam einen unsteten Blick. So war es, Mädchen. Einen unsteten Blick. Konnte niemandem mehr in die Augen schauen.

Jener Makel sollte ihm bleiben. Das Mal von der Säure auf seiner linken Gesichtshälfte ist nicht im entferntesten so entstellend wie das Schandmal seines Verrats.

Am unstetesten wurde sein Blick immer dann, wenn die Rede auf Azor Adelaide kam. Der Hafenarbeiter, der 1971 einem Attentat zum Opfer fiel, getötet von Schlägern, die in Autos herumfuhren. Ein Attentat am hellichten Tag mitten in Kirpip. Mit dem Gewehr aus nächster Nähe. Nicht er hatte sterben sollen. Sondern die mutmaßlichen Agitatoren.

Was Laval so beschämte, war nicht der Mord. Ein gelegentlicher Mord im Bordell oder beim Drogenhandel war für ihn nichts Ungewöhnliches. Nein, das war es nicht.

Was seinen Blick unstet werden ließ, war der Anblick, der sich ihm an diesem Tag bot, als er in der Nähe der Rio-Bar in Kirpip herumhing: tausend Hafenarbeiter, wegen der Hitze nur im Unterhemd, ihr Werkzeug, den *ruk*, in die Shorts gesteckt, hatten in Por Lwi alle Busse am Bahnhof Viktorya beschlagnahmt und die Fahrer gezwungen, sie ohne Pause in das kalte, dumpfige, verregnete Kirpip zu fahren. Und dann waren sie durch die Straßen der Arbeiterviertel von Kirpip gezogen, schweigend, geordnet, zornig. Marschierten einfach nur durch. Ihr Marsch sagte alles. Aus ihren Mündern drang kein Ton. Es war auch nicht nötig. Sie sprachen mit ihren Leibern.

Ihre Aktion besagte: Keine politischen Morde. Das fordern wir. Wir sagen Nein.

Es war, als hätten diese tausend Hafenarbeiter an die Moral von Laval Larmwar L'Enteté appelliert. Er lernte etwas. Was Sheila ihn lehrte, was ich ihm predigte, wenn wir uns trafen, das alles ging an ihm vorbei. Aber an jenem Tag brachten die eintausend Hafenarbeiter ihm etwas bei. Das er nie vergaß, glaube ich. Vielleicht sogar heute noch, als Gebrochener Mann, bewahrt er irgendwo in sich diese Erinnerung, diese Lektion. Die Hafenarbeiter sagten Nein zu den bezahlten Schlägern.

Sheilas alte Nachbarin in Flikanflak wäre selig darüber gewesen. Arbeiter tun sich zusammen und sagen Nein. Siehst du, Mädchen, es geht.

Diese Aktion der tausend Hafenarbeiter trieb ihm die Scham in die Augen, denn ihnen gegenüber stand er, in grausamer Deutlichkeit, als Streikbrecher da. Und acht lange Jahre erntete er nichts als Verachtung von den anderen Hafenarbeitern. Sie gingen an ihm vorbei, warfen ihm einen flüchtigen Blick zu und spuckten wie zufällig auf den Boden. Manchmal, wenn die Arbeiter die Aufseher austricksen konnten, weigerten sie sich, Zukkersäcke von seinen Schultern auf ihre umzuladen.

‹Woher wissen wir, ob er uns nicht den Hals bricht? Er hat schon einen Streik gebrochen.›

Er zerbrach ein wenig mehr, der Gebrochene Mann.

‹Ein Glück, daß das Dach weg ist, und die Seitenwände dazu, Fatma. Wenigstens kann das Haus jetzt nicht mehr über uns zusammenfallen. Nichts mehr da, worin der Wind sich fangen könnte, um die Eukalyptuspfosten wegzureißen. Die Wände aus Kuhdung hat es fortgespült.› Wie ein Gerippe sah er aus, der nackte Rahmen des kleinen Hauses, das Gandhi und seine Kumpel erbaut hatten. Natürlich machte sie nur einen Witz, denn wenn sie in jenem fahlen violettgrauen Licht von ihrer triefend nassen Kopramatratze aufblickte, sah sie den Mangobaum, den es mit jedem Windstoß weiter zerriß, dem bei jeder Sturmbö neue Teile davonflogen. Wie lange würde dieser Baumriese noch standhalten. Der Boden war jetzt völlig durchweicht, und es konnte nicht mehr lange dauern, bis die ersten Bäume umfielen. Mit einemmal neigt sich ein Baum bei einem Windstoß zu stark, kippt ab und reißt sich, wie ein wild gewordener Elefant von der Herde davonstürmt, aus der saugenden, schmatzenden Erde los. Sheila konnte auch eine Kokosnußpalme sehen, deren riesige Blätter sich bei jedem Windstoß zu einer ovalen Kugel zusammenballten und unaufhörlich im Kreis umhergewirbelt wurden, um nach einer kurzen Ruhepause erneut mit diesem Veitstanz zu beginnen. Die meisten Kokosnüsse waren schon mit einem dumpfen Plumps zu Boden gefallen, direkt neben dem Haus.

‹Sollen doch Nahrung für die Götter sein›, sagte sie mit Blick auf die Kokosnüsse, ‹und jetzt sieht es eher so aus, als wollten sie uns umbringen.›

‹Ihr habt Glück, daß ihr unter dem Bett seid›, sagte sie zu der Ziege und den Hühnern. Ein Strohbündel, noch ordentlich zusammengebunden, flog herein und fiel neben ihr auf das Bett. ‹Von einem Nachbarhaus›, sagte sie, wandte es in der Hand um und betrachtete es genau.

Etwa um drei Uhr morgens gab sie den Widerstand auf.

‹Jetzt lasse ich ihn ein.› Komisch war das. Sie sagte nicht, daß sie ihn herauslassen würde.

‹Ich lasse ihn ein.›

Und als sie das sagte, ich spreche die Wahrheit, Mädchen, es ist keiner von diesen indischen Filmen am Donnerstagabend, denn die Wahrheit ist viel bizarrer als alle Phantasie. Das weiß jeder.

Als sie sich beruhigte, als sie bereit war zu gebären, erstarb der Tumult des Zyklons, ohne jede Warnung, völlig überraschend, das Brausen der gewalttätigen Windstöße entschwand in der Ferne.

Wir hörten, wie es davonzog.

‹Es ist vorbei›, sagte sie.

‹O nein›, erwiderte ich, ‹nur weitergezogen. Es ist das Auge.›

Wir waren im Auge des Zyklons.

Plötzlich war es ganz still.

Eine Stille jenseits aller Vorstellungskraft.

Nichts rührte sich. Wir alle saßen mucksmäuschenstill.

Man hörte nicht einmal den Nachhall eines Geräusches. Es lag so viel herum. Fleischige Blätter, zäher dicker Schlamm und nasse Tücher und nasse Tiere und nasse Menschen. Über und über bedeckt mit Pflanzenresten. Und völlig durchweicht. Jedes Geräusch wurde verschluckt. Und der Luftdruck so niedrig, daß einem ganz schwach zumute war.

Ausgenommen das Meer. Das Auge des Zyklons brachte das Meer nicht zum Schweigen. Vermochte es nicht. Das Tosen des Meers ist stärker als das der Luft.

Und in dieser Stille kam fahl die Sonne heraus.

Und in dieser Stille, im Licht dieser Sonne, platzte Sheilas Fruchtblase, und das Kind glitt heraus, glitschig von Kopf bis Fuß.

Ich band die Nabelschnur an zwei Stellen ab, schnitt das brüllende Baby los und legte das hitzige Bündel Unschuld auf das nasse Bett. Ich half die Nachgeburt herauszuziehen. Erstaunlich, wie sehr ich mich mühen mußte. Erschreckend. Ich gab Sheila Wasser zu trinken.

‹Laß mich bloß kein Wasser sehen.› Sie lächelte schwach.

Aber sie trank und trank. Drehte den Kopf vom Baby weg und seufzte.

Ich kramte unter ihrem Bett und fand in einer Holzkiste ein trockenes Stück Stoff. Deckte sie damit zu. Deckte auch den leuchtendroten Blutfleck auf dem Laken unter ihr zu, inmitten von all dem Grün.

‹Schlaf ein bißchen›, sagte ich zu ihr. ‹Überlaß alles mir.›

Dann sah ich ihn mir an. Er war stämmig. Und ein Junge: Lallmohar. Auch Larmwar genannt. Später in Laval umgetauft.

Ein leichter Dunstschleier legte sich allmählich um uns drei und um Luxmi. Mitten im Auge des Zyklons.

Ich drückte deinen Vater, den Gebrochenen Mann, ebenjenen, den ich neulich vorbeigehen sah, an meine mächtige Brust.

‹Mein Küken›, sagte ich zu ihm, ‹komm unter meine Fittiche.›»

«Du hast dich nicht sehr verändert, Tante.»

17

«Im Auge des Zyklons breitete sich eine geisterhafte Stille aus, legte sich auf die feuchte Schwüle. Sheila sah aus wie eine triefnasse Vogelscheuche, grün von Kopf bis Fuß; sie war nicht einmal so weit bei sich, um zu zittern, und ließ sich den Kleinen in die Arme legen.

‹*Donn mwa li.* Gib ihn mir›, sagte sie und streckte die Arme aus, als sei sie selbst ein Kind. Ein Kind mit einem Kind.

‹Frauen haben keine Wahl, Mädchen.› Ich war erleichtert. Ich hatte geglaubt, sie würde sagen, das Baby sei nicht ihres. Sie würde es nicht erkennen. Es passiert oft, Mädchen, daß sie einfach sagen, ich solle das Baby fortschaffen. Dann muß ich Geduld mit ihnen haben und versuchen, sie zu überzeugen, daß es ihr Baby ist. Aber manchmal wollen sie nichts davon wissen. Weigern sich einfach. Schlichtweg. Dann muß man sie im Auge behalten, weil man nie weiß, was sie tun werden. Aber sie blieb von einem solchen Anfall verschont.

Sie gab ihm die Brust. Nahm sich Zeit, brachte ihm bei zu trinken. Preßte ihm ihre schmerzende, geschwollene Brust in den Mund. Molk sich selbst, buchstäblich. Das klatschnasse wilde Haar klebte ihr an den Schultern. Ihr Kopf dem leeren Himmel zugewandt. Das Baby schien ihr von der Brust zu gleiten. Die Nacht war immer noch geisterhaft hell. Ihre Gedanken waren mit den Wolken fortgezogen. Wir schwebten zwischen oben und unten. Ich ging zu ihr und legte ihr die Hand auf die Schulter. Nahm ebenfalls den Kopf zurück und hob mein Kinn zum Himmel empor.

So schafften wir es, nicht zu weinen.

Alle Tiere zitterten und schwitzten. Die Hündin blickte zum Himmel auf. Luxmi verdrehte den Kopf schräg nach oben und blähte die Nüstern wie ein wildes Pferd oder wie ein Mutterwal, der aus dem Wasser auftaucht und tief Luft holt. Nässe und schwüle Hitze stiegen aus dem Boden um uns auf und mischten sich.

Larmwar schrie nicht. Sheila erwähnte Gandhi mit keinem Wort mehr. Seltsam war nur, daß ihr in völligem Schweigen Tränen aus den Augen quollen und über die Wangen rannen.

‹Als ob wir nicht schon genug Wasser um uns herum hätten›, schalt ich sie.

Sie lächelte, mit einem Anflug von Irrsinn. Ich begann mir Sorgen zu machen. Jetzt wird sie doch noch verrückt, wie die anderen Frauen, dachte ich. Vielleicht brauche ich Hilfe, dachte ich.

‹Ich schaue nach, ob wir zu einem Nachbarn gehen können. Wir müssen uns beeilen. Man weiß nie, wie lange das Auge bleibt. Vielleicht ist eines der anderen Häuser noch in besserem Zustand.›

Ich schritt durch ein Bild der Verwüstung.

Die Bäume waren kahle Silhouetten, als hätten sie alle ihre Blätter abgeworfen, wie die *Badamye* es einmal im Jahr tun. Bohrten sich wie Speere in den Himmel. Nackt und bloß. Es sah aus wie nach dem Weltbrand.

Die Erde war bedeckt von einer grünen, breiigen Masse. Blätter, zwei Handbreit hoch, überall. Vermischt mit Schlamm.

Das erste Haus, das ich erblickte, sah genauso aus wie das deiner Großmutter, bloß noch ein Gerippe. Ebenso das zweite und das dritte. Das vierte und fünfte waren völlig zusammengebrochen. Die Menschen kauerten sich einfach an einer Stelle zusammen, dort, wo das Haus gestanden hatte. In jedem Hausgerippe und an jedem Ort, wo ein Haus gewesen war, hockte eine Familie. Wahre Elendsgestalten. Aber nicht besiegt.

So wie ich losgezogen war, hatten auch die anderen Häuser jemanden zur Erkundung ausgeschickt. Sie wollten alle zu Sheila.

‹Keine Nachricht von Gandhi? Keine Nachricht von Tikay?›

‹Nein. Aber eine Geburt.›

‹Sheila?›

‹Sie ist wohlauf. Sie stillt ihn. Und weint.›

Das Wort, Mädchen, allein das Wort ‹Nachbar› auszusprechen, läßt mit seinem Gewicht meine Brust, meine mächtige Brust, wenn ich so sagen darf, vor Schmerz erbeben. Mit all der Schönheit, die darin liegt. In mir steigt dieses seltsame Gefühl auf. Als müßte ich gleich weinen. Das Wort birgt zu viel Gefühl in sich, als daß ich es manchmal über die Lippen brächte. Und du kennst mich, mich wirft so leicht nichts um. Die Liebe, die bedingungslose Liebe unter Nachbarn. Jene Nachbarn sorgten für Sheila, auf jede nur erdenkliche Weise. Tikays Frau kam herüber und setzte sich auf Sheilas durchweichtes Lager. Blut und Wasser tropften aus dem Bett. Sie hielten sich bei den Händen. Zwei, die fast schon Witwen waren. Zwei Nachbarinnen brachten Kokosnußöl, um das Baby damit einzureiben. Wo hatten sie das in den Trümmern noch gefunden? Andere servierten grüne Kurkuma in heißer Milch. Wie hatten sie die bloß aufgewärmt, Mädchen? Jedes trockene Stückchen Stoff im Dorf fand seinen Weg zu Sheila und dem kleinen Larmwar. Eine alte Frau brachte eine *katora* mit kochend heißer Hühnerbrühe, genau das, was Sheila nötig hatte. War eines der wenigen überlebenden Hühner dafür getötet worden? Der Trunkenbold des Dorfes, der den ganzen Zyklon verschlafen hatte, ohne sich im mindesten davon stören zu lassen, brachte eine Flasche Rotwein der Marke Prinel als Geschenk. Eben was eine junge Mutter bräuchte, wie er meinte. Junge Männer erklommen die nackten Pfosten des Wöchnerinnenhauses und flochten ein provisorisches Dach aus Schlingpflanzen und Lagen von Jutesäcken, die sie mit Kerzenwachs verklebten. Sie wußten, daß es nur so lange halten würde, bis die andere Seite des Zyklons kam und sie erfaßte. Doch so waren Nachbarn, Mädchen, so sind sie bis heute. Helfen unter allen Umständen. Scheuen keine Mühen. Die Leute waren so arm. Wir hatten alle nichts, Mädchen. Nicht einmal das Nötigste, um ein provisorisches Dach zusammenzustückeln. Heute werfen wir in einer Woche mehr als genug weg, um ein Dach daraus zu machen. Nackt und bloß. Durchnäßt bis auf die Knochen und voller Lauterkeit. Voll menschlicher Würde. Noch immer höre ich das Wort. *Nachbar*. Es hallt in meinem Brustkorb nach. Die Leute sind noch heute so. Nur wir tun, als wären wir anders. Stellen uns, als übernähmen wir die Klischees jener wenigen, wenigen bemitleidenswerten Menschen, die rund um ihr Haus Bambushecken wachsen lassen, alle Fenster mit Alarmanlagen sichern, Vorhängeschlösser an den Toren haben und dann dasitzen, als Gefangene in ihrem eigenen Haus, und sagen: ‹Heutzutage kennt man nicht einmal mehr seine Nachbarn.›

Die Nachbarn sind immer noch um uns herum, wie damals um Sheila. Rundherum.

Und niemand erwähnte Gandhi. Wir alle lauschten nur auf die anstürmenden Brecher, die hoch aufliefen bis ins Gras, und sahen die dreckige Gischt, aufgepeitscht vom Zyklon, die hier und da bis auf die nackten Bäume geweht war und aussah wie schmutziger Schnee. Wenn die Brecher durch das Gras wieder abliefen, hinterließen sie eine fette lange Dreckspur entlang der Hochwassermarke.

‹Ich will aufs Meer sehen, Fatma›, damit stemmte Sheila sich hoch, und sie und ich wankten wie zwei Betrunkene auf die Spitze des kleinen Hügels hinter ihrem Haus. Die anderen wiegten das Baby abwechselnd in den Armen.

Sie warf einen Blick darauf und sagte: ‹Ich will doch nicht aufs Meer sehen, Fatma.›

‹Aber schau doch dorthin›, erwiderte ich.

Als wir zum Horizont blickten, war dort im Westen ein freier Fleck. Keine tief hängende Regenwand. Nur die hoch am Himmel dahinrasenden Wolken des Zyklons.

‹Es ist Lafurnez. Es ist Lafurnez.›

Und tatsächlich, sie hatte recht. Der Vulkan auf der Insel Reunion hatte einen Ausbruch. Der Himmel war rot, wie ein verspätetes Spiegelbild des Zuckerrohrbrands.

‹Macht einen nachdenklich, nicht wahr.›

Ich hatte keine Ahnung, was sie damit meinte. Mir blieb auch keine Zeit, sie zu fragen. Denn jetzt hörten wir es kommen. Die andere Seite des Zyklons. Nun aus der entgegengesetzten Richtung. Ein hohles Grollen, in weiter Ferne, das näher und näher kam. Alle sprangen auf, drängten hinaus und ans Werk, eilten zu ihren zerstörten Bruchbuden, zurück zu ihren Babys, zu den Alten und Tieren.

Nunmehr zu dritt, mit Larmwar, dem kleinen Gauner, wandten Sheila und ich dem Grollen den Rücken zu. Warteten, im Wissen, daß es uns treffen würde wie eine Wand, auf einen Schlag, mit der vollen Wucht des Zyklons auf dem Höhepunkt seines Tobens. Und jetzt aus der entgegengesetzten Richtung.

Ein Zyklon, Mädchen, ist wie ein Loch. Es ist ein Vakuum, weil es irgendwo auf dem Äquator zu heiß geworden ist und die heiße Luft zu rasch aufsteigt, rascher, als für sie gut ist. Sie wird aufgewirbelt, hochgeschleudert und kondensiert zu Regen; setzt dabei Hitze frei, die mehr Luft aufsteigen läßt, woraus ein stärkeres Vakuum entsteht, das schneller gefüllt werden muß, und das wiederum führt zu mehr Hitze, die das Vakuum noch weiter vergrößert. Also werden in dieses runde Loch ständig von allen Seiten starke Luftströmungen hineingezogen, die es zu füllen versuchen und es dabei immer weiter entleeren, je heftiger die heiße Luft nach oben drängt. Und das Loch selbst saugt die Luft im Uhrzeigersinn ein, so wie die Erde sich dreht, Mädchen, in einer Spirale, und die Winde saugen schwere Regenwolken an, die kondensieren. Und das Loch selbst tanzt umher wie ein besessener Gott, hält inne, legt wieder los, wendet sich nach Südosten, nach Südwesten, immer unerbittlich Richtung Süden, selten auch nur für kurze Zeit nach Norden und dann nie sehr weit. Manchmal aber bleibt es stehen und läßt dich im Auge verharren, oder im Toben des Zyklons, eine Woche oder noch länger, wie ein Besucher, der länger bleibt als willkommen.

Das Auge ist dramatisch.

Sheila und ich und das Auge warteten. Manchmal bleibt einem nichts anderes übrig, Mädchen.»

18

Ich
Shy
will
hoch hinaus
nicht
um
meiner
selbst
willen
nein,
noch will ich
sterben
ohne
jemals
uns allen
geholfen
zu haben
uns über
den Dreck
zu erheben

Es stimmt nicht, daß ich Diät gehalten oder gar gefastet habe. Es mag die Wahrheit sein, aber nicht die ganze Wahrheit. Tatsächlich war es ein Hungerstreik, in dem ich mich befand.

Ich protestierte.

Ich hatte Forderungen an das Leben.

Ich wehrte mich gegen meine Lebensumstände. Gegen unser aller Lebensumstände. Ich wehre mich noch immer gegen die Umstände, unter denen Menschen bei uns leben müssen.

Früher wußte ich bessere Arten, zu protestieren. Wie bin ich nur auf diese witzlose, irrwitzige Methode verfallen, nichts mehr zu essen?

Als ich zu arbeiten begann, war ich in jedweder Hinsicht völlig ahnungslos. Ich hatte nicht mal einen Busen. Ich trug einen ausgespolsterten BH, damit der Boß mir meine gefälschten Papiere abnahm. Ich wußte nicht, daß der Boß sehr wohl wußte, wie viele von uns mit falschen Papieren und falschen BHs arbeiteten, was für ihn bedeutete, daß wir höchstwahrscheinlich kein Verfahren anstrengen und keinen Sous Schmerzensgeld verlangen würden, wenn wir gefeuert wurden oder verletzt oder gar ein Glied verloren oder unser ganzes jämmerliches Leben. Wir würden nichts sagen, damit unser falsches Spiel nicht aufgedeckt wurde.

Ich war mit meiner Mutter zum Grasholen gegangen. Schauen Sie sich meine Füße an, bis heute voller Risse, wie die Erde in der Wüste. Es ist Zeit, hieß: die Sonne geht auf. Spät hieß: das Gefühl von Hunger. Früh hieß: noch dunkel. So etwas wie Eile gab es nicht. Man kann das Heranwachsen einer Kuh nicht beschleunigen. Man kann den Sonnenaufgang nicht beschleunigen. Nichts kann man beschleunigen. Damals auch mich nicht.

Aber die Fabrik tat es.

Rauf und runter steigen. Rauf und runter. Der Wollfaden wurde nie langsamer, lief und lief, rundherum, die ganze lange Schicht hindurch. (Nun habe ich auch eine Geschichte zu erzählen, so wie Fatma.)

«Jetzt bist du dran», flüsterte Pulo mir ins Ohr.

«Womit dran?»

«Keine Fragen, du kleine Närrin. *Ti kuyon*. Geh in den Waschraum.»

«Wozu?»

«Halt den Mund. Geh aufs Klo und mach Pause, verdammt noch mal.»

Nur so konnten wir das Arbeitspensum, das man uns aufzwang, etwas reduzieren. Indem wir Dinge aus unserem Körper herausließen: Man kann dich nicht daran hindern zu pinkeln oder zu scheißen oder das Blut aus dir fließen zu lassen.

«Was machst du da, Pillay?» schrie die Aufseherin.

«Nichts.»

«Scheiß drauf, von wegen nichts, du fliegst gleich raus. Jeden Morgen stehen sie Schlange am Tor, warten nur darauf, deinen Platz auf der Folterbank einzunehmen, du Drückebergerin. Wo willst du hin?»

«Zum Waschraum.»

«Reichlich naseweis für eine Neue. Zurück an die Maschine.»

«Ich habe Durchfall.»

«Ich glaub dir kein Wort, Shy Pillay. Hab gesehen, wie Pulo mit dir geredet hat.»

«Du wischst es auf», sagte ich frech.

«*Ala li la*, ab mit dir, Shy», sagte Pulo von ihrer Maschine.

Ich schlich zu den Toiletten. Sie waren in einem grauenvollen Zustand. Wurden absichtlich so belassen, um uns von unserer kläglichen Verzögerungstaktik abzubringen.

Als ich zurückkam, war Pulo selbst an der Reihe. Kaum war sie verschwunden, kündigte die Aufseherin an, daß ab der nächsten Woche das Arbeitspensum heraufgesetzt werden würde.

«Neue Stückraten ab nächster Woche, Mädchen. Richtet euch darauf ein.»

Eine, die mit uns arbeitete, hatte im Monat zuvor das Tempo angezogen. Wir hatten sie hinausgeekelt. «*Kaser latas*», beschimpfte man sie. «Stückraten-Schummlerin.» Wir hatten sie rausgetrieben. Mit Blicken durchbohrt. Aufgespießt, verjagt. Danach hatte keine mehr einen Versuch gewagt.

«Auf den Philippinen», sprach die Aufseherin wie bei einer öffentlichen Versammlung, «arbeiten sie viermal so schnell wie ihr Faulpelze. Der Boß läßt zum Beweis eine Truppe herkommen. Tut also gar nicht erst so, als könntet ihr nicht ein bißchen schneller arbeiten.»

«*Ankor kaser latas*», schrien wir. Importierte Stückraten-Schummler – war das zu glauben! «Die Bosse in diesem Scheißland importieren und exportieren einfach alles. Kein Wunder, daß man Mauritius die Ladentheke nennt.»

«Seht euch bloß vor», sagte Pulo augenblicklich.

Beim Mittagessen warnte uns Pulo nochmals eindringlich davor, schneller zu arbeiten. «Wenn ihr euch unbedingt den Hals brechen wollt, dann tut es irgendwo anders. Uns hier brecht ihr nicht den Hals.»

Die Bosse machten Stunk. Drohten mit Entlassung. Übten Druck auf jede einzelne aus. Riefen sie ins Büro. Frauen, die ihre Familien allein ernährten, begannen fast unmerklich schneller zu arbeiten. Ihre Kolleginnen schnitten sie. Andere waren in der Zwickmühle. Sie hatten versprochen, nicht schneller zu arbeiten, taten es aber letztlich doch, aus Angst, die Langsamsten würden gefeuert werden.

«Womit sollen wir unsere Babys ernähren?» fragten sie sich.

Pulo hatte ebenfalls eine Familie zu versorgen. Sie sagte: «Um alles in der Welt, gerade wir sind es doch, die hart bleiben müssen. Wir haben Kindermäuler zu stopfen. Die jungen Mädchen tun sich leicht, bei den Stückraten zu schummeln. Auf uns wartet zu Hause noch jede Menge Hausarbeit. Du, Deomala, ich habe gesehen, daß du schneller arbeitest. Du hast eine Kuh, für die du Gras holen mußt, du gottverdammte Närrin! Und Kinder, um die du dich kümmern mußt. Schau nur hin, unter deinem Nagellack lauert die Blutarmut. Du und ich, blutarm wie nur was. Und dann, und dann. Und dann gehst du hin und verrätst unsere Sache. Wie kannst du dich selbst so verraten? Naja, das wäre immerhin noch deine Sache, aber wie kannst du uns alle verraten? Willst du uns umbringen?»

Der Druck ließ nicht nach. Wenn eine standhielt, wurde die andere weich oder gab auf. Hatte sie wieder Mut gefaßt, fing die nächste an, schneller zu arbeiten. Manche ließen sich nicht einmal mehr auf der Toilette Zeit.

Andere begegneten ihnen mit Hohn.

Die Aufseherinnen versuchten es mit Schmeicheleien und Drohungen. Zuckerbrot und Peitsche.

Plötzlich ging es los, mit Deomala. Sie fing an zu schreien.

Brüllte sich die Seele aus dem Leib.

Plärrte wie wild, hechelte hektisch und keuchte wie ein wildes Tier.

Nach und nach wurde sie stocksteif und kippte um.

Sie wäre in die Maschine gefallen, wenn ihre Kollegin sie nicht noch gerade rechtzeitig zur Seite geschubst hätte.

Die Aufseherin kam herbeigeeilt.

Der Geschäftsführer wurde dazugerufen.

Ihre Maschine wurde abgestellt.

Man trug sie hinaus.

«Arbeitet weiter. Was guckt ihr alle so! Habt ihr noch nie jemanden ohnmächtig werden sehen, bloß wegen ein bißchen Hitze? Ißt wahrscheinlich nicht ordentlich. Vergeudet ihr Geld für Schminke und schicke Kleider», sagte die Aufseherin mit dem angemalten Schmollmund.

Fünf Minuten später kam die Reihe an Marie-Ange.

Sie schrie und schrie immer lauter.

Begann wie eine Verrückte zu keuchen und zu hecheln.

Die Augen traten ihr aus dem Kopf, ihre Glieder wurden steif.

Und dann fiel sie um. Ebenfalls dicht an ihrer Maschine vorbei.

Plötzlich fingen zwei weitere Mädchen gleichzeitig an zu schreien.

Schließlich waren wir zu neunt.

Übergeschnappt.

Brüllend wie die Wahnsinnigen.

Wie die Irren.

«*Tit-Albert*», meinte eine ganze Gruppe von Arbeiterinnen. «Der Ort ist besessen. Geister und Teufel greifen uns an.»

«Hier gibt's nur einen verdammten Teufel, und das ist der Boß», sagte Pulo.

Dafür wurde sie gefeuert.

Gefeuert.

Ein römisch-katholischer Priester, der besondere Erfahrung in Exorzismus hatte, wurde per Notruf vom Boß herbeordert. Er und sein *sakristen* trafen ein. Beide in vollem Ornat. Lange Gewänder, goldene Kreuze, purpurne Schärpen und so weiter.

Als erste hoben der Priester und sein Gehilfe die bewußtlose Deomala auf, legten sie auf einen Tisch und versetzten ihr links und rechts eine kräftige Ohrfeige. «*O nom di-per, di-fis, di-sentespri.*» Kreuzzeichen.

Deomala kam zu sich.

«Die nächste», bellte der Priester.

Sie hoben Marie-Ange hoch.

«Die nächste», schnauzte der Priester.

Die gleiche Prozedur.

«Die nächste», plärrte der Priester.

Sie behandelten die bewußtlosen Mädchen wie riesige Brotlaibe in einer Bäckerei. Knufften sie in Form.

«Die nächste.»

Die Stückrate für jenen Tag wurde drastisch herabgesetzt.

Sie sehen, wir hatten unsere Methoden.

Wir gingen zur Toilette. Wir verloren das Bewußtsein.

Wir lernten von Pulo. Sie wechselte zur Fabrik nebenan, nahm ihre Erfahrung dorthin mit und ließ sie bei uns. Beides.

Und dann fanden wir heraus, daß es etwas namens «*sindika*» gab, die Gewerkschaft.

Männer sagten Dinge zu ihrem Boß, die wir nicht einmal zu denken wagten.

So hieß es.

Wir gingen in die Braban Street in Por Lwi, zu fünft, und entrichteten die Aufnahmegebühr.

«Bringt uns noch zwanzig Mitglieder. Dann können wir etwas tun», sagten die Männer von der Gewerkschaft.

«Bitte, können wir in Streik treten?» war unsere erste Frage.

«Das ist das Problem mit euch Mädchen aus der Freihandelszone», sagten sie, «ihr wollt alle Streik, bevor ihr überhaupt über Zusammenhalt in eurer Arbeitskolonne verfügt.»

«Was heißt Zusammenhalt? Was heißt Arbeitskolonne?» Wir wußten überhaupt nichts, außer daß wir streiken wollten.

«Hört zu, für einen Streik braucht man die richtigen Forderungen», sagten sie uns.

Sobald wir zwanzig Mitglieder rekrutiert hatten, warteten wir auf einen guten Anlaß, um zu streiken.

Nun, um es gleich klarzustellen, alle fluchten wie die Kutscher. *«Fer malis kalasi. Pitin. Likisorma. Makrel. Vann fes.»* Kein Fluch, den wir nicht in den Mund nahmen. Sie war wüst, unsere Fabrik, und unsere Sprache ebenfalls.

Aber wir wußten, daß Fluchen als «böse Sache» galt.

Eines Tages also hörten wir die Aufseherin, wie schon so oft, sagen: «*Eta, pitin,* he, du Miststück», und zwar zu Deomala. Immer traf es die arme alte Deomala. Und daraufhin hörten wir allesamt, auf einen Schlag, zu arbeiten auf und gingen in den Hof hinaus.

«Hat man je solch unflätige Reden gehört?» sprachen wir.

«So behandelt man doch keine Arbeiterin.»

«Wir sollten zur Polizei gehen.»

«Los, rufen wir die Gewerkschaft an», was wir auch taten.

«Ala beze», sagte er, was soviel heißt wie «Jetzt habt ihr's also geschafft».

Woraus wir schlossen, daß er den Anlaß für einen Streik nicht gut genug fand. Wir fanden ihn absolut gottverdammt phantastisch.

«Wir arbeiten nicht weiter unter solchen Bedingungen», beharrten wir.

Der Gewerkschafter kam auf dem Mofa. Sprach kurz mit uns und ging dann zum Boß hinein. Keine Ahnung, was sie da beredeten.

Der Gewerkschafter kam heraus und sagte, wir sollten wieder an die Arbeit gehen, und wir würden in Zukunft nicht mehr beschimpft werden.

Er hatte einige Mühe, uns zu überzeugen. Er fragte uns, wie unsere Forderung laute. Wir verstanden die Frage nicht recht.

«Forderung?»

«Wir streiken, weil wir uns wehren wollen. Was redest du von Forderungen und all solchem Zeug?» fragten wir ihn.

Wir hatten mitbekommen, daß man auf seine Gewerkschaft hören soll. Also diskutierten wir kurz darüber, bedauerten, daß Pulo nicht mehr da war, um uns einen Rat zu geben, und gingen wieder an die Arbeit.

Wir begannen, die Gewerkschaftsversammlungen am Samstagnachmittag zu besuchen. Und wir begannen zu lernen, aus unserem Zusammenwirken Kraft zu schöpfen. Wir lernten, daß Pulo fast in allem recht gehabt hatte.

Wir wählten Delegierte. Allein in dem Wort lag ein Zauber. Eine Delegierte. Was wir sagen, bringt sie dort vor, und was sie vorbringt, ist unser aller Meinung.

Wir beschlossen beispielsweise, eine Teepause zu fordern, statt dieses Blödsinns mit den Toiletten. Und wir bekamen die Teepause. Wir forderten eine Kantine. Und bekamen auch die. Außerdem saubere Toiletten, obwohl wir darin nicht mehr müßig auf dem Abfalleimer saßen.

Und im August 1979 nahmen wir an dem Generalstreik teil. Wir legten die Arbeit nieder, aus Solidarität mit den Arbeitern und Facharbeitern, deren Gewerkschaften von den Bossen nicht anerkannt worden waren. Selbst unsere Gewerkschaft war von unseren Bossen anerkannt worden. Selbst wir in der Freihandelszone, in der es eigentlich überhaupt keine Arbeitsbedingungen gab.

In dieser Zone hatten die Bosse im Prinzip freie Hand. Durften Kapital daraus schlagen. Niedrige Löhne zahlen. Konnten die Arbeitsgesetze ignorieren. Brauchten keine Steuern zu entrichten. Alles war erlaubt. Aber wir hatten gelernt, daß auch das von unserer Zustimmung abhing. Und wir stimmten nicht allem zu. O nein.

Nach dem Streik von 1979 wurde ich entlassen, zusammen mit vierzehn anderen Kolleginnen. Wir hatten uns geweigert, ein von den Bossen aufgesetztes Formular zu unterzeichnen, in dem stand, daß wir nie wieder streiken würden. Unsere Gewerkschaft meinte damals, wir könnten ruhig unterzeichnen, es sei ohne jede Gültigkeit. Ein illegaler Zusatz, sagten sie, zu einem Arbeitsvertrag. Das hieß, der Zusatz war ungültig, der Arbeitsvertrag aber nicht. Doch wir sagten, wir würden eher sterben als zu unterzeichnen.

Das war ein Fehler, denke ich jetzt.

Und wir verloren unsere Arbeit.

Die anderen Arbeiterinnen fühlten sich uns gegenüber als Verräterinnen, und wir empfanden umgekehrt das gleiche. Beide Seiten hatten recht. Und beide hatten unrecht.

So kam ich zu meiner Stelle bei Ocean Clothing and Textiles.

So wurde ich Maschinennäherin, lernte Vorderteile, Rückenteile, Ärmel, Kragen, Knopflöcher zu nähen, die ganze Reihe durch. Ich lernte zu bügeln, Stoff glattzustreichen und zuzuschneiden. Die Bosse sahen es als Strafe an, einen von einer Maschine zur anderen zu schicken, aber letztlich lernte man dabei nur, man lernte eine Menge.

Ocean Clothing and Textiles wurde eines Tages im Jahr 1984 geschlossen. Wir kamen morgens zur Arbeit und fanden eine von Hand gekritzelte Notiz, die an dem Eisentor zwischen den Gitterzäunen klebte. Die Bosse waren nach Frankreich und Hongkong zurückgekehrt. Bitte kommen Sie morgen wieder.

Am nächsten Tag lautete die Botschaft am Tor: «Kommen Sie am Freitag wieder.»

Die Gewerkschaft bemühte sich nach Kräften.

Wie wir alle.

«Er schuldet uns drei Wochen Lohn und die Zuschläge», sagten wir.

«Für Arbeit, die wir schon getan haben.»

Aber die Firma war bankrott. Der Boß schuldete uns das Geld, aber er war einfach weg. Im übrigen hatte er andere Verpflichtungen, die vorrangig waren.

Und da reden sie von Diebstahl.

«Über Nacht fertig», hieß es von den Fabriken.

Mit unserer war es über Nacht aus und fertig.

Ein Jahr lang bekam ich keine neue Arbeit.

Und als es dann soweit war, kam ich mir vor wie in einem Dschungel.

«Bitte nur dieses Formular unterzeichnen», sagte der Personalleiter. Ich erklärte damit mein Einverständnis, keiner Gewerkschaft beizutreten und mir monatlich zwei Rupien vom

Lohn abziehen zu lassen, für das «Comité d'entreprise», irgendein Komitee der Bosse. «Keine Unterschrift, keine Arbeit.»

Das Formular war gesetzwidrig, ein gesetzwidriger Zusatz zu einem Arbeitsvertrag, erinnerte ich mich, aber ich brauchte die Stelle, also unterschrieb ich.

Mittlerweile verlor man sowieso seine Arbeit, wenn man einer Gewerkschaft beitrat, und bekam auch keine neue mehr.

Das war erst der Anfang.

Mit allem war es bergab gegangen. In die Talsohle einer abgrundtiefen Welle.

Anders kann man es nicht bezeichnen.

Die Arbeiterinnen rings um mich steigerten mit Feuereifer ihre Stückraten.

Meine eigenen Kolleginnen machten gemeinsame Sache mit den Unteraufseherinnen beim Stehlen von Stoff.

Arbeiterinnen, die unzufrieden waren, sagten: «Steckt euch die Arbeit an den Hut. Mein Mann kann für mich sorgen. Und das Geld, das ihr mir schuldet, könnt ihr von mir aus auch behalten», und gingen einfach.

Als Neuling hat man bei den anderen nichts zu sagen. Man muß abwarten und aufpassen.

«Komm und iß mit uns, Pillay», sagte ein Mädchen, das in einer anderen Reihe an der Maschine arbeitete.

«Danke, gern», erwiderte ich.

Zuerst begriff ich nicht, warum sie mich angesprochen hatte. Dann dämmerte es mir, und ich erschrak tödlich: zum Mittagessen teilten sich meine Kolleginnen in Gruppen auf, getrennt nach Rassen und Religionen. *Baap-re-baap*, dachte ich. Das wird der Boß sich zunutze machen, so sicher wie nur etwas.

In den persönlichen Beziehungen herrschte heillose Anarchie. Alle versuchten offen, einander die Freunde und Freundinnen oder die Ehepartner abspenstig zu machen. Zwei Mädchen stritten mit Kratzen und Haareausreißen um einen Kerl. In der gleichen Abteilung.

«Leg ein Vorder- und Rückenteil neben deiner Maschine beiseite», sagte die Aufseherin zu mir.

«Wozu?» fragte ich.

«Halt dein vorlautes Maul und tu, was ich dir sage.»

«Nein, ich lege kein Vorder- und Rückenteil beiseite, weder für dich noch für sonst jemanden.»

«Wenn du es nicht tust, kriegst du eine ganze Rolle Stoff in den Arsch gerammt.» Die Flucherei in diesem neuen Dschungel war völlig anders als in den alten Fabriken.

Ich ignorierte die Aufseherin. Schnitt ihr eine garstige Fratze.

Ich dachte nicht daran, mich mit der Aufseherin zum Stehlen zusammenzutun. Mich als Arbeiterin zu so etwas zu erniedrigen. Wie Sklaven. Ganz so wie Sklaven, dachte ich.

An jenem Nachmittag ging ich zu meiner Handtasche und schaute hinein. Ich bin nicht auf den Kopf gefallen. Ich bin auch nicht von vorgestern. Am Tor der Fabriken in der Freihandelszone werden Taschen und Kleidung durchsucht. Schon immer. Und tatsächlich. Stoff in meiner Tasche. Ich nahm ihn mit auf die Toilette, steckte ihn in den Abfalleimer und ging hinaus zur Sicherheitskontrolle, als wäre nichts gewesen.

Die Aufseherin freute sich schon. Grinste breit, während ich in der Schlange darauf wartete, durchsucht zu werden.

Mich nahmen sie sich mehr als gründlich vor. Bis auf die Unterwäsche. Hatten ganz klar einen Wink bekommen.

«Durchsucht ihr die Leute hier immer so?» sagte ich. «Habt ihr nichts Besseres zu tun? Tut wohl alles, was der Boß euch befiehlt?» Und schon wieder hab ich mir einen Feind gemacht, dachte ich bei mir.

Ohne meine Schlauheit wäre ich auf der Stelle gefeuert worden. Aber von nun an würde ich Tag um Tag, Sekunde für Sekunde auf der Hut sein müssen.

Ich lächelte engelsgleich und schaute zu der Aufseherin.

Sie platzte fast vor Wut.

Gleich am nächsten Tag fand man bei ihr Stoff in der Handtasche. Sie stahl laufend Stoff. Eine andere Aufseherin mußte sie verpfiffen haben. Fast alle Arbeiterinnen machten gemeinsame Sache mit den Aufseherinnen beim Entwenden von Stoff. Alle. Alle waren sie wütend, daß ich mich geweigert hatte. Und dann, als man den Stoff in der Handtasche der Aufseherin fand, schrien sie alle noch: «So eine nette Frau. Sie würde niemals stehlen.» Die Heuchelei gab mir den Rest. Dem Boß etwas zu stehlen ist nicht so schlimm, wenn man bedenkt, um was er uns bringt. Aber wir stehen als Diebe da. Könnten wir unser Stehlen wenigstens damit begründen, daß wir die Gewinne daraus gleichmäßig unter uns aufteilen, wäre es vielleicht sogar zu rechtfertigen. Aber nein, alle oder fast alle meiner Kolleginnen stehlen – und verabscheuen Diebe. *«A yu»*, zetern sie, *«kokin pa bon.»* Diebstahl ist schlecht, wenn man erwischt wird. Sonst ist es in Ordnung. Sie betrügen ihre Partner und geifern über alle anderen, die das gleiche tun.

«Ein Skandal», plärren sie.

Ich habe fünf Jahre lang die Geduld bewahrt.

Ich sage ich, aber es gibt stets noch andere außer mir. Da ist Fayel in der Lagerabteilung. Er versteht und weiß mehr als ich. Da ist Valentia im oberen Stockwerk, die sich ihr wildes, spöttisches Lachen aus Afrika trotz allem bewahrt hat, uns alle verlacht, sich selbst mit eingeschlossen, und den Kopf schüttelt. Aber auf meinem Stockwerk fühle ich mich allein. Nur drei von uns in der ganzen Fabrik? Wie können wir die anderen auf unsere Seite ziehen? Wie können wir das, Doktor? Wohin ist all das Wissen verschwunden? Was ist mit unserem Verständnis von uns als Klasse geschehen? Ist das die Bedeutung der Freihandelszone, ihre wahre Bedeutung? Ein Arzt sollte die Antworten auf solche Fragen kennen. Denn aus solchen Fragen erwachsen die Krankheiten.

Ich habe versucht, gegen diese Welle der Heuchelei und der Verzweiflung in der Abteilung anzugehen.

Ich habe versucht, eine Gruppe von Arbeiterinnen zusammenzubekommen, und noch eine.

Ich habe versucht, eine Unzahl von Dingen zu erklären, die Pulo uns alle gelehrt hat. Dinge, die für jeden begreifbar sind.

Ich habe versucht zu glauben, daß Erfahrung den Wandel bringen wird.

Jedesmal, wenn ein paar Arbeiterinnen anfangen, weiter zu

denken, und gemeinsam darangehen, unser Los zu verbessern, gibt eine von ihnen plötzlich auf.

Salma Boodhoo, meine beste Freundin, schluckte Insektenvertilgungsmittel und brachte sich damit um. Irgendein läppischer Umstand wurde offiziell als Begründung angegeben, so läppisch, daß ich mich nicht mehr daran erinnere, aber ich weiß, daß es diese Hölle von Fabrik war, die selbstfabrizierte Hölle, zu der wir uns das Leben machen.

Eine andere, Annie Oloo, hatte heimlich einen Brieffreund in der Schweiz, war plötzlich verschwunden und heiratete ihn. Ein alter Bauer, schätze ich, der eine Arbeitskraft für den Hof brauchte. Wenigstens ging sie nicht in den Libanon wie so viele andere, als eine Art Vorstufe zum Selbstmord, oder nach Italien, ausgestattet mit zweifelhaften Verträgen, die eindeutig nach Prostitution rochen.

Santa Ritoo, die letzte meiner Freundinnen, die ging, sagte: «Lieber arbeite ich wieder für kleine Pflanzer. Die Fabrik ist nichts für mich.»

«Ja», erwiderte ich, «die Mittagssonne ist nichts im Vergleich zu dem hier.»

Fayel sagte: «Es kann nicht ewig so bleiben. Alles ist in Bewegung.»

Doch da sagte ich etwas, von dem ich erst jetzt weiß, daß es schon früher ausgesprochen worden ist: «Es kann immer noch schlimmer kommen.»

Trotzdem glaubte ich daran, daß wir protestieren könnten. Doch wir taten es nicht.

Wir konnten uns weigern. Aber wir taten es nicht.

Wir konnten kämpfen. Aber wir taten es nicht.

Wir konnten uns als Arbeiter in der Fabrik vereinigen. Aber wir taten es nicht.

Modellfabrik. Modellgewerkschaft?

Valentia sagte: «Modell. Modellhemden. Modellärsche, denen das ganze gehört, die hier das Sagen haben, und wenn wir uns nicht wehren, sind wir genau solche Modellärsche, bloß daß wir hier arbeiten.»

Aber Fayel war den ganzen Tag im Lager.

Und Valentia im oberen Stockwerk.

So wurde ich einsam.

Ich wurde so einsam, daß ich nachzudenken begann, was ich selbst tun könnte. Und dann kam mir die Idee mit dem Hungerstreik als einer der wenigen Methoden, allein zu kämpfen.

Ich begann Nahrung als etwas zu betrachten, das meine Entschlossenheit im Kampf gegen dieses Chaos in der Arbeit beeinträchtigen mochte. Was, wenn auch ich zur Verräterin würde? Was, wenn auch ich klein beigäbe? Wenn auch ich nur noch an meine eigene, kostbare Person dächte? In diesem abgrundtiefen Chaos versänke? Was, wenn ich mich darauf beschränkte, Stoff zu stehlen, den Mädchen die Freunde wegzunehmen, gedankenlos zu fluchen, mich elend zu demütigen? Was, wenn ich vor den Bossen die Hosen herunterließ? Meine eigene Seele verkaufte? Was, wenn mein Innerstes unterwandert würde? Und ich aufhörte, mich dagegen zu wehren?

Interessiert mich irgendwann nur noch der Preis, zu dem sich jemand verkauft hat?

Um dies zu verhindern, beschloß ich, nichts mehr zu essen. Ein Generalstreik. Ich ganz allein.

Wäre das eine akzeptable Erklärung, Doktor?

19

«Lavals Leben schien sich allmählich in eine bestimmte Richtung zu bewegen, statt sich immer nur im Kreis zu drehen. Solange er sich erinnern konnte, war es immer nur im Kreis herumgegangen. Doch dann nahm es allmählich eine Richtung an.

Er blieb bei den Docks. Weiß nicht, wie er das schaffte, der Gebrochene Mann. Er hielt durch. Er muß gespürt haben, daß er es verdiente, angespuckt zu werden. Er muß sich gefragt haben, was es zu bedeuten hatte, daß die anderen plötzlich wie die Pferde vor ihm zurückscheuten und sich weigerten, einen Zuckersack von seinem Rücken zu übernehmen. Er spürte die Liebe der Hafenarbeiter zueinander. Viel stärker als unter Nachbarn.

Er fühlte ihren Haß und ihr Mißtrauen ihm gegenüber. Sein Mal, das Mal auf seiner linken Wange, begann zu schmerzen. Sein Blick senkte sich. Schande.

Aber dank etwas Unbeugsamem tief in seinem Inneren hielt er durch. Sekunde um Sekunde. Minute um Minute. Stunde um Stunde. Tag um Tag. Woche um Woche. Zahltag um Zahltag. Monat um Monat. Jahr um Jahr. Er spürte die Last der Zuckersäcke. ‹Du mußt den Sack bezwingen, sonst bezwingt er dich›, hörte er die anderen sagen. Er sah Männer, kleiner als er, schwächer als er oder älter als er. Er sah manche Männer, ältere, dünnere, deren Leiber aufgegeben und nachgegeben hatten und nun aussahen wie Sklavenleiber. Wenn sie auf den uralten offenen Güterwagen saßen, die im Hafen standen, und aus den *katoras* ihre mitgebrachte Mahlzeit verzehrten, gab das Joch der Sklaverei selbst in der Mittagspause ihre Leiber nicht frei. Der Kopf hing vornüber. Der lange Nacken gebeugt wie bei einem Ochsen. Die Schultern fielen ein wenig zu sehr ab. Die Augen einer verwundeten Kreatur. Kalt und furchtsam. Selbst ihre Arme und Beine sahen aus, als habe die Sklaverei sie zurechtgeprügelt.

Starke Arme, die sich bereitwillig fügten. Starke Beine, die nur dahintrotteten. Rücken mit der unsichtbaren Spur der Peitsche. Der Mund ausdruckslos und verdrießlich zugleich. Die Stirn trotzig und unterwürfig zugleich.

Er nahm nie diese Haltung an. Der Sack wirkte leicht auf seinem Rücken. Seine Augen blitzten immer noch vor Zorn. Seine Nüstern bebten vor Leben. Sein Mund war stets bereit, zu fluchen oder zu lachen. Er sah aus, als vertriebe er sich nur die Zeit.

Er wollte ein Hafenarbeiter unter Hafenarbeitern sein. Er verabscheute den Vorarbeiter. Noch mehr haßte er die Bosse. Verletzte sich ein Hafenarbeiter, hatten sie bloß Angst, ihre Autositze könnten Blutflecken abbekommen. Er konnte sie nicht ausstehen. Abscheuliche, schwächliche Tyrannen, dachte er. Sie ließen ihn an die Männer im *kanpman* denken, an ihre Kristallgläser, ihr Parfüm, ihre Jagd auf andere Menschen. Er sah sie an, mit Pein in seinen Augen. Haßte sie aus abgrundtiefer Seele. Er hatte ihnen gestattet, ihn zu beherrschen. Aber nicht, ihn zu brechen. Und selbst die Beherrschung galt nur für ein einziges Mal. Er schwor es sich: nur ein einziges Mal.

Und aus diesem Wissen bezog Laval seine Stärke.

Natürlich muß ich es erklären, Shy. Wie sonst wirst du mir glauben, wenn ich plötzlich einen Helden der Arbeiterklasse vorführe? Und sage: ‹Das ist Laval, der Held des Streiks von 1979.›

1977 wählten die Hafenarbeiter aus der Sektion Kodan Laval zum Delegierten für die Gewerkschaft der Hafenarbeiter von Port Louis Harbour, ebenjener Gewerkschaft, deren Streik er gebrochen hatte. Mittlerweile wußten die Arbeiter, daß er den Bossen die Stirn bot, und dank seiner Zähigkeit waren sie die Tyrannei der Aufseher losgeworden. Die Kolonne hatte zwar noch den Namen ihres Aufsehers, aber seine Aufgaben wurden nun wechselseitig von den Hafenarbeitern selbst erledigt. Es gab keine Aufseher mehr. Ohne Aufseher als Feuerschneise zwischen sich und den Arbeitern trauten die Bosse sich nicht mehr an den Kai. Ließen sich nicht mehr blicken. Existierten nur noch als *marsan esklav*, Sklavenhändler, wie die Gesellschaften hießen. Lefebvre, Consigne, Miraux.

Sie wählten ihn also zum Delegierten, und er begann sich als Teil der Arbeiterschaft im Hafen zu sehen. Fing an, sich als vollwertiger Mensch zu fühlen, zum erstenmal in seinem Leben.

‹Wir sind wie eine Familie›, sagte einer seiner Kumpel in der Kolonne zu ihm, ‹nur noch enger verbunden. Wie *dahejbay*, Schiffsbrüder, Sklaven oder Kulis, die gemeinsam die Überfahrt durchgestanden haben.›

Eines Tages im Jahr 1978 hatte er außerdem eine kollektive Aktion in Ros Bwa organisiert. Er und seine kartenspielenden Kumpel, die alle noch immer bei dem Bordell am unteren Ende der Muslim Cemetery Road herumhingen, hatten eines Nachts lange und angestrengt über ihr Los nachgesonnen, wie auch über das Los aller Unterdrückten in der Welt. Die Philosophie überkam Laval stets in solchen Schüben.

Jener philosophische Anfall nun brachte sie zu folgenden Aktionen. Sie zerrissen alle ihre Spielkarten und verbrannten die Schnipsel, um so ihre Absage an das Glücksspiel zu bezeugen. Sie streuten die Asche über das Brückengeländer. Es war unbedingt nötig, daß sie die Karten zerrissen und verbrannten und die Asche verstreuten, sonst hätten sie vielleicht mit einer neuen Runde begonnen, wer weiß? Dann zogen sie los, lösten das Bordell auf und befahlen den völlig überraschten und unwilligen Mädchen, das Weite zu suchen.

‹Was ist denn in euch gefahren, ihr hirnlosen Schwänze?› fragten die Mädchen.

Laval und seine Kumpel vom Kartenspielen sprachen über Kapitalismus und Ausbeutung und Frauenemanzipation. Die Mädchen schüttelten die Köpfe. *Toke*, dachten sie, übergeschnappt. Sie legten den Revolutionären nahe, schleunigst zu verduften, was sie denn auch taten.

Schließlich hatten sie wichtige Aufgaben zu erledigen.

Sie stiegen in ein Taxi und befahlen dem Fahrer, sie auf der Stelle, jetzt und sofort, nach Banbu zu bringen, jenes Dorf, in dem Laval sich versteckt hatte. Dort wollten sie einen gewissen Aktivisten namens Mann Togan aufsuchen. Um halb zwei Uhr morgens klopften sie an seine Tür. Der *militan* war im Hauptberuf Landarzt und dachte vermutlich, jemand wolle ihn zu einem kranken Verwandten holen. Laval stellte sich vor und sagte, er und seine Freunde hätten beschlossen, eine Revolution sei vonnöten, und sie würden sie anzetteln. Sie hätten ihre Spielkarten verbrannt und ein Bordell aufgelöst, sagte er, wüßten nun aber nicht, wie sie weiter vorgehen sollten. Sie hätten lange Zeit beraten, an wen sie sich mit der Frage wenden sollten, wie man eine Revolution anfinge. Schließlich hätten sie entschieden, daß sie ihm am meisten vertrauen könnten. Was sollten sie tun, fragten sie. Sie waren bereit, alles zu tun, was für eine Revolution erforderlich war. Besonders Dinge, so führten sie aus, vor denen andere zurückschrecken mochten. Wer beispielsweise wäre das geeignetste Opfer für ein Attentat? In dieser Hinsicht erhofften sie sich Ratschläge von ihm, so sagten sie. Die Gründe für ihr Vertrauen mögen ein wenig fadenscheinig wirken. So gab Laval Larmwar unter anderem an:

‹Wir vertrauen dir, weil du Gummischlappen trägst.›

‹Eine Menge Leute tragen Gummischlappen.›

‹Aber wir wollten nicht eine Menge Leute aufsuchen, sondern nur einen. Dich.›

In gewisser Weise hatten sie recht, Mädchen. Es zählt auch das, was man sieht. Als Grund vielleicht nicht ausreichend, aber auch nicht unbedingt von der Hand zu weisen. Mann Togan jedenfalls vermochte es nicht zu überzeugen.

‹Komm morgen früh wieder, Laval, jetzt ist nicht die richtige Zeit.›

‹Nein, wir müssen jetzt darüber sprechen.›

‹Jetzt, Kumpel, werden wir höchstens ausführlich besprechen, warum ich im Augenblick nicht bereit bin, darüber zu diskutieren.› Es folgte ein langes Gespräch über dieses Thema. Zwei Stunden lang.

Ich weiß nicht, was sie in jener Nacht beredeten, jedenfalls ging es darum, warum man ein solches Thema nicht ausgerechnet in jener Nacht besprechen müsse. Ich weiß nicht, ob das sehr tiefschürfend ist, Mädchen, aber ich denke vielleicht doch. Denn von da an hing Laval nicht mehr bei dem wiedereröffneten Bordell herum. Die anderen tröpfelten alle dorthin zurück. Laval blieb gewandelt. Seine Arbeit formte ihn. Und jener Besuch, der mißglückte Besuch, war in gewisser Weise doch geglückt, weil er Laval eine nachhaltige Veränderung bescherte.

Er widmete sich noch ernsthafter der Gewerkschaft. Das Mal auf seiner Wange verblaßte fast völlig. Er konnte den anderen beinahe in die Augen sehen. Er wurde ein großer, kräftiger, starker Mann. Man begann ihm mit Respekt zu begegnen. Er sprach von sich noch immer als dem ‹*brizer degrev*›, dem Streikbrecher, und daß er so offen seine Vergangenheit eingestand, trug ihm noch mehr Respekt ein.

Eines Tages, im Mai 1979, ging mein Raffick ihn besuchen. Er wollte mit ihm zusammen nach Gudlenn fahren. Also nahmen sie den Bus von Lagar Dinor nach Gudlenn. Dort wollten sie eine Gewerkschaftsversammlung besuchen. Nicht eine Versammlung der Hafenarbeiter, sondern der Tagelöhner und Arbeiter in den Zuckerfabriken.

‹Ich kenne sie. Es sind gute Leute›, hatte Raffick zu Laval gesagt. Laval glaubte ihm kein Wort.

Die Versammlung fand an einem Ort namens Plato statt. Unter den riesigen Bäumen scharten sich Arbeiter zusammen. Manche saßen auf Granitblöcken. Andere lehnten an den Holzpfosten der Vordächer von Läden. Wieder andere saßen auf den Wurzeln eines Lycheebaums. Und einige standen entschlossen mitten auf der Straße.

Die Gewerkschaftsmitglieder, die für die Organisation zuständig waren, stellten die Lautsprecher auf, einen in der Gabelung eines Mangobaumes und den anderen auf dem Dach eines Geschäfts. Als die Übertragungsanlage installiert war, legten sie eine Kassette mit dröhnender Musik ein: Songs aus indischen Filmen, *sega*-Lieder und ernste einheimische Musik.

Zwei Polizisten näherten sich und stellten sich auf der anderen Straßenseite unter das Ladenvordach, mitten zwischen die Arbeiter. Die Männer vom Staatssicherheitsdienst kamen in einem Auto vorbei und hielten ihre Aufnahmegeräte bereit.

Das Mikrofon wurde auf der Wellblechveranda des Ladens

aufgestellt, dem die Abhaltung einer öffentlichen Veranstaltung auf seinem Grundstück gestattet worden war. Die Menge, die der öffentlichen Veranstaltung beiwohnte, stand schließlich überall, nur nicht dort, wo die Polizei in ihrer großmächtigen Gnade die Versammlung genehmigt hatte.

Die ersten beiden, ein Arbeiter namens Dado und ein Facharbeiter namens Kollet, sprachen in einfachen, klaren Worten. Laval wußte Bescheid über harte Arbeitsbedingungen. Er kannte die Bosse. Er kannte Aufseher. Er kannte die Männer mit dunklen Brillen und weißen, offenen Hemden, die Humber ausschickten. Er wußte Bescheid über Rassenkrieg, über Streikbrecherei, über Armut. Er wußte, wie hart seine Mutter arbeiten mußte. Er hatte gehört, wie sein Vater gestorben war. All dies kam in der Versammlung vor. Er wußte nicht, daß eine Versammlung, eine öffentliche Versammlung, sich mit seinem Leben befassen konnte. Es waren nicht all die verschwommenen Worte, die er im *kanpman* und bei den Versammlungen gehört hatte, die die Männer vom *kanpman* abhielten. Diese Versammlung betraf sein eigenes Leben. In all seiner Härte. Gezeichnet von der Geschichte, was ihm bisher nicht bewußt gewesen war. Er berührte sein Mal. Er wußte, daß er dem starren Blick der zornigen Arbeiter nicht standhalten konnte, die ihn ansahen, mit ihrer Stärke durchbohrten und fragten, woher er eigentlich kam und die Unverschämtheit nahm, an einer Versammlung in Plato, in ihrem Viertel, teilzunehmen.

Der dritte Sprecher begann mit folgenden Worten: ‹Ich darf mich ohne falsche Bescheidenheit als Experten in Wirtschaftsfragen bezeichnen.› Laval Larmwar blickte auf, verwirrt und geringschätzig zugleich. Raffick nützte diese Gelegenheit, um sich neben ihn zu zwängen, und flüsterte: *‹Tann sa gogot la›*, so ein blöder Arsch.

Aber der vierte Sprecher war anders.

Ganz anders, Mädchen.

Danach sagte Laval, er sei bis zu jenem Augenblick nie wirklich *lebendig* gewesen. Er machte nicht viele Worte, also wollte das schon einiges heißen, Mädchen.

Jay Chavree, Arbeiter bei Welcome, war mit dem Bus gekommen, hatte sich eine Fanta gekauft und Salz hineingestreut, als Ersatz für das, was er auf den Zuckerrohrfeldern ausgeschwitzt hatte. Er trank sie aus, ohne die Lippen anzusetzen. Er kaufte eine Zigarette für fünf Sous. Er bereitete seine Ansprache im Kopf vor. Da er nicht lesen konnte, kam er ohne Notizen aus.

Die Arbeit im Hafen wird mechanisiert werden, sagte er. Der Zucker wird automatisch verladen, über große Ansaugpumpen direkt von den Lastwagen. Gleich von der Fabrik wird der Zukker, wie Wasser, in große geschlossene Lastwagen gepumpt werden. Von der Fabrik in einem Rutsch durch bis zum Hafen, *kamarad*. Die Hälfte aller Dockarbeiter werden entlassen werden. ‹Mit Dank für ihre Dienste›, wie die Bosse es so nett ausdrückten.

In der Vergangenheit haben wir uns auf die Dockarbeiter verlassen. Sie haben uns nie im Stich gelassen. Aber jetzt wird es anders sein. Der Lauf der Geschichte ändert sich. Wir Arbeiter, Frauen wie Männer, wir Facharbeiter können uns nicht mehr auf die Hilfe der Dockarbeiter verlassen. Denn wenn ihr Rücken von seiner Last befreit ist, der Last der Zuckersäcke, wenn die Hafenarbeiter diese schwere und oft erniedrigende Plackerei endlich von ihren gebeugten Nacken abwerfen, werden die Bosse anstelle der Freiheit ihnen ein neues Joch geben. Die Bosse werden sagen: ‹Wir brauchen euch nicht mehr, Jungs.› Wieder werden die Bosse sagen: ‹*Lachez les tigres*›, wenn sie unter den Arbeitslosen nach neuen Arbeitern suchen und jeden Morgen die Tore öffnen, damit die Leute sich um einen Tageslohn balgen.

Im Gegenteil, vielleicht werden die Hafenarbeiter sich auf uns verlassen müssen. Denn wenn die Bosse die Mechanisierung einführen, wenn sie die Hälfte aller Dockarbeiter entlassen haben, wird der anderen Hälfte, das sage ich dir, nichts übrigbleiben, als den Kopf einzuziehen. Vielleicht für ein paar Monate, vielleicht für ein paar Jahre. Die tapferen Hafenarbeiter werden das Maul halten müssen.

Die Transportarbeiter haben zugelassen, daß mehr und mehr Privatbusse fast alle Strecken befahren. Wie können die Arbeiter in den Busgesellschaften da noch hoffen, daß ihre Streiks Wirkung zeigen? Wenn ein Drittel aller Busse Einzelpersonen gehört, die angeblich aus Mitleid ihre verarmten Verwandten einstellen? Die privaten Busbetriebe können nur überleben, wenn sie Streiks brechen. Wir Arbeiter und Facharbeiter können uns nicht wie noch 1971 auf die Transportarbeiter verlassen. Auch sie werden vielleicht statt dessen uns um Hilfe angehen müssen. Uns, den am schwierigsten zu organisierenden Sektor.

Die Arbeiter im zentralen Stromwerk haben sich von unseren Gewerkschaften distanziert, Kameraden. Ihre Löhne sind gestiegen. Wir können nicht sagen, ob sie sich deshalb distanziert haben, aber die Geschichte lehrt uns, es zu glauben. Das Los der anderen Arbeiter kümmert sie im Augenblick nicht. Auch dies mag monatelang so bleiben, oder gar jahrelang.

Und in welcher Position befinden wir uns, als Arbeiter und Facharbeiter in der Zuckerindustrie? Die *tablisman*-Bosse und ihre Speichellecker in der Regierung weigern sich, unsere Gewerkschaften anzuerkennen. Sie fürchten unsere Stärke.

Wir müssen sie bekämpfen. Wir müssen die Anerkennung erreichen, wir müssen darum ringen. Wir bekommen nichts auf dem Silbertablett serviert. Gar nichts. Wir müssen es uns schon selbst nehmen. Und zwar schnell. Rechtzeitig genug, um unsere Rolle einzunehmen, zusammen mit den Hafenarbeitern, den Transportarbeitern und den Arbeitern im Stromwerk, die die Bewegung zusammengehalten haben, rechtzeitig genug, um mehr zu übernehmen als nur unseren Anteil. Jetzt müssen wir die Bewegung zusammenhalten, für alle Arbeiter.

Wir müssen rasch anerkannt werden, bevor die geplante Mechanisierung beim Zuckerrohrschneiden eingeführt wird und Fabriken zumachen. Schon jetzt untergraben wir uns selbst das Fundament für unsere Arbeit, indem wir aus manchen Feldern auch noch die winzigsten Steine herausklauben, damit die Maschinen die Arbeit doppelt so schnell erledigen können.

Wir müssen die Hafenarbeiter dazu bringen, bei unserer

Streikbewegung mitzumachen, für unsere Anerkennung. Standen wir je vor solch einer Herausforderung? Können wir die Hafenarbeiter davon überzeugen? Wir, die wir bisher mit jedem Streik größte Mühe hatten. 1937, 1943 und auch 1971. Wir, die wir aufgesplittert sind in Gruppen zu je vierundzwanzig, verteilt über das ganze Land, und immer nur mit den vierundzwanzig Arbeitern aus unserer eigenen Kolonne zusammenkommen. Und einmal alle zwei Wochen mit den anderen Kolonnen von der Nebenabteilung. Wir haben es mit Bossen wie Ervel zu tun, um nur einen zu nennen, der Gewerkschaftsvertreter mit dem Gewehr bedroht. Wir Arbeiter, die nicht einmal jeden Tag auf das gleiche Feld gehen. Wir Arbeiter, die nicht einmal mit öffentlichen Transportmitteln zur Arbeit kommen und keine Kontakte an Bushaltestellen knüpfen können. Wie können wir uns hinreichend organisieren? Wie können wir uns schnell genug organisieren? Wie nur?

Können wir in Streik treten? Kann unser Streik stark genug sein, daß die Hafenarbeiter ihn unterstützen?

An meiner rechten Hand sind fünf Finger; jeder für sich ist schwach. Wie die Hafenarbeiter, Transportarbeiter, die Arbeiter im Stromwerk, die Werktätigen und Facharbeiter. Allein ist jeder von uns schwach. Aber zu einer Faust zusammengeballt sind wir stark.

Es bedarf mehr als nur der Einheit, um stark zu werden, sagte er. Aber es bedarf der Stärke, um einig zu werden.

Danach ging Laval zwei- oder dreimal pro Woche zu öffentlichen Versammlungen, welche die Gewerkschaft der Arbeiter und Facharbeiter in der Zuckerindustrie in den Dörfern organisierten.

Diese Versammlungen schlugen ihn völlig in den Bann. Er ging auch ohne Raffick. Ging ganz allein dorthin. Er lernte sie alle kennen. Dachte nach und dachte nach. ‹Meine Schule›, sagte er zu seiner Mutter Sheila, wenn sie von ihrer Arbeit bei den Lim Kit Fongs zurückkam und sich die losen Haarsträhnen wieder in den Knoten steckte.

Sie dachte bei sich, daß ich letztlich vielleicht recht gehabt hatte mit Larmwar. ‹O Fatma, ist es denn möglich? Was liegt alles in der Natur? Was nur alles? Du sagtest, ich solle ihn auf die Welt loslassen, weißt du noch? Du sagtest, er würde ein Held werden.›

‹Vielleicht›, sagte Sheila zu mir, ‹vielleicht wird er ja ein Held der Arbeiterklasse. Vielleicht wird er etwas begreifen. Vielleicht ist er nicht wie sein Vater dazu verdammt, Zuckerrohr niederzubrennen, nur um einen Tag Lohn herauszuschlagen. Ich habe ihm die Geschichte seines Vaters so oft erzählt›, sagte sie zu mir. ‹Vielleicht wird er sich Zyklonen nicht einfach fügen und sie durchstehen wie wir Frauen, sich nicht immer nur im Kreis drehen und nie vorwärtskommen? Vielleicht wird er nicht bloß Spielkarten verbrennen, wie er es einst tat, und von Revolution und Gerechtigkeit faseln, ins Blaue hinein. Vielleicht, vielleicht. Mit viel Erfahrung, vielleicht.›»

20

Gab es
einen Auslöser?
Eine
Wendung?
Ein Symbol
oder einen Hinweis?
Der es in Gang setzte?

Es gab einen Katalysator, das stimmt. Ich muß es zugeben. Ich saß da und starrte in die Gegend. Auf die nackte Wand. Nicht ganz nackt. Ich schaute auf den nackten Luftziegel in der nackten Wand. Es war abends. Ich erwartete nichts. Man kann nicht erwarten, daß ich mir von einem Luftziegel irgend etwas erwartete.

Mein dickes, buschiges Haar stand in alle Richtungen ab wie tausend Mangustenschwänze. Ich sah mein Spiegelbild im Fenster, als ich von dem Luftziegel wegschaute. Winziges Gesicht und riesiger Kopf. Mitten im Raum hing eine nackte 25-Watt-Birne, die ein nüchternes, stumpfes Licht verbreitete. Mein Haar sah aus wie entsprungen. Als sei der Wahnsinn aus meinem Inneren nach außen gedrungen. Die nackte Glühbirne stellte mich bloß. Mir gefiel nicht, was ich sah. Dieser wildgewordene Haarschopf. Ich packte ihn, grob, und drehte ihn rundherum zu einem langen Strang, bis es schmerzte, wickelte den Strang weiter zu einem Knoten zusammen und steckte das Ende hinein. Gott sei Dank.

Festgesteckt. Keine lose Strähne. Alles unter Kontrolle. Dafür braucht man schon vier Daumen. Ich sagte, ich würde es nicht wieder erwähnen, aber ich kann nicht anders, weil ich dazu vier Daumen brauchte.

Nun zeigte die nackte Glühbirne mir mein Gesicht deutlicher. Ich sah es. Mein pockennarbiges Gesicht im Spiegelbild, voller Löcher. Große und kleine. Auf der Stirn, auf dem Kinn, sogar auf der Nase, am meisten aber auf den Wangen. Manche in ganzen Haufen, andere vereinzelt. Als ob ich auslaufen könnte durch diese Löcher.

Mein Vater, der Milchmann, war dabei, sein Arbeitsgerät zu reinigen. Er hatte den Tank aus Aluminium, der am Fahrrad festgelötet war. Und daran hing sein Halbliterbecher. Er fuhr durch Banbu, klingelte vor dem Haus einer Kuhbesitzerin, worauf sie oder eines der Kinder mit einem Eimer warmer Milch herauskam. Er maß sie ab, indem er sie erst in den Meßbecher und dann in den Tank goß. Schrieb dann in sein kleines Notizbuch, wieviel Milch er bekommen hatte. Und radelte den ganzen Weg nach Hause, den Tank voller Milch. Er reinigte den Tank mit kochendem Wasser. Putzte und putzte. Überall der Geruch von frischer Milch.

Meine Mutter brutzelte ihre geheimnisvollen Gerichte für die Abendmahlzeit. Plötzlich dämmerte es mir. Stets kochte und bereitete sie die Mahlzeiten auf diese verstohlene Art und Weise. ‹Was führt sie im Schilde›, dachte ich. Kocht gegen uns. Sie kocht ein Abendessen gegen uns. Nicht für uns. Dagegen. Vielleicht eine Rache an Mann und Kind, die ihr aufgezwungen wurden, alle beide. Daher also kochte sie gegen uns? Sie bereitete eine ihrer Spezialitäten, *angiv*, ein bitteres Gemüse. «*Amer*», flüsterte sie, während sie eine Riesenportion anrührte. Daneben, auf den drei Steinen mit dem Holzfeuer in der Mitte, wo sie kochte, zischelte ein höllisch gewürztes Currygericht. «*For!* Scharf!» sagte sie ruhig und entschieden. Wollte uns die Eingeweide verbrennen. Selbst den Teig für die *faratas* packte sie falsch an. Sie klatschte ihn hin und her, immer mit diesem geheimnistuerischen Gehabe. Ich fragte mich, was sie dem Essen wohl alles beimengte.

Mittlerweile starrte ich nicht bloß auf den Luftziegel. Ich sah ihn an. Ein gewöhnlicher Luftziegel in einer Betonwand. Kühlte das Treibhaus aus Beton, in dem wir lebten, kein bißchen ab.

Mein Vater hatte von dem, was er als Milchmann verdiente, einiges gespart und diese zwei Betonkammern an die Vorderfront unseres vierzimmrigen, bis zum Bersten vollgestopften Wellblechhauses angebaut. Er hatte die Ziegel selbst gemauert, selbst die Betonmischung für die Pfeiler und Stützen angerührt und gegossen. Beim Gießen des Betondachs hatte ihm eine Schar von Jugendlichen geholfen. Zwei nackte, kahle Räume. Ohne jede Kultur. Die Geschichte, die Erfahrung und die Kultur blieben in den Wellblechzimmern.

Die Betonkammern waren im Sommer stickig heiß und hatten keine Holzbalken oder Haken oder sonst etwas, woran man Dinge festbinden konnte, rein gar nichts. Nichts, um Hüte daran zu hängen, Kleider darüber zu werfen, wichtige Papiere darauf zu legen. Nichts, um Sicheln zu verstauen oder Messer dahinter zu stecken. Nichts, um Nägel einzuschlagen, an denen etwas hängen konnte. Nackte Wände. Man konnte sie nicht gut mit alten Zeitungen tapezieren wie in den Wellblechzimmern. Man konnte die Wände eines Betonhauses nicht mit bunten Anzeigen aus pfundweise erstandenen skandinavischen Magazinen bekleben. Die Decke nackt. Man konnte nicht, wie in dem Wellblechhaus, die Bäume sehen, deren Holz zu jenen Balken verarbeitet worden war, die nun die Decke bildeten. Nichts als Beton. Kein Blickfang. Deshalb wohl mußte ich den Luftziegel ansehen. Er war der einzige Blickfang. Nicht einmal der Kalender war hier, den der chinesische Laden uns geschenkt hatte, so daß ich auf Gott Ganesh, den Halbelefanten, hätte schauen können statt auf den Luftziegel.

Neun kleine Löcher in der Breite und fünf kleine Löcher in der Höhe. Ein Gitter von Löchern. Die Gesundheitsabteilung des Arbeitsministeriums besteht darauf, daß jeder Betonraum einen oder zwei davon hat, damit die Bewohner sich nicht versehentlich vergiften, wenn sie auf den *reso* genannten Holzkohlebrennern kochen. Hat irgendwas mit Kohlenmonoxid zu tun, das einen schläfrig macht und schließlich so beduselt, daß man einschläft und nie mehr aufwacht. Darum hatten wir diesen Luftziegel.

Ich starrte darauf. Weil ich nichts Besseres zu tun hatte, nur deshalb. Ich traute meinen Augen nicht.

Ich sah folgendes.

Ein Gecko, ein kleiner Hausgecko von der Sorte, die sich nahe der Glühbirne gegenseitig über die Wände scheuchen und dabei unvermutet ein lautes Knacken ertönen lassen, fraß eine Motte. Das war nichts Besonderes. Passiert am laufenden Band.

Aber halt, da war noch etwas.

Der Gecko wurde gleichzeitig von einer Maulwurfsschlange, einer *kulev*, gefressen.

Die Schlange steckte in dem hohlen Luftziegel, aus dem ihr rosafarbener Leib zur Hälfte herausschaute, sie hatte nach dem rosa Gecko, der auf der Innenwand neben dem Luftziegel saß, geschnappt und ihn fest zu fassen bekommen. Ich sah den Kopf des Geckos im Maul der Schlange verschwinden.

Drei Bissen, und der Gecko war aufgefressen, mitsamt der Motte.

Und während ich dieses Schauspiel noch betrachtete, geschah folgendes: die Schlange versuchte sich wieder in den Luftziegel zurückzuziehen.

Natürlich.

Sie wollte heim.

Zurück auf Feld eins, dachte sie vermutlich.

Aber sie konnte nicht wieder in das Loch zurück, aus dem sie zur Hälfte herausschaute. Sie paßte nicht durch. Sie war zu dick. Der Gecko in ihrem Bauch wölbte ihren langen, glatten, rosafarbenen Leib aus, und sie brachte diese Wölbung nicht durch das Loch des Luftziegels. Und die Wölbung war ein Teil von ihr. Zu dick für ihr eigenes Haus.

Sie versuchte es, immer wieder. Die Wellenlinien ihrer angespannten Muskeln zeugten von ihrer Anstrengung.

Dann dachte sie sich einen Plan aus. Sie versuchte, ihr Vorderteil ein Feld höher hinaus zu verlagern und durch ein anderes Loch zurückzuschlüpfen. Erfolglos. Eines nach dem anderen probierte sie es mit jedem Loch, das sie erreichen konnte. Aber sie paßte in kein einziges mehr hinein.

Zu groß für ihr eigenes Haus.

Genau wie mein Vater, dachte ich. Genau wie mein Vater, der Milchmann. Er ist zu groß geworden, um in Banbu zu bleiben, und hängt jetzt hier fest, in diesem Betonraum. Hat zuviel in sich hineingeschlungen, um in seinem eigenen Haus bleiben zu können.

Da war die Maulwurfsschlange. Hing fest an einer Betonwand, konnte weder zurück noch von dem einzigen lassen, das ihr noch geblieben war, nämlich dem Luftziegel.

Wie kann man noch essen, wenn man so etwas gesehen hat?

Könnte das ein ausreichender Grund sein? Habe ich deshalb aufgehört zu essen?

Ich möchte es bezweifeln. Und doch, wenn ich es nicht gesehen hätte, hätte ich vielleicht nicht aufgehört zu essen. Kann ein Symbol so mächtig sein? Jeder andere hätte bei diesem Anblick vermutlich mit keiner Wimper gezuckt.

Aber von da an konnte ich nichts mehr aufnehmen.

Bis heute.

Der Anblick hat mich randvoll gemacht.

Neben vielem anderen.

Ich habe das Gefühl, als sei ich schon voll. Deshalb kann ich nichts mehr aufnehmen. Wie die Dinge liegen, bin ich satt bis zum Platzen. Buchstäblich. Ich habe genug in mich aufgenommen. Ich habe genug, Punkt. Schluß, aus.

Ich habe keinen Raum in mir für Nahrung.

Ich bin voll von Grimm und Zorn und Tränen. Randvoll.

Neben all dem, was in mir ist, hat ummöglich noch etwas Platz.

Manche sagen, sie fühlten sich leer. Ich nicht. Ich fühle mich voll. Zu voll. Alles ist zu bedeutungsvoll.

Noch etwas aufzunehmen, noch etwas mir einzuverleiben, würde die Gefahr in sich bergen, mein innerstes Wesen zu verändern, mich vielleicht sogar zu korrumpieren.

Ich fühle mich so zerbrechlich, daß jede Veränderung in meiner chemischen Zusammensetzung mit Sicherheit nicht nur das bedrohen würde, was ich bin, sondern auch, wer ich bin.

Auf jeden Fall bin ich nicht sicher, ob ich Nahrung in das umwandeln könnte, was mein Körper braucht. Selbst das Vertrauen darauf habe ich verloren. Was genau würde geschehen, wenn es mir gelänge, einen Bissen über die Lippen zu bringen, vorbei an Zähnen und Zunge, vielleicht sogar durch die Kehle? Würde mein Magen ihn akzeptieren? Oder ihn zurückkatapultieren? Und selbst wenn nicht, was würde dann mit jenem Bissen geschehen? Beantworten Sie mir das. Könnte ich damit fertig werden. Ich habe auch ohnedies schon genug in mich hineingeschluckt.

Außerdem will ich auch nicht, daß man mich essen sieht. Vor allem will ich nicht *beobachtet* werden. Was ist, wenn die anderen mich essen sehen und daraus schließen, daß ich tatsächlich etwas *brauche*, sagen wir, Essen brauche, um am Leben zu bleiben. Damit würde ich Schwäche zeigen. Ich möchte niemanden meine Schwächen wissen lassen. Was wäre, wenn man sie gegen mich verwendete?

Es ist, als wollte ich sagen: Ich brauche nicht zu essen, um am Leben zu bleiben.

Und tatsächlich, was das betrifft, haben Sie ja nun mich vor Augen, als lebendes Beispiel, daß ich ohne Essen am Leben bleiben kann. Vielleicht halte ich mich für Gott oder zumindest für *einen Gott*, oder aber ich denke, daß ich nichts als Staub bin. Allmächtig und ohnmächtig. Ich schwanke.

Zu bedeutend, um Essen nötig zu haben.

Zu nichtig, um einen Gedanken an Essen zu verschwenden.

Ich kann beim besten Willen nicht sehen, daß ich anderen irgend etwas Gutes täte, das rechtfertigte, mich zu ernähren. Mich selbst. Man braucht einen Grund für das, was man tut. Ich bin nicht sicher, ob ich einen Grund habe, mich selbst zu erhalten.

Und das selbst in Momenten, in denen ich denke, warum eigentlich nicht? Warum nicht einfach essen – alle anderen tun es auch. Ich bin genau wie alle anderen. Ich rede mir gut zu. Darf ich, in Klammern, anmerken, daß ich das auch glaube. Ich denke wirklich nicht, daß ich etwas Besonderes bin. Oder etwa, daß ich wertlos bin. Meistens kann ich mich zwischen Ohnmacht und Allmacht in der Balance halten.

Aber dann stehe ich vor einem weiteren Problem. In jedem Fall will ich nicht just das Essen, das mir gerade angeboten wird. Das heißt, ich würde wohl etwas essen, wenn es nicht gerade genau die Speise vor mir wäre. So steht es um mich. Ich kann nicht haarscharf und exakt das finden, was ich essen möchte. Es ist nie ganz das, was ich zu mir nehmen könnte. Manchmal widerstrebt mir der Geschmack. Manchmal der Geruch. Oder die Zusammensetzung. Mitunter auch die Bedeutung des Essens. Es symbolisiert etwas. Und ich will etwas anderes.

Auf alle Fälle fühlt sich meine Kehle völlig zugeschnürt an, daher bezweifle ich, ob ich überhaupt richtig schlucken kann. Außer Wasser und schwarzem Kaffee. Sie sollten hören, wie Fatma mir zusetzt wegen dieses ewigen schwarzen Kaffees.

Außerdem will ich mich auch nicht mit anderen an einen Tisch setzen. Das kommt noch hinzu. Es ist sogar so, daß ich die Leute mitunter nicht einmal grüßen will. Ich will niemandem begegnen. Vor allem nicht in Gruppen. Und insbesondere nicht am Essenstisch. Aber ich tue es. Bemühe mich jedenfalls. Ich versuche, mich zu den Mahlzeiten an den Tisch zu setzen. Und wenn ich das tue, schiebe ich das Essen bloß von einer Ecke des Tellers in die andere. Das wiederum verdirbt den anderen den Appetit. Sie haben genug, auch von mir.

Das Essen beginnt schließlich sogar verdächtig auszusehen. Ich spüre, daß mir davon schlecht werden könnte. Ein Blick darauf, oder manchmal auch nur der Gedanke daran, und mir kommt die Galle hoch. Ich fange sogar an zu glauben, daß ich vom Essen ernsthaft krank werden könnte. Essen scheint eine Gefahr für mich zu sein.

Dann verfalle ich ins Lügen. Ja, ich habe schon gegessen, vielen Dank und so weiter. Eben bevor ich kam, gerade bevor Sie kamen. Ja, danke. Und manchmal esse ich heimlich. Verscharre lächerliche Brotkrumen, wie ein Hund, für den Fall, daß ich sie heimlich benötige.

Noch etwas, was ich nicht mag, ist kacken. Unter anderem esse ich deshalb nicht, um keinen Stuhlgang haben zu müssen. Und wenn ich esse, habe ich sofort Stuhlgang, wie ein Baby.

Etwas in mich aufzunehmen bedeutet zugleich, etwas herauszulassen.

Außerdem habe ich auch Angst vor Durchfall. Oder was ist, wenn alles hochsteigt und wieder herauskommt. Und mich völlig hohl zurückläßt. Lieber bleibe ich, wie ich bin. Gleich einem Stein oder, wie ich zuvor sagte, wie Staub. Was ist, wenn ich etwas in mich aufnehme und dies zu Erbrechen, Durchfall, Schwitzen, Pinkeln, Monatsbluten, Tränenvergießen, zu allen Arten von Entleerung führt. Vor allem habe ich das Gefühl, was immer ich esse, würde garantiert mehr Akne hervorrufen. Und ich könnte durch die Löcher in meinem pockennarbigen Gesicht auslaufen.

So denke ich heute darüber. Gestern sah ich es anders. Ich hatte das Gefühl, als zwänge die Welt mich zu Dingen, die ich nicht wollte, und daß ich mich zur Wehr setzen könnte, indem ich nicht esse. Das ist das erste, was man verweigern kann. Ich will nichts essen.

Deshalb esse ich nicht. Ich will mich verweigern. Dann werden die Leute aufmerksam werden.

Es ist der einzige mir bekannte Weg, um alle, oder meinetwegen auch nur irgendwen, aufmerksam zu machen. Und selbst dann zeigen sie offenbar nicht das mindeste Interesse an etwas wirklich Bemerkenswertem. Die meisten jedenfalls. Die Leute interessieren sich für anderes. Nicht für Bemerkenswertes.

Was wird das Blatt wenden? Was wird mich wieder beginnen lassen, was ich eingestellt habe? Kraftanstrengung? Bewußtwerdung? Entschiedenheit? Verständnis? Zufall? Schlichtes Hinnehmen? Ein Symbol?

21

War einmal ein Mädchen, Shy Shynee,
Man nannte sie nur die Kleine
Sah dem Tod ins Gesicht
Oder auch nicht
Hungert sich schwach und elende
Macht allem Fasten ein Ende
Doch wann kommt die Wende
Verflucht, das weiß keiner.

Der Tonfall des Gedichts verrät einiges. Es blubberte einfach so aus mir heraus und stimmte mich vergnügt. Mir fiel dabei eine Geschichte ein.

Es gibt ein kleines Tier namens *tang*, eine Art Igel. Die Leute essen *tang*, aber ich habe das nie getan. Die Leute machen Jagd auf *tang*, aber ich nicht, noch nie in meinem Leben. Diejenigen, die sie nicht essen, finden sie ekelhaft; ich halte sie für die ekelhaftesten Lebewesen überhaupt. Einmal sah ich fünf neugeborene *tang* und bekam das kalte Grausen. Viele Leute mögen sie nicht. Diese *tang* fressen Schnecken, sagen sie mit noch größerem Ekel und zeigen mit Gebärden, wie sie die Schnecken mit den Pfoten aus ihren Häusern herauspulen. Diejenigen, die nicht Jagd auf sie machen, sagen, sie seien der Jagd nicht würdig. So langsam und dumm. Würdelos, sie zu jagen, sagen sie. Kein Spaß dabei.

Diejenigen, die sie essen, häuten sie ab, weiden sie aus und schneiden die *tang* in Stücke, braten sie dann mit einer guten Handvoll Gewürznelken und Zimt im Topf an und lassen sie mit einem Schuß billigem Rotwein gar köcheln. Dazu natürlich noch gebräunte Zwiebeln, Knoblauch und Ingwer. *«Pli bon ki pul»*, sagen sie, «besser als Hühnchen.»

Diejenigen, die sie essen, sind die gleichen, die sie jagen. Niemand sonst würde sie jagen.

Tang bewegen sich langsam und schwerfällig. Sie haben braunes, stachliges Fell und Nasen wie Schweine. Ihre kleinen Füße sind einfach lachhaft. Nicht einmal tagsüber können sie etwas sehen. Allerdings wagen sie sich tagsüber auch selten hinaus. Sie sind ein wenig wie Maulwürfe, die aber keine Löcher graben können. Sie bringen nicht einmal einen Tunnel zustande. Können sich nur unter Steinen verstecken. Und auf Mauritius gibt es überall Steine. Hier findet man Granit in rauhen Mengen. *Tang* verstecken sich bloß hinter oder unter Steinen. Die niedrigsten aller Lebewesen. Manchen Leuten genügt ein Blick, und sie bekommen Zustände. «*Ganase*» heißt das, was sie kriegen, und sie verkünden es lauthals und schneiden Grimassen dazu.

Was wendete das Blatt? Was ließ mich wieder anfangen zu essen? War es Fatmas Geschichte oder das, was ich Ihnen da im Brown-Sequard-Hospital erzähle. Oder war es ein anderes Symbol.

Es gab einen Katalysator. Ich muß es zugeben.

Es war ein *tang*. Oder genauer gesagt zwei *tang*, wenn Sie sich das vorstellen können. Ich wurde in Gang gesetzt von einem toten und einem lebenden *tang*.

Zuerst kam das tote *tang*.

Ich kannte mich aus im wilden Unterholz. Das ist die Sorte von kümmerlichem, farblosem Gestrüpp, das ganz von selbst hinter unserem Haus in Sime Basin wächst. Es mag ebenso gut auch anderswo wachsen. Es ist von gräulicher Farbe. Niedrig und ohne besondere Merkmale. Ich war in Gedanken versunken, schmollte ein wenig, durchlebte ein Aufflammen des permanenten Selbstmitleids, unter dem ich damals litt und heute noch leide, während ich dies schreibe, wenn auch etwas weniger stark, und aß nach wie vor nichts, als sich plötzlich schlagartig meine Nasenflügel weiteten. Ich legte den Kopf in den Nacken und schnüffelte. Laut. Wie ein wildes Reh auf dem Berg Morn. Was für ein Geruch. Ich schnaubte. Ich keuchte vor Erregung.

Es war verwestes *tang*.

Wenn Hunde sich nachts bei Vollmond im Sommer zusammenrotten und ein *tang* erlegen, was leicht genug ist, fressen sie es nicht auf. Sie lassen es einfach liegen. Alles andere würden sie eher fressen als ein *tang*. Lieber noch eine Ratte oder ein *chuchunndarr*. Sie lassen es also liegen. Und dann fängt das tote *tang* an zu verwesen. Aus irgendeinem Grund verwest es schnell. Binnen Stunden stinkt es. Dem Geruch kommt nichts gleich. Und dieses hier war der Geruch eines seit zwei oder drei Tagen toten *tang*. Mit zurückgelegtem Kopf schnüffelte ich tief und vernehmlich. Ich wurde zum Tier, kroch auf allen vieren weiter, hielt die Nase dicht über den Boden und spürte das tote, verwesende *tang* auf. Ich folgte dem Geruch bis zu seinem Ursprung. Ich fand das *tang*. Ich stupste mit der Schnauze auf den Boden. Ich hob es mit dem Maul auf und biß hinein. Meine Zähne bohrten sich durch das stachlige Haar, durch das Fleisch und zermalmten die Knochen. Die oberen Zähne schlugen auf die unteren. «Erwischt.»

Ich schaute mich um, ob mich etwa jemand beobachtet hatte.

Dann ließ ich es fallen. Ich starrte darauf. Ich empfand Vergnügen. Noch etwas tat ich. Ich begann, meinen Hals an diesem seit drei Tagen toten *tang* zu reiben. Rieb mich genüßlich daran. Genau wie die Hunde. Erst mit der linken Seite meines Halses, dann mit der rechten, vor allem direkt hinter den Ohren. Parfüm. Wie göttlich, dachte ich. Wie ekelhaft von mir, dachte ich und überlegte dann sofort, wie um alles in der Welt ich mich so in dem Haus mit all der sauberen Milch blicken lassen konnte. Der Gedanke bereitete mir Vergnügen.

Ich aß es nicht, das *tang*. Aber ich kostete davon.

Ich gewann ein bißchen Appetit zurück. Ich ging zurück ins Haus, nahm ein *mezon*, ein gewöhnliches Brötchen, und aß es mit Butter. Als hätte ich nie aufgehört zu essen. Ich aß so wie jedermann. Es konnte doch nicht an dem *tang* gelegen haben. Ebenso wenig wie an der Schlange, von der ich behaupte, daß sie der Auslöser war.

«Hier drinnen stinkt es grauenvoll», sagte meine Mutter. Ich ignorierte sie.

Etwas in mir war nicht länger blockiert.

Deshalb sage ich, daß ein totes *tang* der erste Katalysator war. Zum erstenmal seit Monaten, Doktor, aß ich etwas. Ich aß, wie man so sagen könnte, «etwas Richtiges».

Und dann kam das lebende *tang*.

Gleich am folgenden Tag, als ich wieder nur um mich kreiste, wieder nichts mehr aß, wieder sagte: «Ich armes kleines Ding, arme kleine Shy», und den Platz mied, an dem das tote *tang* lag, um nicht wieder zum Tier zu werden, sah ich blitzartig, obwohl die Viecher wahrhaftig nichts Blitzartiges an sich haben, vor meinen Augen ein lebendes *tang*, geblendet vom Tageslicht, an mir vorbei in den Garten hinter dem Haus tapsen.

Ich hatte oft zuvor *tang* gesehen.

Nun schien es, als ob mein Leben davon abhinge. Ich wollte Jagd darauf machen. Ich mußte es fangen. Mußte es zu fassen kriegen. Ich stürzte mich darauf, aber es hatte sich schon unter einen Haufen Steine geschleppt. Ich hockte mich hin und begann, einen Stein nach dem anderen fortzuschleudern, wie ein großer Affe, steckte den Kopf tief hinein und schnüffelte wie ein Hund.

Diesmal war die Jagdlust in mir erwacht.

Das *tang* kam auf der anderen Seite des Steinhaufens zum Vorschein. Ich griff nach einem Stock und begann, das schwerfällige Wesen zu verfolgen, es zur Strecke zu bringen. Die Jagd nahm mich völlig gefangen, und während ich ihm mit dem Stock nachsetzte, wuchs mein Appetit. Ich ließ meiner Mordlust freien Lauf und tötete es.

Als ich es getötet hatte, fühlte ich mich bereit für eine Mahlzeit.

Essen und Dreck und Leben.

Noch etwas in mir war nicht länger blockiert.

Vielleicht werde ich in meinem nächsten Leben als *tang* wiedergeboren. Vielleicht war ich in meinem vorigen Leben ein *tang*.

Ich ging zurück zum Haus, mit großen Schritten, um nicht zu viele Ameisen zu zertreten, jedoch ohne Bedauern für diejenigen, die nun einmal zertreten werden mußten.

Asche zu Asche und Staub zu Staub.
Kohlenstoffkreislauf.
Es gibt keinen Schmutz.
Laßt Leben herrschen.

Wenn ich die Augen schließe, rieche ich den faulen Tang meines fruchtbaren Gemüts bei Ebbe.

22

«Der Lärm von der anderen Seite des Zyklons wurde lauter und lauter, und wir duckten uns oder schienen uns ducken zu müssen. Tiefer und tiefer. In qualvoller Angst.

Er traf uns wie eine Wand.

Ich weiß nicht, mit wieviel Stundenkilometern die Windstöße daherkamen, Mädchen. Der Boden war völlig aufgeweicht. Die Wurzeln der Bäume hatten sich bereits gelockert. In jenem malvenfarbenen Licht spürte die ganze Welt, wie wir sie durch die klaffenden Wände sahen, den Ansturm, und beugte sich unter der Wucht des Windes. Der riesige Mangobaum, all seiner Früchte beraubt, all seiner Blätter entkleidet, taumelte und torkelte, riß schmatzend seine Wurzeln aus dem Boden und fiel unter lautem Krachen direkt neben unserem Haus zu Boden. Wir vergruben unsere Gesichter und bargen das Baby in unserem feuchten Schoß.

‹Jetzt siehst du langsam wieder aus wie ein Baum, Fatma›, stöhnte sie.

Grüne Blattfetzen begannen uns von neuem zu bedecken, diesmal aber von der anderen Seite her.

Einer nach dem anderen wurden die vom Wind gebeutelten und gelockerten Baumriesen entwurzelt, ein jeder mit dem gleichen gewaltsamen schmatzenden Geräusch, und zu Boden geschleudert, wo einige umherrollten wie wildgewordene Ungeheuer.

‹Zerknickt wie ein Zweiglein›, sagte sie, mit Nachdruck. Sie vermochte sich gut auszudrücken. ‹Ein Zweiglein, zerknickt wie ein Zweiglein.›

Und der Regen setzte ein, peitschte senkrecht und seitwärts, in wahren Güssen.

‹Ein Glück, daß unser Haus nicht in der Senke liegt›, sagte ich zu Sheila, wohl wissend, daß viele andere, deren Häuser weiter unten standen, jetzt schleunigst die Flucht vor den Fluten ergreifen mußten.

Doch noch während ich es sagte, begann sich Wasser auf dem Boden zu sammeln. Die Hündin und ihre beiden Welpen waren bereits seit geraumer Zeit auf dem Bett. Luxmi, die Kuh, kam auf die Beine, schürzte ihre Oberlippe wie einen Petticoat und fletschte angstvoll die Zähne. Der Zyklon brachte sie völlig aus der Fassung. Die Ziege erklomm einen Stuhl, als sei es ein Felsbrocken hoch oben auf einem *mel*. Sie tat es nur zögernd, weil der Wind weiter oben noch schlimmer zu sein schien. Die Hühner versteckten sich hinter der Kuh, das Gefieder in alle Richtungen gespreizt, als hätte man sie geteert und gefedert.

‹Mein Kochgeschirr!› schrie Sheila. Ich lief zu den drei Steinen, dem einzigen Herd, den sie je gehabt hatte, und kam gerade noch rechtzeitig. Ich rettete ihre beiden einzigen Kochutensilien, einen *deksi* und einen *karay*, die in dem schnell anschwellenden Strom durch das Haus davonzuschwimmen drohten. Sheilas Wochenrationen waren dahin. Es war nicht das kleinste Häppchen zum Kochen mehr übrig. Nicht, daß jetzt an Kochen zu denken gewesen wäre. Aber später würden wir daran denken müssen.

‹An Holz zum Kochen wird es uns nicht fehlen›, sagte ich.

‹Aber vielleicht an gutem Wasser›, erwiderte sie.

Allmählich bemerkten wir, oder vielmehr, es ging uns auf, daß wir inmitten der Fluten und Regengüsse und Windstöße nicht allein waren. Auf jedem Fleck in der Umgebung, auf jedem ebenen Plätzchen sahen wir triefnasse Lebewesen. Zwei völlig durchweichte Katzen, die mit ihrem angeklatschten Fell erbärmlich dünn aussahen, hatten sich einen Platz auf der Holzkiste erobert; sie leckten sich nicht mehr, was sie wie fremdartige Wesen erscheinen ließ.

Eine erbärmlich verstörte Ratte versteckte sich unter dem Rand der Matratze aus Kokosstroh.

Aber was mir im Gedächtnis geblieben ist, als wäre es gestern gewesen, das waren die Maulwurfsschlangen, die *kulev*. Wo man auch hinsah, wanden sie sich rund um die zerbrechlichen Pfosten, die den Rahmen des Hauses bildeten. Blaßrosa Maulwurfsschlangen. Still und geduldig.

‹Wo sind die Vögel, Fatma? Wo sind nur die Vögel!›

‹Woher zum Teufel soll ich das wissen›, antwortete ich. ‹Um die Vögel im Himmel muß ich mich nicht auch noch kümmern.›

Ich wußte, daß sie eigentlich etwas anderes wissen wollte. Worauf es keine Antwort gab. Es war ihre Art, Mädchen, nach Gandhi zu fragen. Und ich verstand es, weil ich sie selbst damals schon so gut kannte.

‹Wo sind die Vögel, Fatma? Wo sind die Vögel?›

‹Verfluchte Scheiße noch mal, ich weiß es nicht.›

Ich mußte sie verlassen, Shy. In dem Augenblick, als der Zyklon aufhörte. Ja, er hörte auf, einfach so.

Mein Raffick war erst drei, bedenke das. Ich mußte nach Ros Bwa laufen. Wie konnte ich warten, bis die Bahnstrecke wieder frei war? Das würde Wochen dauern. Riesige Bäume überall quer auf den Gleisen. Ich mußte sie verlassen. Die Nachbarn würden sich um sie kümmern, das wußte ich.

Auf meinem Heimweg, zu Fuß bis Ros Bwa und dann weiter nach Hause bis Be di Tombo, durch all die Haufen von Trümmern und Matsch, bot sich mir ein seltsamer Anblick. Als ich am Belil River vorbeikam, sah ich dort zwei Hirsche hoch oben in einem entblätterten *bannwar*-Baum. Gleich neben der Banbu-Brücke. Die ablaufende Flut hatte sie da oben hängen gelassen, an ihren Geweihen. Sie waren mausetot. Aus ihrem Element gerissen. Wie Gandhi und Tikay. Schaudernd eilte ich weiter.

Die Hitze stieg von der Erde auf wie dichte Dampfschwaden.

Sobald die Zyklonwinde sich gelegt hatten, gingen alle Männer hinunter zum Strand, so hörte ich später jedenfalls, und suchten den Horizont ab. Keiner erwähnte die Namen von Tikay und Gandhi. Sie schauten nur und schauten, suchten und suchten und beobachteten die wilde Brandung, die an das grüne Gras klatschte. Das Meer war immer noch ein wütendes Ungeheuer, in alle Richtungen überlaufend, nicht zum Wiedererkennen. Das

Riff völlig unter den sich überschlagenden Brechern begraben. Der Durchlaß, den sie gewöhnlich benutzten, verborgen unter den gewaltigen Wellenbergen einer entfesselten See.

‹Sie haben die Leichen gefunden, Sheila.› Ein Fischer brachte die Nachricht.

‹Beide?›

‹Tikay hatte seinen Arm um Gandhis Schulter gelegt. Die Wellen selbst müssen dieses Zeichen der Zuneigung geschaffen haben, als Spiegel ihrer Gefühle füreinander.›

Sie stieß den Todesruf aus.

‹Sie waren eng beisammen, nahe der Wasserrinne von Desalin.›

‹Warum ist er nur hinausgefahren?› schrie sie. Aber sie wußte warum. Und ein seltsamer Zorn stieg in ihrer Brust auf, noch bevor die Trauer sie übermannte. Zorn vor Trauer ist selten, Mädchen, aber bei ihr war es so. Jeder sagte es. Und von da gab sie diesen Zorn an die folgenden Generationen weiter.

‹Mach dir keine Sorgen, sie sind nicht so aufgebläht wie *bultang*, wie Wasserleichen. Ein kläglicher Trost. Und ihre Gesichter sind friedlich. Ein seltsamer Anblick. Sie starben in dem Versuch, etwas Sinnvolles zu tun, Sheila›, sagten sie ihr. Auch auf ihren Gesichtern malte sich der tiefe Zorn generationenlanger Unterdrückung ab, unterbrochen nur von Augenblicken offener, stolzer Rebellion, Augenblicke nur, das ist wahr, die aber keine Sekunde lang je vergessen wurden. Augenblicke, für immer ins Gedächtnis eingegraben.

Sie richteten ein Totenlager aus Pfosten und verflochtenen Stäben inmitten des zerstörten Raums her. Larmwar weinte. Anfangs saß seine Mutter da wie eine Wahnsinnige am Rande des Todes. Sie nährte den Zorn in sich. Konnte die Wahrheit nicht ganz an sich heranlassen.

Sie brachten seinen Leichnam, splitternackt, herein und legten ihn auf das *kanape*.

Wiederum stieß sie den Todesruf aus. Und sang: ‹*Dal mo donn twa, diri mo donn twa, kifer to finn mor?*› ‹Ich gab dir Reis, ich gab dir Dhal. Warum gingst du fort und starbst?›

Jeder erwies ihr Achtung. Die Männer richteten den Blumenschmuck und *hawannkunn* her. Aber es gab keine Blumen. Also nahmen sie Muscheln. Sie zogen ihm seine feinsten Kleider an. Naß, wie sie waren, zwängten sie seine starren Glieder hinein. Einer fand sogar Räucherwerk, das man noch entzünden konnte.

‹Ich gab dir Reis, ich gab dir Dhal. Warum gingst du fort und starbst?›

Hinter Sheilas Rücken flüsterten sie: ‹Was sollen wir mit dem Leichnam machen? Der Boden ist völlig durchtränkt. Der Friedhof ist ein See. Und das faulende Grünzeug überall wird die Hitze nach dem Zyklon noch ärger machen. Wir müssen schnell handeln. Der Leichnam wird bald in Verwesung übergehen.›

‹Er wollte auf einem Scheiterhaufen aus Mangozweigen verbrannt werden wie jeder andere auch.› Sie sagte es ohne jeden fordernden Unterton. ‹Am nächsten Tag wären wir hingegangen und hätten die Asche in unseren Händen gefühlt. Wir hätten gesehen, daß dies seine Knochen sind. Wir wären in Frieden gewesen. Wir hätten eine Handvoll Asche genommen, sie in eine *gagra*-Urne gelegt und aufs Meer hinaustreiben lassen, bis sie in der Ferne verschwunden wäre.›

‹Wir gehen zur Polizei in Banbu und schauen, was sie sagen. Wir wollen nichts falsch machen.›

‹Die gottverdammte Scheißpolizei›, fluchte ein anderer. ‹Laßt uns in der Zwischenzeit versuchen, am höchsten Punkt des Friedhofs ein Grab auszuheben. Sammelt unterdessen auch Mangozweige. Wenn nicht in der Erde, dann im Feuer. Wenn nicht im Feuer, dann in der Erde.›

Etwas Seltsames geschah, nachdem ich gegangen war, Shy. Totenwachen sind niemals einsam, nicht wahr? Immer gibt es Kartenspieler und Totengesänge und Verwandte und Nachbarn und dünnen Tee und Ordnung und Zeremonien und Regeln und Menschenmengen und Leben.

Ein Tod, eine Beerdigung unmittelbar nach dem Zyklon von 1945 mußte anders ablaufen. Jeder hatte Dringendes zu tun. Zwingend notwendig. Es mußte getan werden.

Also blieb Sheila, Larmwar auf den Armen, mit dem Leichnam allein zurück.

Stand da. Schaute auf Gandhis Leichnam. Schaute einfach nur. Den Kopf vorgereckt, zu ihm hin, und zugleich zu Boden gesenkt, wie ein großer Vogel. Über ihr der Himmel. Das Meer tobte wie rasend.

Die ersten Stunden in Larmwars Leben waren keine gewöhnlichen ersten Stunden. Aber dies war keine Entschuldigung für das, was aus ihm werden sollte.»

23

Ich
scheue
zurück
vor
Menschen
und
halte mich
an
meine
hündischen
Freunde.

Ich machte einen Spaziergang nach Bo Sonz, weil ich Sisalbäume sehen wollte. Sie halten Tiere fern, doch rund um sie herum wächst *kasya*-Gras, und an den Halmen findet man Chamäleons. Jeder Halm war steif wie ein Stock, und seine starken, messerscharfen Blätter zeigten in alle Richtungen, schützten ihn. Wehrten Besucher ab.

Dies also wollte ich.

Die Sonne näherte sich dem Zenit und tauchte die Sisalbäume in ein gelbes Licht, ließ ihre Formen klar hervortreten. Das dunkelgrüne *kasya*-Gras wirkte samtig. Der Himmel war nicht einfach blau, sondern ultramarin. Der Quellbach, der sich den Hügel hinabschlängelte, spiegelte wie ein Diamant das Licht in alle Richtungen.

Zwei wilde Frauen, die zum Grassammeln gekommen waren, in eigenartigen Gewändern, schreckten mich auf.

«Nimm das, *Beti*», sagten sie.

Sie gaben mir einen weiblichen Welpen.

«Warum?»

«Ihre Mutter ist tot. Und sie hier winselt. Nimm sie mit heim, Tochter. Und jetzt ab mit dir.»

«Sie hat auch schon einen Namen», mischte sich die andere ein. «Wir sehen sie jeden Tag. Sie heißt *Zepimay*, weil sie gern an Maiskolben kaut.» Ich schaute auf das gelbe Hündchen, das schon in meinen Armen lag.

Zepimay begann unverzüglich mein Ohr abzulecken. Sie liebte mich, könnte man sagen, bedingungslos und auf den ersten Blick. Auch die Frauen sprühten vor Leben. Wie das Hündchen, nur wilder.

«Wenn ich sie füttere», dachte ich, ich wußte es sofort, «dann werde ich essen, werde auch ich essen können.»

«Jetzt mach, daß du fortkommst. Ab mit dir, Mädchen. *Tande la*, hörst du.»

Ich nahm Zepimay und ging davon, als machte ich mich auf den Heimweg, aber ich ging nicht heim.

Wenn man nichts ißt, weiß man Dinge, die andere nicht wissen und von denen die anderen nicht wissen, daß man sie weiß.

Ich wußte, daß sie mich loswerden wollten. Sie wußten nicht, daß ich das wußte. Ich wußte, daß irgend etwas in der Luft lag.

Etwas würde geschehen.

Daher stahl ich mich wieder zurück. Das war der erste entschlossene Akt seit Ewigkeiten für mich. Ich hatte ihnen getrotzt. Zepimay steckte ich unter meinen Pullover.

Sie setzten sich auf einen riesigen, gänzlich versteckt liegenden Granitblock und warteten. Ich konnte erkennen, daß sie warteten. Hinter ihnen standen wilde rote Pfefferbäume in voller Blüte.

Die Luft kristallklar. Die Nacken der Frauen angespannt vor Aufmerksamkeit.

Plötzlich tauchte er hinter den beiden auf. Er hatte mich nicht gesehen. Wenn ich mich stillhielt, würde ich weiter ungesehen bleiben.

Er war ungeheuer groß, hatte riesige Hände und stechende Augen.

«Wo ist das Mädchen hingegangen?»

«Sei nicht so nervös. Wir haben ihr das Junge von deiner Hündin gegeben, sie ist heimgegangen. Und du brauchst dir um das Hündchen keine Sorgen mehr zu machen.»

«Kennt ihr sie?»

«Hier sind deine *faratas*. Vier. Nein, wir kennen sie nicht. Mit australischem Mehl zubereitet. Unsere eigenen Familien füttern wir mit erbärmlichem französischem Mehl, nur damit du deine guten *faratas* bekommst. Wie steht es mit dem Bein?» fragte eine der wilden Frauen.

«Gefiel ihr Zepimay? Seid ihr sicher, daß sie weg ist, ich will nicht, daß jemand Bescheid weiß.»

«Hier ist Ziegencurry und eine Büchse Linsen. Natürlich gefiel sie ihr. Schien völlig ausgehungert nach Liebe, die Kleine. Der Hund mochte sie auf Anhieb. Wo ist unser Gras?»

«Kommt und holt es euch. Der Scheißwächter von Welcome hat mich beinahe erwischt. Habe ein paar Zuckerrohrspitzen dazugetan, sie sind in der Mitte. Bindet es selbst zusammen. Irgendwas gehört, daß mir die Polizei auf den Fersen ist?»

«Ich sagte, wie steht es mit deinem Bein?»

«Gut.»

«Laß es uns anschauen.»

Er legte sein Bein auf den Granitfels vor ihnen, und eine der Frauen wickelte es aus. Der Verband war aus einem alten *horni* gemacht.

«Tut mir leid um deinen *horni*», sagte er.

«Es ist entzündet. Du mußt dich stellen.»

«Ihr habt keine Lust mehr, mir *faratas* und Curry zu bringen, stimmt's?»

«Ach halt die Schnauze, dein Bein fault ab, und du redest von *faratas*. Du schneidest doch ohnehin das Gras für uns. Was ist da eine *farata*. Wir wollen nicht herkommen und dich hier mit Wundstarrkrampf finden, mit Brand, mit Fußfäule oder schlicht und einfach verreckt. Du mußt es behandeln lassen, unbedingt.»

«Nun werd nicht gleich so garstig. Ich habe Bescheid gegeben. Er kommt. Der Arzt. Er kommt morgen um elf. Ramesh bringt ihn mitsamt seiner Zaubertasche auf dem Motorrad her, und die letzten ein, zwei Meilen wird er zu Fuß gehen. Er ist der einzige, dem ich vertraue. Schon von früher her. Als ich Asthma bekam vor ein paar Monaten, bevor ich euch zwei kannte.»

Der Riese hinkte davon, mit den *faratas* und der Dose Linsen und dem Ziegencurry, eingeschlagen in ein Bananenblatt.

«Salam, Paladin. Salam, Garson.»

An seiner Seite sah ich eine Hundemutter, deren große Zitzen hin und her schwangen und die bewundernd zu ihm hinaufsah. Eine gelbe Hündin.

Ich blickte auf Zepimay hinunter.

Die beiden Frauen begannen ihre Grasbüschel zusammenzubinden und sprachen nun, da er fort war, laut in Bhojpuri miteinander.

«Gottverdammter Bandit. Das soll ein gottverdammter Bandit sein? Ein lieber Kerl ist er und sonst gar nichts. Die verfluchte Polizei, das sind die wahren Banditen, wenn du mich fragst.» In ihre Reden mischten sich viele Flüche, die ich hier nicht wiederholen möchte. Sie fuhren fort: «Da denkt man doch, was war eigentlich mit Nanar und den anderen Banditen. Vielleicht auch nur liebe Kerle, die für Frauen wie uns Gras schnitten und *faratas* dafür kriegten. Nie einen Finger gegen uns erhoben. Und dann schau dir das Bein an.»

Die kräftigere Frau half der schmächtigen, ihr Gras aufzuladen, bevor sie ihr Bündel der Länge nach auf den Boden stellte, den Kopf in die Mitte darunterschob und es, die Hände zu beiden Seiten, die Beine gekrümmt, hochhob und auf ihren Kopf schwang.

24

«Natürlich gab es Gründe, Mädchen. Die Leute streiken nicht umsonst. Noch heute erinnere ich mich an den brennenden Zorn.

Sie ließen die Männer jeden Stein und jeden Felsbrocken aus den Feldern fortschaffen. Sortieren, aufschichten, dann zum Anhänger tragen und mit Traktoren zu der Steinbrechanlage bringen. Eine neue Steinbrechanlage, eigens gebaut, um das zu verschlingen, was die Männer aus den Feldern klaubten. Riesige Maschinen schluckten Felsbrocken und spien Steine aus, rund um die Uhr. Während *lakup*, der Zeit der Zuckerrohrernte, hörte man nachts nun auf einmal neben der Zuckerfabrik auch den Lärm der neuen Anlage.

Auf den Feldern setzten sie sogar riesige Raupenfahrzeuge ein, um die Felsbrocken wegzuschaffen und den Boden zu planieren. Die Bosse wiesen die Frauen an, die kleineren Steine in Körben zu sammeln und auf dem Kopf zum Anhänger zu tragen. Warum? Warum die ganze Schufterei? Was hatte sie zu bedeuten? Was konnte sie bedeuten? Die Männer und Frauen gruben sich ihr eigenes Grab, Mädchen. Wie ich sagte, ihr Grab. Das Grab ihrer Arbeit. Statt ihrer würden nun Maschinen das Zuckerrohr schneiden und verladen. Maschinen benötigen flaches Land, Land ohne Steine. Und das würden sie auch bekommen. Flaches Land ohne Steine.

Eine Maschine würde das Zuckerrohr von einhundert Männern schneiden, flüsterten sie, und auf den Lastwagen verladen. Dann wären weniger Männer und Frauen vonnöten. Chemische Unkrautbekämpfung. Frauen werden überflüssig, wo es Chemikalien gibt. Nur ein paar Männer, die das Zeug versprühen. Automatische Bewässerung von oben. Statt Hilfsarbeitern, die die Flächenbewässerung planen, mit Hilfe von Kanälen, verzweigt und nochmals und abermals verzweigt wie die Nebenhandlungen in einem komplizierten indischen Film, um unter Ausnutzung des Gefälles alle Flächen mit Wasser zu versorgen. Und wiederum Feuer statt *depayaz*; die Felder abbrennen, statt die Frauen das trockene Stroh ausreißen und die Spitzen abschneiden zu lassen. Es wurde gemunkelt, dies geschähe absichtlich, damit die Arbeiterinnen keine Zuckerrohrspitzen mehr für ihre Kühe bekämen. Und nun galt es also, von allen *arpan* jedes Stück Gestein aus diesem Gebiet voller Granitbrokken wegzuräumen. Wegzuräumen und zu planieren.

Ein paar Maschinen hatte man probeweise bereits angeschafft. Und all jene Maschinen, all jene riesigen Maschinen, Mädchen, erkauft durch unsere Arbeit. Ich wiederhole, *unsere* Arbeit. Darauf lege ich Wert. Gekauft von ihm, dem Boß. Wir arbeiten. Er sammelt Kapital an und kauft Maschinen. Und die Maschinen, statt uns die Arbeit zu erleichtern, richten sich auf wie bösartige Schlangen und stoßen nieder, um uns zu beißen, ja uns zu zermalmen. Zermalmen, sage ich. Wie Zuckerrohr.

Ein Wort von den Arbeitern, angesichts dieser neuen, brandneuen, blitzblanken Maschinen, und sie sind erledigt. Gefeuert. Unsere? Natürlich sage ich ‹unsere›. ‹Unsere Arbeit.› Vielleicht gehörte ich nicht dazu, Mädchen, entschuldige, wenn ich dich unterbreche, aber ich bestehe darauf, daß es ‹unsere› Arbeit war und nicht ‹ihre› allein. Wir waren eine Einheit damals, Mädchen. ‹Wir›, nicht ›sie›. Nein, ich bin nicht gereizt.

Ein grimmiger Zorn bemächtigte sich aller Männer. Die Frauen begannen in den Feldern offen zu rebellieren. Eine, Mantee Bunwadi, wurde gefeuert wegen Gehorsamsverweigerung. Ja, so nannten sie es. Als wären sie die Scheißarmee. Alle Arbeiter im Land kannten ihren Namen: Mantee Bunwadi, gefeuert für nichts und wieder nichts.

Bald werden die Maschinen uns schwächen. Wir graben unserer Stärke und unserer Arbeit selbst das Grab, jawohl. Wir müssen sofort handeln.

‹Wann sonst werden wir wieder die Chance haben›, sagten sie.

‹Und die Bosse weigern sich nach wie vor, die Gewerkschaft anzuerkennen.›

‹Sie verweigern uns immer noch das Recht auf Streik.›

‹Und nun kommen auch noch Maschinen?›

Die ersten Maschinen steigerten den Zorn. Gleich von Anfang an. Der Zorn schwoll an. Ich will es dir erklären.

Die Männer wurden pro Tonne geschnittenem und verladenem Zuckerrohr bezahlt. Sie arbeiteten in Gruppen zu sechst und beluden die Lastwägen.

Jeder Arbeiter wußte ganz genau, wieviel er verladen hatte. 2,6 Tonnen oder 3 Tonnen oder 1,5 Tonnen. Jeder wußte es.

Nun kamen die Maschinen, und sie ließen geschnittenes Zuckerrohr auf den Feldern liegen. Zuckerrohr, von den Arbeitern geschnitten, das aber nicht mitgerechnet wurde. Die Bosse stellten mehr *chokra*, kleine Kinder, als Aushilfen ein, die zwölf Stunden pro Tag hinter den Maschinen hergingen und die restlichen Zuckerrohrstengel auflasen. Und sie wohinein legten? In einen *korbey*, der wie ein Anhänger zur Fabrik geschleift wurde, sobald er voll war. Er hieß ‹Anhänger Nummer null›, was bedeutete, daß kein erwachsener Arbeiter dieses geschnittene Zuckerrohr auf seinem Lohnabschnitt angerechnet bekam. Den *chokra* zahlte man einen Hungerlohn für ihre zwölf Stunden Arbeit. Dabei waren sie nicht älter als zwölf Jahre.

Und nicht nur das. Sondern die Maschinen, diese schwerfälligen Monster, zermalmten einiges von dem Zuckerrohr, das die Männer geschnitten hatten, wodurch es weniger wog. Und dennoch wurde ihr Lohn nach dem Gewicht des von ihnen geschnittenen Zuckerrohrs berechnet. Das Gewicht des Lastwagens war bekannt, und wenn er zu der Winde am Eingang der Fabrik kam, fuhr er über eine Waage, eine *balans*, und das zusätzliche Gewicht wurde berechnet. Aber da hatten die Maschinen schon einen Teil des Zuckerrohrs zermalmt.

Und damit noch nicht genug, Mädchen. Jedes Jahr, so viele Prüfer die Regierung auch aussandte, manipulierten die Fabrikbesitzer skrupellos die Waagen.

Sie taten alles, um den Arbeitern weniger zahlen zu müssen.

Es gab und gibt bis heute keinen Ort in diesen höllischen Zuckerrohrfeldern, wo man geschützt vor der sengenden Sonne sein Frühstück oder Mittagbrot essen kann. Nicht ein Hauch von Schatten. Man sitzt beim Essen mitten in der Sonne. Und bei Regen war es noch schlimmer. Nicht nur im Regen arbeiten, sondern auch im Regen dasitzen und essen. Wasser auf Brot. Läßt es aufquellen, zu einer weichen ekligen Masse. Warum, fragten die Arbeiter vor dem Streik, warum lassen sie die Wagen nicht da, die uns zur Arbeit im Feld bringen. Dann hätten wir Schatten und einen Platz zum Hinsetzen und Essen.

Es gab und gibt bis heute keine Toiletten auf den Feldern. Kein einziges Plumpsklo. Man muß in die Felder gehen, auf denen man arbeitet. Warum, fragten die Arbeiter, warum lassen die Bosse keine Toiletten aufstellen.

Aber schlimmer als alles andere waren die Stückraten. Bei jeder neuen Arbeit kam der *sirdar* und bestimmte die Stückrate. Und dann, gegen alle Regeln landwirtschaftlicher Arbeit, mußte man *furni enn zurne*, Tag für Tag das Geforderte leisten. So ist es bis heute.

Wenn der *sirdar* die Stückrate zu hoch ansetzte, mit Hilfe von einem oder zwei seiner Spitzel, die schneller arbeiteten, konnten die Arbeiter nichts dagegen unternehmen. Die Gewerkschaft war nicht anerkannt. Die einzig anerkannte Gewerkschaft war diejenige, die den Bossen und der Regierung alle nur erdenklichen Zugeständnisse machte.

Der Streik diente hauptsächlich dazu, die Anerkennung der Gewerkschaft landesweit durchzusetzen. Auf manchen Gütern waren die Arbeiter stark genug, um die Bosse zu Verhandlungen zu zwingen. Die in der Gewerkschaft organisierten Arbeiter lieferten so viele Berichte an die Arbeitsbehörde, daß der Personalchef nicht mehr damit fertig wurde, die Hände rang und rief: ‹Also gut, kommt vorbei und laßt uns darüber sprechen. Jederzeit. Wann immer ihr wollt.›

Der Streik wurde über einen Zeitraum von sechs Monaten vorbereitet. Die Arbeiter und die Gewerkschaften hielten auf der ganzen Insel Versammlungen ab, jene Versammlungen, zu denen Larmwar ging. Jeder Gewerkschaftsdelegierte lernte Plakate zu kleben. Jeder Gewerkschaftsdelegierte lernte Kleister aus Mehl herzustellen.

Weißt du, wie man richtigen Mehlkleister macht, Mädchen? Nicht den Kleister, der die Plakate herunterfallen läßt, bevor die Banditen von der Rechten auch nur daran denken, sie wieder abzureißen. Und auch nicht das Zeug, das einen dünnen weißen Film ergibt und gute Plakate ruiniert.

Für fünfzig Plakate nimmst du zwei Pfund Mehl. Schütte sie in den Eimer, in dem du dann den Kleister zum Plakatekleben trägst. Gib kaltes Wasser dazu, bis eine glatte Paste daraus wird. Dann füge vier Liter kochendes Wasser hinzu, und zwar langsam, damit es keine Klumpen gibt. Ständig umrühren und die Mischung weiter kochen lassen. Wenn sie durchsichtig wird, hat sie die richtige Temperatur. Wo Gefahr besteht, daß Kakerlaken die Plakate fressen, gib Naphthalin hinzu; gegen Befraß von Ratten hilft eine Portion Chilipulver.

Dann, bevor du aufbrichst, mußt du die Plakate einzeln falten. Sonst richtet der Wind mehr Schaden an als die Banditen von der Rechten.

Um am tüfteligsten ist die Frage, wohin man die Plakate kleben soll. Jedes Viertel hat seine eigenen Stellen. Wenn du fünfundzwanzig Plakate hast, gibt es fünfundzwanzig logische Stellen, um sie anzukleben; hast du hundert, gibt es auch hundert Plätze. Und es hängt von der Art der Kampagne ab. Soll das Plakat eure eigenen Mitglieder zu etwas einladen? Dann mußt du dich auf Gebiete konzentrieren, wo die Leute leben und sich auf einen Schwatz treffen. Willst du aber die Bosse wissen lassen, was auf sie zukommt, dann konzentriere dich auf die Hauptstraßen und die Orte, an denen sie vorbeikommen.

Außerdem mußt du die Plakate ganz glatt ankleben und den Kleister vor allem auf die Ecken streichen, damit der Wind nicht darunterfahren kann. Die Plakate müssen immer hoch genug hängen, so daß die Ziegen nicht darankommen. Sie sind ganz versessen auf den Kleister und sogar auf das Papier.

Ohne formelle Kriegserklärung durch die Gewerkschaft oder

deine Partei, Mädchen, darfst du niemals die Plakate von anderen überkleben, ob Feind oder nicht. Meide sie.

Dann achtest du darauf, ob der Feind auch nur eines von deinen Plakaten überklebt. Stelle ihn am nächsten Tag vor versammelter Menge. Schwärze ihn an. Jeder wird deine Partei ergreifen.

Solche Talente sind vonnöten in einem Streik, Mädchen. Und ich spreche nur über das Banalste: Plakate kleben. Stell dir vor, was nonnöten ist, um einen Streik zu organisieren. Das sind die Tugenden eines Militanten.

Wissen. Erfahrung. Geduld. Mut. Urteilsvermögen.

Über all dies verfügte Larmwar.

Er hat mir alles erzählt. Woher sollte ich es sonst wissen. Raffick begriff es nicht halb so gut wie er.»

25

Ich
scheu
liege
halb
im Meer
halb
am Strand
wie eine Seejungfrau
esse
Kokosnußgebäck
und
lasse weißen
feuchten Sand
der aus tausend
vollkommenen
winzigen
Muscheln
besteht
durch meine Finger
rinnen
und bei mir Zepimay
neben meiner Fanta
am Strand.

Das Wasser umspülte meinen Körper. Zepimay kam und berührte mein Ohr mit ihrer feuchten Nase. Ein herrliches Gefühl, die kühle, feuchte Nase eines Hündchens. Dann leckte sie das Salz von meinem Ohr. Das himmlische Geräusch ihres Leckens und der brausenden Wellen hinten am Riff. Das glänzende Grün und Blau des Meeres lullt mich ein.

Und der Geruch des faulenden Tangs stand für den Beginn von Leben. Leben, das aus dem Meer ans Land kriecht. Aus dem Meer gleitet wie eine Seejungfrau, wie ich.

Aus dem Meet kam ein Wesen. Ein Mensch. Mit Taucherbrille.

«Shy?»

«Ja, das bin ich. Und du?»

Er war nahe bei mir. Berührte mich fast. Er liebkoste Zepimay, die ihm das Salz vom Ohr leckte.

«Ja.»

«Wer?»

«Fayel. Nimm sie.»

Er nahm die Taucherbrille ab, und ich erkannte ihn.

«Und die Flossen. Mußt den Atem anhalten. Ich habe keinen Schnorchel.»

«Oh, aber das kann ich nicht.»

Er setzte mir die Taucherbrille auf, sagte, ich solle durch die Nase einatmen. Ich tat es, und die Taucherbrille saugte sich an meinem Gesicht fest. Er zog die Riemen der Flossen nach und legte sie mir an.

Seit Monaten hatte mich niemand berührt. Ich war zu zurückgezogen. Er berührte mich einfach, wie er Zepimay berührte.

Mein Bauch kribbelte. Ich versuchte, es zu verbergen. Doch er lächelte. Seine Nase berührte meine Wange. Sie war feucht.

«Es wäre schön, wenn alle Menschen so feuchte Nasen hätten wie Zepimay und du.»

Als ich in die warme Lagune hinausschwamm, war es, als glitte ich zurück in den Mutterschoß. Fast konnte ich mich erinnern, wie es dort gewesen war. Dort fühlte ich mich angenommen.

Ich spürte wieder meinen ganzen Körper, als wäre er fort gewesen und zu mir zurückgekehrt.

Ich sah, daß unter der Wasseroberfläche eine Welt intensiver Farben und lebendiger Strukturen existierte, so prall vor Leben und Bewegung, daß ich es nicht fassen konnte. Es versetzte mir einen Stromstoß. Ich bekam kaum noch Luft. Es war, als ginge eine Verwandlung mit mir vor, als sähe ich eine Vision und würde eins mit dem Leben. Ich betrachtete die Oberseite meiner eigenen rechten Hand. Sie war unglaublich schön, die leichte schwarze Behaarung auf meiner braunen Hand und meinem Arm wogte hin und her im gleichen Rhythmus wie die Algen, die wiederum im gleichen Rhythmus wie die winzigen leuchtendblauen Fische dahintaumelten. Ich erfuhr die Grenzen meiner Existenz. Ich fühlte mich nahe daran, das Bewußtsein zu verlieren. Ich hätte ertrinken können. Ertrinken an Schönheit. Doch statt dessen war es, als käme ich neu zu Bewußtsein.

Als ich zum Ufer kam, legte ich mich neben ihn in das flache Wasser und lachte. Wir waren die ersten Tiere, entsprungen aus dem Urmeer. Die Taucherbrille hoch oben auf meiner Stirn wie das Auge eines Zyklopen.

«Nimm ein *gato koko*, maurizisches Zyklopenauge», sagte er. Er hatte ein paar kleine Kokosnußkuchen mitgebracht. «Ja», sagte ich.

Es war jetzt so leicht, etwas in mich aufzunehmen.

Ich kaute und schluckte mit Leichtigkeit. Mit Genuß.

«Die Nasen der Menschen sollten alle so feucht und freundlich sein. Es fühlt sich an, als würde das Wasser meinen Körper streicheln», sagte ich.

«Fühlt sich an, als gehörten die Menschen vielleicht vor langer Zeit zum Wasser.»

«Ich könnte hier einfach bis zum Abend weiter auf dem Bauch liegen. Gestern wußte ich noch kaum, daß ich einen Körper habe, und jetzt fühle ich ihn ganz und gar.

Kann ich das Oberteil meines Badeanzugs herunterstreifen? Ich möchte das Wasser an meinen Brüsten fühlen. Das habe ich noch nie gespürt.»

«Du kannst sie dir auch ansehen, mit der Taucherbrille; schließlich hast du noch nie deine eigenen Brüste unter Wasser gesehen. Setz die Brille auf. Schau dich unter Wasser an.» Das Wasser ließ mich meine Nacktheit spüren. Meine Brustwarzen hoben sich dunkel von meiner dunklen Haut ab. Ich betrachtete sie unter Wasser durch die Taucherbrille.

«Sie bewegen sich mit der Strömung.» Ich setzte die Taucherbrille ab und gab sie Fayel. Er verstand.

«Haben Wale auch solche Brustwarzen, was meinst du?»

«Salzige.»

In mir erwachte der Wunsch, Liebe in mich aufzunehmen. Alle Verweigerung schmolz dahin.

Ich küßte seine Nase, sie war feucht und salzig, und schob dann meine Zunge zwischen seine Lippen. Er war überrascht. Ich zog seine Zunge in meinen Mund. Und saugte daran, wie er an meiner Brust gesaugt hatte.

«Ich ziehe meinen Badeanzug jetzt ganz aus, Fayel. Kann ich?»

Das Wasser, das zwischen meinen Beinen spielte, ließ meine *yoni* heiß werden.

Ich setzte ihm die Taucherbrille auf, und er glitt hinab, im letzten hellen Tageslicht, und betrachtete mich unter Wasser.

«Deine Haare bewegen sich in Wellen wie Tang. Es sieht aus, als seist du bereit, mich in dir aufzunehmen.»

«Deine auch. Sie wehen hin und her, als bliese der Wind durch sie. Und du siehst schön aus.» Ich drehte ihn um.

Auf der Seite liegend, wandten wir uns einander zu.

«Es ist niemand am Strand», sagte ich.

«Wann war deine Periode?» fragte er.

«Bis gestern, also ist es o.k.»

Er glitt glühend heiß zwischen meine Schenkel in dem lauwarmen Wasser, und wie Heranwachsende, die wir doch nicht mehr waren, kamen wir.

«Ursprüngliche Liebe», sagte er.

Wir blieben vereint bis zum Dunkelwerden. Meine Yoni hielt sein entspanntes Glied in sich.

Die Schranken gegen ein Eindringen in meinen Körper waren gefallen.

Er steckte mir ein *gato koko* in den Mund und ich ihm eins in seinen.

Süße und Liebe.

26

Natürlich nehme ich Geld dafür wenn die Leute mich konsultieren in meiner Praxis in Deforz Street soviel gebe ich zu aber zu meiner Verteidigung muß ich sagen daß ich ihnen schließlich helfe wieder gesund zu werden deswegen zählt die Medizin zu den helfenden Berufen und darf ich noch hinzufügen daß ich als Arzt frei bin wenn ich in der Deforz Street in meiner eigenen Privatpraxis arbeite deshalb zählt die Medizin auch zu den freien Berufen weil Ärzte frei sind die Dienste hingegen die sie bieten nicht finanziell gesehen aber frei ist gleich liberal und das ist eine gute Sache wie jeder weiß denn zum einen unterliegt diese Art der Berufsausübung den Gesetzen der freien Marktwirtschaft die wie jedermann weiß wenn schon nicht gottgegeben so doch von Gott abgesegnet sind und ich leiste in gewisser Weise einen Beitrag zur Gesellschaft indem ich ihnen gebe was sie verlangen und ich muß mit anderen Ärzten konkurrieren die ihre Ware auf der gleichen Straße feilbieten sozusagen und die Patienten entrichten ihre Beiträge ja nicht nur für mich und mein persönliches Haushaltsbudget und jedenfalls mag die kostenlose Krankenhausbehandlung für jedermann umsonst sein aber ideal ist sie nicht und die Ärzte fühlen sich nicht frei fühlen sich nicht frei Geld zu verlangen aber andererseits würden die Patienten vielleicht zu den *longanis* und anderen Hexern gehen was sicherlich nicht gut wäre und daher dient meine Praxis dem Interesse der Gesellschaft und nicht nur meinem finanziellen Gewinn und doch selbst wenn ich das sage beginne ich zu spüren daß ich Unhaltbares verteidige und mir wird allmählich bewußt daß es eine Lüge ist denn wenn sie kein Geld hätten würden sie mich nicht konsultieren also weiß ich nicht einmal ob sie existieren noch ihre Leiden und Krankheiten und selbst wenn sie es tun lauten die Spielregeln daß ich ihnen nicht helfen würde außer um ihnen einen verdammten Gefallen zu tun also ist es keine Hilfe sondern nur eine Art Geschäft und zudem können sie überhaupt nicht beurteilen ob meine Entscheidungen weise sind oder nicht was bedeutet daß ich sie in Wirklichkeit in der Hand habe wie die Mafia und wenn ich ihnen Medizin verschreibe bekomme ich von der Pharmaindustrie für die ich arbeite Provisionen bin ich also wirklich sicher kann ich unter den Umständen je wirklich sicher sein daß ich beim Verschreiben die Gesundheit meines Patienten im Auge habe oder das Geld das die Pharmavertreter mir am Ende des Jahres zukommen lassen Geld das ich nötig habe bei meinen drei Kindern die Schulgeld brauchen und alles mögliche andere Privatstunden und Klavierstunden und Tanzstunden und meine Frau die über das vermauerte Haus herrscht muß allen modernen Schnickschnack haben und der alte Mann der eingemauert darin lebt und all seine Unkosten wie Krankenpflege und Arztrechnungen denn an der Privatpraxis hängt ein Schwanz wie bei einem Skorpion der sich über den Kopf erhebt und wiederum mich sticht und neben allem anderen ist da noch der Unterhalt von Françoise die gehalten werden mußte ausgehalten was bedeutet sie mußte ständig gekauft werden sonst schmollte sie und neben dem Geld aus meiner Privatpraxis bekomme ich wenn ich Patienten in die Privatklinik schicke noch mehr Geld woher weiß ich also ob ich sie wohlüberlegt dorthin schicke und nur wenn sie es wirklich nötig haben oder weil ich das Geld brauche und das Erschreckende ist manchmal daß ich sie zu Behandlungen schicke die sogar Gefahren beinhalten wie Vollnarkosen die tödlich sein können und zu Operationen die stets ein Risiko bergen und ich nicht weiß ob die Operation wirklich notwendig ist oder ob meine Frau und Françoise Geld brauchen und was noch schlimmer ist die Patienten suchen mich nur auf wenn sie wirklich in großer großer Bedrängnis sind wenn auch nicht unbedingt medizinischer Art aber sie machen sie zu einem medizinischen Problem und kommen deshalb zu mir und sind in meiner Macht und ich denke allmählich daß das Geld das sie mir bezahlen ihnen vielleicht noch mehr Probleme einbringt denn woher stammt es und aus wessen Tasche was heißt daß ein

Mädchen dessen Eltern sie zu sehr in der Hand haben ihnen noch mehr in die Fänge gerät weil sie das Geld für die psychiatrische Beratung von ihnen braucht und jedenfalls bekomme ich von der Regierung für die Arbeit im Brown-Sequard-Hospital mehr Geld als vier Fünftel der Menschen in diesem Land verdienen und dennoch verkaufe ich mich stundenweise für noch mehr Geld wie eine Art Prostituierte wo doch jeder der bezahlt von Rechts wegen dieselbe oder eine noch bessere Behandlung durch mich kostenlos im Hospital bekommen sollte und ich bin eine ganz spezielle Sorte von Prostituierte nämlich mit allerlei raffinierten Vorrichtungen wie Computertomographen und Elektroenzephalogrammen und einem Gerät für Echoenzephalographie und sogar einem Röntgenapparat deren Einsatz die Kranken ein Vermögen kostet und ich stelle gegen Geld gefälschte Atteste aus und bin sogar schon von Müttern gebeten worden ihre Töchter inwendig zu untersuchen nicht weil sie krank waren nein sondern weil die Mütter wissen wollten ob ihre Töchter noch Jungfrauen waren und ich will damit sagen daß man die Mitglieder der Ärzteschaft als Menschen ansieht die gegen Bezahlung alles tun sogar ein junges Mädchen einer Untersuchung unterwerfen um zu prüfen ob sie die Wahrheit sagt was letztlich eine Art Folter ist um ein Geständnis zu erzwingen zu der nicht einmal die Kripo von Rozil sich bisher herabgelassen hat und ich weigerte mich und sagte nein und erklärte den Müttern mein Entschluß stehe fest und ich bliebe dabei daß Jungfräulichkeit nicht nur etwas ist das es im physischen Sinne überhaupt nicht gibt und daß das Hymen absolut kein Organ ist und daß keine ich wiederhole keine erwachsene Frau beim ersten Geschlechtsverkehr jemals blutet es sei denn natürlich er findet während oder unmittelbar vor oder nach ihrer Menstruation statt oder es handelt sich um eine Vergewaltigung in dem Sinne daß sich der Körper der Frau gegen Geschlechtsverkehr wehrt und nicht nur bluten alle ich wiederhole alle Frauen bei Vergewaltigung was nichts mit irgendeinem Hymen zu tun hat und nicht nur ist es unmöglich für jedweden Wissenschaftler die sogenannte Jungfräulichkeit zu bestätigen oder anzufechten sondern ich lege Wert auf die

Feststellung daß moralisch gesehen kein Arzt ein Inquisitor ist der eine innere Untersuchung durchführen kann um die Wahrheit aus einem widerspenstigen Mädchen herauszubekommen und daß der Schaden der bei Frauen angerichtet wird indem man sie verrückt macht wegen eines nichtvorhandenen Organs und weil sie beim ersten Verkehr nicht bluten extrem ist ja sogar den Verdacht in ihnen keimen läßt früher von ihren Vätern oder Brüdern vergewaltigt worden zu sein denn warum sonst denken sie haben sie beim ersten Verkehr nicht geblutet und so habe ich indem ich mich strikt weigerte diese Aufgabe zu übernehmen für die schließlich große Nachfrage besteht den Kräften des Marktes getrotzt und selbst der Macht der männlichen Vorherrschaft die weiter daran festhalten will daß Männer die Macht haben Frauen leiden und bluten zu lassen aber als Psychiater habe ich anderen Zwängen nachgegeben habe zwei Frauen von Privatpatienten für unzurechnungsfähig erklärt weil die Männer sich neu verheiraten wollten ohne als Schuldige dazustehen was wie man sich vorstellen kann auf dem Markt ganz hübsch was einbrachte und ich führte sogar an einer Tochter eines meiner Privatpatienten eine Lobotomie durch weil sie Zeichen von Unbesonnenheit vielleicht sogar von Unberechenbarkeit erkennen ließ was ebenfalls eine hübsche Summe einbrachte wie es so heißt womit sich die wahre Natur meines Berufes zeigt und die Tatsache daß ich nicht imstande war allen Zwängen des Marktes und anderem zu widerstehen und ich wurde bezahlt und man hat mir eine gewisse Stellung in der Gesellschaft zuerkannt und dann gehe ich hin und verwende das Geld darauf mir letztlich eine Art Prostituierte zu halten denn Françoise ist nicht viel mehr als das ebenso wie meine Frau die genau betrachtet auch eine Art Prostituierte ist und dennoch gilt mein Beruf als edel und die Leute sehen auf zu mir als einer Art Stütze wo ich doch eher so etwas wie ein Holzwurm in allen Stützen der Gesellschaft bin die ich aushöhle bis aufs Mark und nur die dünne Außenhülle stehenlasse und darunter ist nichts als Fäule und auf jeden Fall ob im Brown Sequard oder in meiner Privatpraxis habe ich niemals jemandem wirklich geholfen ich muß es zugeben um ganz und gar ehrlich zu sein gesund zu werden geheilt zu werden sondern scheine statt dessen die Probleme nur vergrößert zu haben aber wenn ich Krankenhauspatienten kostenlos behandle ist das zumindest ein Betrug weniger und fügt ihrer Liste von Problemen kein weiteres hinzu kein weiteres Problem in Form einer Arztrechnung

27

«‹Ich sage ja zum Streik. Laßt uns gemeinsam entscheiden. Wir sind die einzigen, die für uns selbst entscheiden können. Rufen wir für uns den Streik aus.›

‹Ich auch. Die öffentliche Versammlung in Sebel hat alle meine Mitglieder überzeugt.›

‹Für meine Sektion sage ich ja. Alle Argumente sind gut und gerechtfertigt.›

Sie saßen dichtgedrängt in der *baitka*. Man hatte Extrabänke vom Club und dem Beerdigungsunternehmen ausgeliehen. Ruhiger Ernst bestimmte die Atmosphäre. Nachdem er als Mitglied der Delegiertenversammlung der Gewerkschaft von Port Louis Harbour und der Hafenarbeiter vorgestellt worden war, hatte Laval angefügt: ‹Ich war einer von denen, die 1971 den Streik gebrochen haben. Das war ein Fehler.› Die Arbeiter betrachteten seine riesenhafte Statur. Sie waren kleine, zähe Männer, ausgezehrt von der Arbeit. Dies also war ein Hafenarbeiter.

‹Wir in Bwa Ruz stimmen alle zu.›

‹Ja, für Palmir. Bis auf Onkel Remus. Er will immer noch nicht. Sagt, er wird arbeiten. Hat bei jedem Streik gearbeitet. Er arbeitete auch bei dem Streik gegen den Vergewaltiger-Boß. Hat sogar gearbeitet, als drei Frauen 1971 mit einem *fatak*-Besen und einer Gummisandale auf ihn eindroschen. Also heißt es ja.›

‹Angenommen.›

‹Die Plantagenarbeiter, o.k. Es ist schwierig. Für jeden stehen persönliche Vorteile auf dem Spiel. Aber meine Mitglieder scheinen fest zu sein.›

‹Wir brauchen einen Fonds.›

‹Wartet noch mit dem Fonds und laßt uns sehen, an welchem Punkt wir den Streik abbrechen oder entscheiden, ob wir damit weitermachen.›

‹Was ist mit den Fahrern auf den Gütern, sie haben nicht reagiert.›

‹Nun, ihr wißt, wie schwierig es für uns ist. Was ist, wenn unsere Mitglieder aus allen Sektionen hingehen und uns die ganze Schuld geben und dem Boß erzählen, sie hätten schon zur Arbeit kommen wollen, aber es wären keine Lastwagen gefahren? Wir müssen uns heute abend noch einmal treffen, wir Lastwagenfahrer, und morgen in aller Frühe. Es liegt an euch, Kameraden, uns zu überzeugen, daß ihr bei unserem gemeinsamen Streik nicht die Schuld auf uns schieben werdet.›

‹Das ist nur gerecht. Ich denke, ein jeder von uns Delegierten sollte abends über dieses Thema mit den Mitgliedern beraten. Wir können es vor der Geschichte nicht verantworten, daß jemand den Lastwagenfahrern die Schuld in die Schuhe schiebt, um die eigene Haut zu retten. Das würde uns für die Zukunft zurückwerfen.›

‹Was ist mit dem Streikfonds?›

‹Laßt uns zuerst den Streik organisieren. 1975 taten einige Arbeiter, als gingen sie fischen, drückten sich vorbei und trugen sich in die Anwesenheitsliste ein, um sich bei den Bossen lieb Kind zu machen. Also brauchen wir Streikposten. Und keine Angler. Die Arbeiter sollen unbedingt zur Generalversammlung um zehn hier in der *baitka* erscheinen, und wir müssen Berichte aus allen Sektionen erhalten und entscheiden, was am folgenden Tag zu tun ist. Kein Angeln und kein Trinken. Spart euer Geld für den Fonds.›

‹Kein Rauch darf aus dem Fabrikschornstein kommen. Darauf waren die Bosse bei jedem Streik aus. Suchten sich drei oder vier Streikbrecher, die Zuckerrohrblätter in den Öfen verheizten und so Rauch erzeugten. Rauch, um unsere Moral zu untergraben. Also diesmal auch kein Rauch.›

‹Und auf die Spitzel vom Boß aufpassen, die Zuckerrohr abbrennen und uns die Schuld geben.›

‹1937 brachen die Bosse den Streik bei Welcome mit dem Gerücht, die von der Union Factory and Estate seien wieder an die Arbeit gegangen. Glaubt also keinen Gerüchten. Glaubt nur das, was ihr in ordentlichen Streikkomiteesitzungen hört. Denkt daran, in wessen Interesse es ist, daß ihr etwas glaubt, bevor ihr es für bare Münze nehmt.›

‹Es ist unser Streik. Wir sind es, die entscheiden. Also hört nicht auf dummes Geschwätz. Es ist unser eigener Streik. Ihr kennt die Wahrheit aus eurer Streikkomiteesitzung. Ihr habt euer eigenes Streikkomitee.›

‹Glaubst du, die Hafenarbeiter werden später dazustoßen?›

‹Ich weiß es noch nicht›, antwortete Laval. ‹Wir haben am Mittwoch eine Versammlung. Dann werden wir entscheiden. Ich habe veranlaßt, daß Jay Chavree eingeladen wird und sich für unsere Beteiligung an der Streikaktion ausspricht.›

Unter jeder Straßenlaterne, *tib* genannt, in jedem Dorf und jedem ärmlichen Stadtviertel standen vier oder fünf Leute. Ihre aufrechten Silhouetten verströmten Konzentration.

Einer las den anderen vor. Streikbroschüre Nummer eins. In Kreolisch. Jene vier, die nicht lesen konnten, hörten staunend zu. Der Fünfte las die kreolischen Worte, die in schriftlicher Form etwas Neues für ihn waren, er las sie, als hätte er sein ganzes Leben lang Tag und Nacht nichts anderes getan. Die Zuhörer verstanden jedes Wort. Bestätigung: der Streik ist im Gang. So verkündete es die Streikbroschüre. Sie wies alle an, in ihrem Gebiet eigene Streikkomitees zu organisieren. Die Mitglieder aller Gewerkschaften müssen eingeladen werden, selbst wenn ihre Führung nicht offiziell am Streik beteiligt ist. Nichtmitglieder müssen beteiligt und durch die Streikaktion gewerkschaftlich organisiert werden. Wählt Delegierte für die tägliche Zentralversammlung in der Braban Street. Sammelt Geld, um ihnen das Taxi zu bezahlen, wenn die Busse streiken. Wenn es gar nicht anders geht, dann lauft zu Fuß. Egal wie weit. So, wie ihr bis nach Gran Basin laufen würdet, um geheiligtes Wasser zum Benetzen des *lingam* zu holen, so wie ihr zur Feier von *Per Laval* laufen würdet, so lauft auch zur Delegiertenversammlung. Einen Streik zu organisieren heißt, euer Leben zu organisieren. Dieses eine Mal ist jeder Mann und jede Frau in der Verantwortung.

Was in den Broschüren stand, war die Wahrheit oder wurde wahr.

Laval Larmwar gehörte zu den etwa vierzig Männern und Frauen, die die Verteilung der Broschüren in allen Dörfern und Wohnbezirken übernommen hatten. In jeder Region kannte er Delegierte; er war ihnen im Lauf der Monate bei öffentlichen Versammlungen begegnet. Jedem von ihnen ließ er einen kleinen Stapel Broschüren da, die einzeln verteilt werden sollten. Bis jede Straßenlaterne eine hatte.

Und so kam es, als der Streik schließlich stattfand, daß jeweils vor Ort kleine Demonstrationen mit Spruchbändern und Plakaten organisiert wurden.

Mit jedem Tag gewann der Streik an Stärke. Mit jedem Tag gewannen die Versammlungen an Intensität. Mit jedem Tag wurden die Forderungen des Streiks immer tiefschürfender. Bis der Streik selbst zum Ziel der Bewegung wurde. Denn der Streik bewies, daß Arbeiter, gewöhnliche Leute, Shy, wie du und ich, das Leben organisieren können. Wir organisierten das Leben. Das ist es, was einen Streik ausmacht, Mädchen. Wir übernahmen das Kommando. Statt weiter teilnahmslos herumzusitzen wie Sklaven und darauf zu warten, daß der Aufseher uns sagt, was der Boß von uns will.

Die Lastwagenfahrer trafen sich bei der Garage in Basin. Es war vier Uhr morgens. Stockdunkel. Nur hin und wieder die rote Spitze einer Zigarette unter den Bäumen. Jeder Arbeiter saß auf den Wurzeln eines anderen Baumes. Nun? Arbeitskameraden, was sollen wir tun? Hören wir uns die gestrigen Berichte von den Delegierten an.

Allein das Wort ‹Arbeitskameraden›, Shy, ist wie das Wort ‹Nachbar›. Ein tiefer Nachhall von menschlicher Liebe liegt darin, so weit gespannt und bedingungslos und wechselseitig zwischen uns allen. Dies ist wahre Gemeinschaft. Tränen steigen mir in die Augen, wenn ich dir davon erzähle. Es gibt Augenblicke, da muß ich weinen beim Erzählen. Ich versuche es. Shy, ich versuche es wirklich. Wenn man von Liebe zwischen Mann und Frau spricht oder selbst zwischen Mutter und Kind, Shy, ist das nichts im Vergleich mit der Liebe der Arbeiter füreinander. Eine Liebe, die nur bei einer Streikbewegung voll und ganz zum Ausdruck kommt. Kein einfacher Streik, nein. Eine Streikbewegung.

An jedem Tag unseres Lebens treffen wir Arbeiter uns frühmorgens, arbeiten eng zusammen, essen zusammen, leiden zusammen, planen zusammen, bewältigen zusammen das Leben, lachen zusammen, nehmen es alle zusammen mit den Stückraten auf, mit dem Tag, der Woche und einer weiteren Woche bis zum Zahltag. Und dann, vielleicht einmal in jeder Generation, schaffen wir es kraft unserer eigenen Vision und Willensstärke und allmählichen Überzeugung, zusammenzukommen und etwas zu planen. Gemeinsam etwas zu schaffen. Für uns alle zusammen. Etwas Neues aus dem Leben zu machen. Unser Schicksal kollektiv in die Hand zu nehmen. Dann erfüllen uns Liebe, tiefe Gedanken, Großzügigkeit und Freundlichkeit.

Das ist es, was einen Streik ausmacht. Nicht irgendeinen Streik. Eine richtige Streikbewegung. Wenn das Wort Arbeiterklasse für diejenigen, die dazugehören, zur Realität wird. Wenn wir nicht nur wissen, daß wir zu Recht danach streben, unser Schicksal selbst zu bestimmen, sondern auch imstande sind, unser Schicksal zu bestimmen und sogar beginnen, unseren Willen, oder nennen wir es ehrgeiziges Bestreben, in die Tat umzusetzen, nämlich unsere Denkweise denen aufzuzwingen, die uns beherrschen.

Wir beschließen, diejenigen zu berauben, die uns alles geraubt haben.

Unsere Nacktheit wird unsere Stärke.

‹Nun, Arbeitskameraden, was sollen wir tun?›

‹Wir Lastwagenfahrer aus der Gewerkschaft der Facharbeiter in der Zuckerindustrie haben entschieden. Wir treten in Streik. Die Arbeiter haben versprochen, nicht die ganze Last auf unsere Schultern zu laden. Wir müssen ihnen glauben. Unsere Gewerkschaft muß anerkannt werden. Wie steht es mit der Organisation de l'Unité des Artisans?›

Alle blickten zu Johnson. Es herrschte Schweigen.

‹Die führenden Männer in unserer Gewerkschaft sind entzweit. Aber die Gewerkschaft hat sich offiziell für den Streik entschieden. Ich werde streiken und alle Lastwagenfahrer aus der Organisation de l'Unité des Artisans von Basin ebenfalls. Wir wollen die 40-Stunden-Woche. Und wir werden dem folgen, was wir demokratisch in unserer Gewerkschaft beschlossen haben. Aber wir können uns auf Ärger von den Oberen in der Fabrik gefaßt machen. Die Chefmechaniker und Chefmonteure und die Dreher. Sie brechen den Streik, bevor er überhaupt angefangen hat.›

Die Arbeiter spürten wachsende Liebe zu Johnson. In der Dunkelheit. Versteckt hinter den roten Spitzen ihrer Zigaretten. Menschliche Liebe kennt keinen größeren Augenblick.

Jetzt muß ich einiges überspringen, Shy, und dir vom Fest der Heiligen Jungfrau erzählen. Dir erzählen, was Johnson an jenem Tag widerfuhr.

Es war ein Donnerstagmorgen, am zehnten Tag des Streiks. Die Hilfsarbeiter und die Arbeiter der Zuckerfabrik hatten wakker standgehalten. Waren immer stärker geworden. Immer fester organisiert. Streikkomitees bestimmten über jeden Aspekt unseres Lebens.

Die Hafen- und Transportarbeiter und zweiunddreißig tapfere kleine Sektoren waren im Streik. Um die Arbeiter und Facharbeiter zu unterstützen. Nur darum. Wozu Jay Chavree sie in öffentlichen Versammlungen aufgerufen hatte, dem stimmten sie in ihren General- und Delegiertenversammlungen zu.

Die Führenden in der Organisation de l'Unité des Artisans waren gespalten, wie schon gesagt. Die Anti-Streik-Kollaborateure wurden stärker und gewannen schließlich Einfluß über die Mehrheit der Delegierten, die am Tag zuvor, am Tag des Festes der Heiligen Jungfrau, dafür stimmten, den Streik abzubrechen. Sie sagten, sie hätten die 40-Stunden-Woche, doch jeder wußte, daß das eigentlich nicht stimmte.

‹Was sollen wir heute tun, Arbeitskameraden?› Sie waren wiederum bei der Garage in Basin um vier Uhr morgens. An jenem Donnerstagmorgen.

‹Wir müssen weiter streiken. Kein einziger Arbeiter hat die Schuld auf uns geschoben. Und wird es auch weiterhin nicht tun. Die Hafen- und Transportarbeiter stehen fest zu uns. Wir können jetzt nicht einfach aufgeben. Und uns die Fortschritte, für die wir kämpfen, aus den Händen gleiten lassen.›

‹Er hat recht. Wir müssen mit dem Streik fortfahren.›

‹Ja.›

‹Was sagen die Mitglieder der Organisation de l'Unité des Artisans?›

Es herrschte Schweigen.

Völliges Schweigen.

Ein jeder wartete nur darauf, daß Johnson sprach. Sie schauten, starrten in die Dunkelheit dorthin, wo er, wie sie alle, unsichtbar saß. Sie wußten genau, wo die anderen Arbeiter waren, selbst in der absoluten Dunkelheit.

Und dann sprach er.

‹Unsere Gewerkschaft hat beschlossen, wir müßten wieder an die Arbeit gehen. Demokratisch entschieden.› Im ersten Morgenlicht sah ein jeder die Tränen in seinen Augen.

Und dann brach er zusammen und schluchzte wie ein Kind.

Alle Männer hatten einen Kloß im Hals. Spürten Tränen aufsteigen.

‹*Jayde*›, sagte einer von ihnen.

Die Männer von der Organisation de l'Unité des Artisans nahmen ihre Autoschlüssel, die tonnenschwer in ihren Händen lagen, und schleppten sich mit bleiernem Gang hinüber zur Garage.

Sie hörten die vier Lastwagen anspringen, einen nach dem anderen.

Und wußten, daß es nun ungleich härter werden würde, zu siegen.

Selbst die konservativsten Arbeiter, Shy, wissen um diese enge Gemeinschaft, diese himmlischste Form menschlicher Liebe, zwischen den Arbeitern, und jenes Wissen wiederum führt dazu, daß wir immer konservativer werden, denn beim nächstenmal können wir es nicht wieder versuchen und fehlschlagen. Wir müssen gewinnen. Aber die Möglichkeit der Niederlage lastet als schweres Gewicht auf uns.

Nach der Streikbewegung trat Ruhe ein, ein gemischtes Gefühl von Sieg und Niederlage.

Bis heute krampft sich in den Gesichtern der Arbeiter etwas zusammen, wenn die Rede auf den Streik kommt. So gegenwärtig ist uns allen noch die Wunde der Niederlage und die Liebe von damals, daß wir die Erinnerung an die Freude, die Hoffnung, die Realität nicht ertragen können. Es ist weit schmerzlicher, als über eine verlorene Liebste sprechen zu müssen. Das Gefühl geht zu tief. Aber auch wenn es uns schwerfällt, darüber zu reden, wissen wir doch alle, die jemals an einer solchen Revolution beteiligt waren, daß es ein nächstes Mal geben wird. Ja, das wird es. Aber es wird einiges kosten. Und jene mit der größten Erfahrung und dem meisten Wissen scheuen am allerstärksten zurück, Shy, und zögern den nächsten Streik möglichst hinaus.

Und so kam es, daß jeder einzelne Arbeiter im Land mithalf, den Streik zu organisieren. Den Streik selbst. Die Verteilung von Geld. Von Essen. Die Organisation von Transportmitteln. Von Informationen. Von Demokratie. Von Sicherheit. Jede nur denkbare Aufgabe, und wir alle hatten daran teil. Wir organisierten Märsche und Nachtwachen und Diskussionen und Liederabende. Und es entstand ein Kampfgesang: ‹Weiter leben› mit der Antwort ‹Uns erheben›.

Als Laval verhaftet wurde, während er in Labit nahe dem alten Markt Broschüren verteilte, und zur Polizeistation von Line Barracks gebracht wurde, sah er, daß der Streik mittlerweile über die Arbeiter hinausging und jeden erfaßt hatte, der in irgendeiner Weise der Arbeiterklasse verbunden war.

In der Polizeistation von Line Barracks befand sich ein bunt zusammengewürfelter Haufen Leute, von denen manche mit dem Streik zu tun hatten, einige aber auch in anderer Angelegenheit hier waren. In der Mitte stand eine junge Mutter, in Lumpen, daneben ihr völlig verdrecktes siebenjähriges Kind.

‹Mein Vermieter hat meine Sachen auf die Straße geräumt. Ich kann nirgendwo hin. Ich sehe nicht ein, warum ich mich damit abfinden soll. Warum? Warum? Warum? Wo sollen mein Kind und ich hin? Was sollen wir tun?› Auch sie hatte ihr Schicksal in die eigenen, gebrechlichen Hände genommen und schrie ihren Zorn heraus.

Und dann, als sei plötzlich großes Zutrauen zu ihr selbst und den sie Umgebenden in ihr gewachsen, machte sie sich Platz mitten in der Polizeistation von Line Barracks, rings um sich die bewundernde Menge, und begann zu tanzen, einen wilden, furiosen Tanz voll Entschlossenheit, die Füße hoch durch die Luft wirbelnd.

Und im Takt mit ihrem Tanz rief sie die Worte, die sie gerade gelernt hatte: ‹Weiter leben? Uns erheben. Weiter leben, uns erheben.› Und ihr kleiner Sohn, hingerissen von ihrer völligen Entrückung, klatschte fröhlich in die Hände und krahte voll Vergnügen den anfeuernden Sega-Vers: ‹*Ala li la, mama*, auf geht's, Mama.›

Zum erstenmal, soweit er sich erinnern konnte, weinte Laval Larmwar.

Er mußte einen Kloß in seiner Kehle hinunterschlucken, um die Tränen zu verbergen. Tat, als müsse er niesen oder ähnliches.

Er fühlte sich dieser Frau und ihrem Kind so nahe. Er spürte Liebe. Endlich spürte er sie. Und das für jemanden, den er überhaupt nicht kannte; sie ging mit der Polizei fort, um ihre Angelegenheiten in Ordnung zu bringen, und er sah sie nie wieder.

Er wußte, daß die Welt eine andere sein konnte.

‹*Ala li la, mama*, auf geht's, Mama.›

Als die Bosse und die Armee den Streik brachen, traten vierzehn Mann in den Company Gardens in Hungerstreik. Ein radikaler Hungerstreik, das einzige, was zu jener heroischen Bewegung paßte. Ein Hungerstreik ohne Essen, ohne Wasser.

Und es mußten Sabotageakte organisiert werden. Der Krieg

hatte den Schauplatz gewechselt. Die Arbeiter begannen sich auf die Gewalt vorzubereiten, die ihnen bevorstand. Jenes Mindestmaß an Gewalt, das sie brauchten, um sich und die Hungerstreikenden zu verteidigen.

Auch die Banditen der Rechten kamen unter ihren Steinen hervor. Sie trieben sich verstohlen bei Nacht herum. Keine schwarzen Humber am hellichten Tag während eines Streiks oder gar in seiner letzten Phase, dem Hungerstreik. Nein. Zu unsicher für sie. Aber sie gingen vor wie Schlangen. Lauerten in Bananenlastwagen. Oder sausten vorbei, mit Schutzhelmen auf Motorrädern. Sie schnappten Laval. Ein Präventivschlag. Nicht nur ihn. Aber speziell ihn, der früher zu ihnen gehört hatte. Und sie ließen ein Taxi über seine Hand fahren. Über seine rechte Hand. Hin und her und noch einmal. Autoreifen über seine Hand. Brachen ihm die Knochen. Machten sie platt.

Deswegen, Shy, deswegen steckt seine rechte Hand so oft in der Tasche. Die Finger hängen jetzt nur noch ganz schlaff am Ende einer langgezogenen Hand. Ein weiteres Mal für den Gebrochenen Mann. Das Mal der Unterdrückung. Der Folter. Ein stolzes Mal, Shy? Nein. Es war das Zeichen der Tragödie, der Niederlage und des ungeheuren Muts, der nötig sein würde, um einen weiteren Angriff zu wagen.

Was Larmwar tat. Mit seiner Scheißhand, wie er sie nannte, mit der Linken, wagte er einen weiteren Angriff. Und zwar im Gefängnis von Bo Basin.

Ja, er wurde direkt nach dem Streik ins Gefängnis gesteckt, aufgrund einer fälschlichen Anklage wegen Körperverletzung und Schlägerei.

Im Gefängnis hieß er bei allen Larmwar. Sie hielten nichts von der Sache mit Laval.

Aber das ist eine andere Geschichte, Mädchen. Wir müssen Gandhi begraben, nicht wahr.»

28

«Das Graben war nicht leicht. Es war klebriger, zäher Schlamm, obwohl der Sandstrand nicht weit entfernt lag. Die *pyos* der vier Grabenden waren ständig schlammdurchtränkt.

In fünfzehn Zentimetern Tiefe, lächerlichen fünfzehn Zentimetern Tiefe stießen sie auf Wasser. Und so gruben sie, gruben und gruben, hievten Körbe voll Schlamm heraus, zwei Männer in dem Loch, zwei draußen. Und dann sanken die Seitenwände ein und bescherten ihnen noch mehr Schlamm. Sie schufteten weiter, als hätten sie den Augiasstall zu reinigen. Was blieb ihnen schon übrig?

Die zwei Männer draußen zogen die beiden anderen aus dem Loch, damit sie sich im Schatten ausruhen und danach die Posten wechseln konnten. Sie schauten rundherum zu den Flecken, wo normalerweise Schatten war. Für gewöhnlich gab es in jeder Richtung Schatten. Kein Blatt mehr da zum Schattenspenden. Alle Bäume nackt und bloß. Standen da wie verkrüppelte Soldaten nach einem Krieg.

Die Männer gruben, bis sie zehn Zentimeter tief im Wasser standen, in einem Loch, das immer noch erst fünfzehn Zentimeter in die Erde hineinreichte.

Der Regen setzte ein, strömte auf sie herab und drohte, auch noch die letzten fünfzehn Zentimeter zu füllen, und als die Sonne herauskam, brannte sie sich wie bösartiges Feuer in das Fleisch der beiden Männer, die oben standen, die Schlammkörbe herauszogen und neben dem Loch einen halbherzigen Hügel von flüssigem Schlamm aufhäuften.

‹Die Sonne steht heute niedrig am Himmel›, sagte der eine.

‹Allerdings.›

‹Es ist wie bei der Überschwemmung, als Pulmanias Kuh starb und wir sie weder heben noch begraben noch sonstwas konnten.

Mußten zwölf Männer holen, um sie im strömenden Regen zu den Klippen von Kolonnday zu tragen und von da runterzuwerfen.›

‹Pulmania konnte sieben Tage lang nicht aufhören zu weinen.›

‹Arme Luxmi.›

‹Armer Gandhi. Armer Tikay.›

‹Die können wir nicht über die Klippe werfen, hm? Das Meer hat sie schon einmal ausgespuckt.›

‹Die Haie werden Heißhunger haben, nach dem Zyklon.›

‹Ist das gut oder schlecht?›

‹Weiter kommen wir mit dem Graben nicht. Wir müssen sie beide hier begraben. In demselben Grab. Wie Zwillinge. Frag ihre Frauen, ob sie einverstanden sind.›

Natürlich, sagten sie.

‹Gesellschaft›, sagte Sheila, ‹Kamerad›, sagte sie und meinte damit, daß sie einander Freunde und Kameraden gewesen waren.

Die Polizei verlangte für Verbrennungen einen Totenschein von einem Arzt. Nicht einmal an sonnigen Tagen fanden Ärzte den Weg zu einem Ort wie Flikanflak, geschweige denn nach einem Zyklon. Außerdem hätten sie ein Vermögen dafür verlangt. Und niemand hatte einen Pfennig Geld. Noch dazu war die Straße blockiert. Also mußte es eine Beerdigung sein.

‹Jetzt haltet euch ran. Es wird Zeit, dringend Zeit›, sagte der älteste der Grabenden. Eines der wenigen Ereignisse in Flikanflak, für das die Wendung «beeilt euch, es wird Zeit» eine gewisse Bedeutung hatte, war eine Beerdigung.

Es wurde Zeit. Nicht nach der Uhr gemessen. Hier hatte niemand eine Uhr. Aber es wurde Zeit für einen Leichnam, beerdigt zu werden nach dem Zyklon. So war es immer danach. Es regte sich nicht der leiseste Hauch. Die Leichen würden in der schwülen Hitze, die sich wie eine erstickende Decke über Flikanflak gelegt hatte, zu verwesen beginnen, und die gärende Vegetation verströmte noch mehr Hitze. Es gab keinerlei Schatten, und zwischen den heftigen Regengüssen stach die Sonne herab wie ein glühendes Messer.

Und die Nachbarn hielten ihre eigene Zeremonie ab, luden weder Priester noch Pandit dazu, weil niemand Zeit oder auch nur Lust hatte, nach Banbu zu gehen und sie zu holen, und vermutlich wären sie sowieso nicht gekommen. Also hielten alle Nachbarn zusammen eine Zeremonie ab. Sie begannen damit, die beiden Leichen aus den Häusern zu schaffen, in denen sie gelegen hatten.

‹Unsere Häuser sind sowieso keine Häuser mehr›, sagte Sheila zu Tikays Frau.

Sie trugen sie in die *baitka*, die Ruine der von ihnen selbstgezimmerten Versammlungshalle, und schusterten sich dort aus verschiedenen Zeremonien etwas einigermaßen Passendes zusammen, wobei die Älteren in etwa die Richtung vorgaben, einige Debatten das Ganze unterbrachen und die Vorstellungen der alten Frauen gebührend berücksichtigt wurden.

Ich war nicht dabei, habe aber gehört, es sei das anständigste Begräbnis aller Zeiten gewesen. Jeder sagte das. So sollten Beerdigungen sein, sagten sie.

Nachbarn machten Särge aus Bambus wie für eine Einäscherung und bedeckten sie mit Muscheln und Tang, weil es keine Blumen mehr gab. Man konnte keine Särge aus Holz machen, es war alles vollgesogen mit Wasser. Sie beteten und sangen eine Mischung aus Gesängen und Gebeten, die sie früher gehört hatten.

Einer nach dem anderen hielt eine Rede über die beiden.

Sie mußten die Leichen mit Felsbrocken beschweren, banden sie Gandhi und Tikay um den Hals und um die Füße, nachdem sie die Socken zuvor an den Zehen zusammengeknotet hatten, und dann liefen die Seile durch das Bambusgeflecht.

Zum erstenmal in ihrem Leben trugen sie Socken, anläßlich ihrer Beerdigung in einem wäßrigen Grab.

Dann schaufelten die vier all den Schlamm, den sie herausgeholt hatten, zurück in das Wasserloch.

Sheila stand ein Stück entfernt mit Larmwar auf den Armen und sah zu. Wiederum hielt sie das Baby tief unten, als strebe sie fort von ihm.

Nachbarn kamen und rissen ihr die Armbänder und Ohrringe ab. Taten sie weg. Nun war sie eine Witwe.

Aber eines werde ich nie vergessen, Shy. Obwohl ich selbst nicht dort war. Aber sie haben es alle beschrieben. Und zwar die Fledermäuse. Flughunde. Tiere, die man bei Tag nie zu sehen bekommt, niemals, wenn man nicht genau aufpaßt. Höchstens sieht man einen mit dem Kopf nach unten schlafend in einem Banyan-Baum hängen. Aber nie sieht man sie umherfliegen.

An jenem Tag flogen sie umher, kreisten blindlings am Himmel. Am hellichten Tag. Langsam und absurd. Sie nahmen an der Beerdigung teil. ‹Eskorten›, sagten die Leute zögerlich. ‹Unfug›, erwiderten andere, ‹nur hungrig.› ‹Nein, sie sind verstört, völlig verstört›, meinten wieder andere. ‹Der Zyklon hat ihnen zugesetzt. Auf dem Boden liegt jede Menge zerquetschtes, faulendes Obst, das nur darauf wartet, von Fledermäusen gefressen zu werden. Es ist kein Hunger.›

Es geschieht nach Zyklonen, daß sie bei Tag umherfliegen. Ich weiß nicht warum. Aber bei jener Beerdigung waren sie zu Dutzenden da. Sie sähen aus wie verlorene Seelen, sagten die Leute.

Ein *konde*-Vogel beschloß mutterseelenallein, davonzuziehen. Einfach so. Sein schwarzer Federkamm ein wenig verstrubbelt, aber immer noch glänzend. Die roten Sprenkel in seinem Gefieder leicht zerzaust, aber immer noch leuchtend. Einer am Hals, der andere unter seinem Schwanz. Mitten während der Beerdigung sahen alle, wie er davonflog. Ein alter Mann schüttelte den Kopf, als wollte er sagen: ‹Was denn noch alles?› Sie sind keine Zugvögel. Er wußte es. Aber der Zyklon hatte diesen einen Vogel aufgerüttelt und irgendeine tiefe Sehnsucht in ihm geweckt. Er zog nordwärts über das Meer. Wurde kleiner und kleiner. Welcher uralte Instinkt war in ihm erwacht? Kleiner und kleiner. Und dann war er fort. *Fini.*»

29

Ich habe nicht nur meinen Schwiegervater in meinem eigenen Haus eingemauert und meine Geliebte Françoise in meinem eigenen Irrenhaus sondern ich habe auch noch etwas viel Schlimmeres getan vielleicht das Schlimmste überhaupt denn ich habe meine Mutter verkauft kann ein Mensch tiefer fallen ich bezweifle es um so mehr wenn ich bedenke wie ich sie verkauft habe es kam dazu als ich eines Tages einen kleinen Streit mit diesem widerlichen Polizisten hatte dem Freund von meinem Polizistenbruder und er sagte deine Mutter hat was mit dem Maurer und als ich sagte Quatsch und mein Polizistenbruder beinahe durchdrehte und drohte seinen Freund zusammenzuschlagen sagte er wir könnten jetzt gleich hingehen und sie sehen sie schaut in der Wohnsiedlung bei einer Freundin des Maurers Fernsehen und mein Bruder und ich fuhren in einem Polizeijeep los in heller Empörung daß irgendwer so etwas von unserer eigenen vollkommenen Mutter behauptete eine Witwe und alles und als wir zu dem besagten Haus in der Wohnsiedlung kamen und hineingingen war sie da und unterhielt sich mit dem Maurer namens Toni der wie jeder weiß ein sehr netter Mensch ist wenn auch ein bißchen locker im Umgang mit Damen und ich und mein Bruder wurden völlig rasend und begannen auf den Maurer einzuschlagen und prügelten und prügelten bis er ohnmächtig wurde und meine Mutter weinte und flehte und wir beschimpften sie und als er dem Tode nahe war ging mein Bruder zum Jeep und holte seine Handschellen und legte sie Toni an und setzte dem Kerl seinen Polizeirevolver an die Kehle und zwängte ihn in den Jeep und sagte wenn er um Hilfe riefe sei es aus mit ihm und nun ab zum Staubecken in Gottes Namen und ich kriegte plötzlich Bedenken und sagte bringen wir ihn lieber zur Polizeistation womit er einverstanden war also brachten wir ihn hin und ließen ihn bei den Polizisten in Plezans die ihn schließlich laufenließen aber keine Aussage von ihm aufnahmen weil mein Bruder ein Bulle ist aber am nächsten Tag ging Toni hin und ließ sich von einem Arzt der Gesundheitsbehörde ein Attest ausschreiben und wurde in die Klinik geschickt weil er fast ein Auge verloren hätte und er machte eine Aussage bei der Polizei und sie mußten sie aufnehmen und das gleiche tat die Freundin die meine Mutter zum Fernsehschauen besucht hatte auch sie machte eine Aussage und die Polizei mußte ihr nachgehen und eine Anklage wegen Entführung und Mordversuch und Gott weiß was nicht noch allem in die Wege leiten und Hosenally kam zu mir und sagte er habe gehört natürlich nur gerüchteweise daß ich von meinem Posten als Facharzt am Brown-Sequard-Hospital entbunden würde und mein Bruder hörte daß er von seinem Posten als Polizeichef entbunden würde und wir würden unsere Arbeit verlieren und ins Gefängnis kommen und mittlerweile wußte jeder daß meine Mutter etwas mit dem Maurer gehabt hatte und daß ich und mein Bruder ihn beinahe umgebracht hätten und er hat eine Menge Brüder und Freunde die wußten daß wir im Unrecht waren und was mit meiner Mutter ist geht nur sie etwas an und da bekam ich wirklich Angst und beschloß mich aus der Affäre zu ziehen und brachte ein paar einflußreiche Freunde zusammen und suchte mit meinem Bruder den Maurer Toni auf und bot ihm zwanzigtausend Rupien damit er seine Aussage abänderte und er weigerte sich und sagte nichts würde ihn dazu bringen aber wir drohten ihn über seine Frau und die beiden Kinder zu erpressen und erinnerten ihn daran daß er ein einfacher Maurer es bei uns mit einem Polizeichef und einem Spezialisten zu tun hätte und er sich keine Illusionen machen solle wer gewinnen würde wenn es darauf ankam und daß wir gute Anwälte öffentliche Ankläger nehmen und davonkommen würden und danach würden wir ihn wegen Falschaussage belangen und schließlich war er einverstanden seine Aussage zu ändern etwas was man eigentlich gar nicht kann wovon man aber doch manchmal hört und wozu mein Bruder und ich ihn brachten und er änderte sie im Austausch für gute fünfundzwanzigtausend und so tief bin ich gesunken auch im Austausch für meine Mutter die er haben konnte so sagten wir wenn er nur seine Aussage zurücknahm obwohl sie mittlerweile niemanden mehr sehen wollte vor allem nicht den Maurer aus Angst er würde getötet und ihre Söhne landeten im Gefängnis oder am Galgen und dann nachdem ich sie im Austausch für meinen Posten und meine Rettung vor einer drohenden Gefängnisstrafe verkauft hatte mauerte sie sich in ihrem eigenen Haus ein weigerte sich irgendeinen ihrer Söhne zu sehen und sagte hätte sie doch Töchter gehabt Töchter sind ein Segen und dergleichen den ganzen Tag lang und nur Frauen wurden in ihr Haus eingelassen und noch immer steht eine Mauer zwischen ihr und mir und ich weiß daß ich sie erst wiedersehen werde wenn ich sie als Leichnam auf meiner Schulter hinunter zum Verbrennungsplatz trage

30

«Die Gefängnisinsassen von Bo Basin hatten von dem Streik gehört. Auf jeden Fall hatte Larmwar ihnen davon erzählt. Mein Raffick war auch drin. Wegen ähnlicher Anschuldigungen wie bei Larmwar.

‹Wir wollen auch einen›, entschieden sie. Einen Streik meinten sie natürlich, diese Gefangenen. ‹Warum sollen wir keinen haben. Unsere Lage ist schlimm, viel schlimmer als die von anderen.›

‹Das Brot ist miserabel. Die Rationen reichen vorne und hinten nicht. Das Geld, das wir pro Tag kriegen, entspricht längst nicht mehr den gestiegenen Kosten.›

‹Unsere Sträflingskleidung paßt nicht richtig.›

‹Diese Zigaretten Ihrer Majestät schmecken lausig.›

‹Letzte Woche haben sie jedem von uns nur eine Banane für drei Tage gegeben statt wie üblich zwei Bananen.›

›Wir wollen im Gefängnis lesen und schreiben lernen. Warum sollen wir unwissend bleiben.›

‹Wir wollen Rehabilitation. Genug mit diesen altmodischen Strafen um des Strafens willen. Wir sind nicht schlechter als die draußen.›

‹Warum sollen wir vor sadistischen Gefängniswächtern kuschen?›

‹Warum sollen wir uns den sadistischen Gefangenen unterwerfen, die bei den Wächtern gut angeschrieben sind?›

Die Gefangenen, die sonst ihre Mithäftlinge in der Hand hatten, begannen an Boden zu verlieren. Die Wächter, welche die Gefangenen in der Hand hatten, begannen ebenfalls an Boden zu verlieren. Es fing ganz unmerklich an. Die Machtverteilung im Gefängnis verschob sich, zunächst kaum wahrnehmbar.

Und dann schien es mit einemmal, als seien sie bereit.

Larmwar und fünfhundert weitere Gefangene traten in Streik. Sie verweigerten die Morgenmahlzeit. Mitsamt den Bananen. Dann griffen sie zu den Waffen.

Sie brachen die Werkstatt auf, brachten mit Werkzeugen und hölzernen Tischbeinen alle diensttuenden Wächter in ihre Gewalt und schafften sie als Geiseln auf das Gefängnisdach. Die Gefangenen übernahmen das Regiment. Sie verhandelten per Telefon aus den Büros der Wächter.

Die restlichen vierhundert Gefangenen entschlossen sich zu fliehen; ihre Sträflingsuniformen tauschten sie gegen normale Kleidung von Leuten, die in den Häuserblocks rund um das Gefängnis wohnten und es für richtig hielten, ihnen die Kleider zu geben. Fast jeder gab ihnen etwas zum Anziehen. Mein Cousin hat immer noch ein eingetauschtes Sträflingshemd von damals.

Nachdem die Gefängniswächter überwältigt und als Geiseln genommen worden waren (die Gefangenen erlaubten ihnen, sich in Schichten abzuwechseln), kam die Bereitschaftspolizei zum Einsatz.

Diese Geschichte ist wahr. Ich habe sie nicht nur von Larmwar gehört, sondern auch von meinem Raffick, der ebenfalls mit dabei war.

‹Ihr stellt euch auf die eine Seite des Durchgangs beim Gefängnistor›, wies Larmwar zehn kräftige Mithäftlinge an, ‹und wir übernehmen die andere Seite. Du mußt mir meine schwache Hand ersetzen, Raffick.›

Das Gefängnis von Bo Basin hat einen riesigen Eingang, fast ein Portal, könnte man sagen. Eines von diesen gigantischen Toren mit einer kleinen Tür darin, durch die man schnell hinein und hinaus gelangen kann. Und in dieser Tür ist eine Art Guckloch zum Nachschauen, bevor man die Tür oder gar das ganze Tor aufmacht. Öffnet man aber das riesige Tor, findet man sich in einem Durchgang von sieben Meter Länge und fünf Meter Breite wieder, so hoch wie das gesamte Tor, also sieben Meter. Und am Ende dieses gewaltigen Ganges, durch den riesige Lastwagen fahren konnten, warteten die Gefangenen darauf, die Bereitschaftspolizei aus dem Hinterhalt zu attackieren.

Ihre Waffen waren Tischbeine aus der aufgebrochenen Werkstatt. Und sie warteten. Jeder schlagbereit mit einem schweren Tischbein.

Sie hörten Sergeant Marlait, einen großen feisten Mann mit dröhnender Stimme, ‹Zum Angriff!› brüllen. Die erste Welle der Bereitschaftspolizei ergoß sich durch das Portal. Vor sich hielten sie mit der Linken ihre handgefertigten Korbschilde, wie jene Schildpanzer, die die Römer zur Zeit von Julius Caesar benutzten und die man im Fernsehen sieht. Und in der Rechten hielten sie einen Knüppel, um damit die Gefangenen zu verprügeln.

So griffen sie also an.

Und als sie, mit entblößten Nacken, an Larmwars beiden Mannschaften mit ihren gezückten Tischbeinen vorbeistürmten, versetzten die Gefangenen einem jeden von ihnen mit den Tischbeinen einen urmächtigen Hieb auf den Hinterkopf.

Dann hörte Larmwar Sergeant Marlait zum zweitenmal befehlen: ‹Angriff!›

Die erste Gruppe der Bereitschaftspolizei, von der vollen Wucht der Tischbeine getroffen und in einem wilden Durcheinander aus Männern, Korbschilden und Schlagstöcken zu Boden gegangen, rappelte sich auf, schnappte Schilde und Stöcke und stürmte zurück durch die Passage Richtung Tor, die Schilde vorschriftsmäßig vor sich haltend.

Die zweite Gruppe, ebenfalls die Schilde zum Angriff vor dem Gesicht, erkannte nicht, daß die erste Gruppe den Rückzug angetreten hatte, und jene wiederum sah nicht, daß die zweite Gruppe auf sie zustürmte.

Sie trafen genau in der Mitte des Durchgangs aufeinander.

Beide Gruppen der Bereitschaftspolizei hatten es eilig und knallten daher in vollem Schwung aufeinander, was dazu führte, daß sie allesamt einigermaßen benommen zu Boden gingen und sieben von ihnen relativ schwere Verletzungen davontrugen.

Im Büro des Gefängnisdirektors klingelte das Telefon. Larmwar schlenderte hin und nahm ab.

‹Hallo, hier spricht Laval Larmwar, kann ich Ihnen helfen?

Oh, von der Zeitung ‚Le Mauricien'? Aber natürlich können wir eine Erklärung abgeben.

Alles ist unter Kontrolle.

Ja, wir sind alle bei guter Gesundheit. Wie geplant werden neue Wächter die augenblickliche Schicht ablösen.

Ich habe eine Erklärung abzugeben.

Soeben haben wir einen Sieg über die Bereitschaftspolizei unter Führung von Sergeant Marlait errungen.› Er hängte auf.

Natürlich wurde die Armee eingesetzt. Sie versprühte eimerweise Tränengas und trieb Larmwar, Raffick und alle anderen Meuterer heraus. Kotzten sich die Stiefel voll, so viel Tränengas war es.

Es wurde die Große Gefängnismeuterei genannt. Heißt bis heute so, Mädchen, wahrscheinlich hast du noch nie davon gehört. Doch, sagst du?

So kam er, Larmwar, zu seiner kaputten Achillessehne. Die Gefängniswächter mußten Rache üben. Sie legten ihn auf den Bauch und schlugen von hinten auf seine Knöchel, bis die Achillessehne am linken Fuß hinüber war. Schlugen ihn zusammen. Sperrten ihn in Einzelhaft. Bei Brot und Wasser. Monatelang. Deswegen geht er wie eine zerbrochene Marionette, zieht den linken Fuß ganz leicht nach. Rennen konnte er danach nicht mehr. Manche Wächter rächten sich noch und noch, drehten völlig durch. Sie vergewaltigten Gefangene und überließen sie sadistischen Mitgefangenen zu weiteren Vergewaltigungen.

Einer der entflohenen Häftlinge, der auf seinen Prozeß wartete, stellte sich der Polizei und wurde totgeschlagen. Man hetzte Hunde auf ihn. Die ihm die Eier zerfleischten. Die Kripo prügelte ihn zu Tode. Der Untersuchungsbericht wurde nie veröffentlicht. Larmwar war Zeuge. Er hat es niemals vergessen. Bis heute nicht. Und bis heute hat die Kripo es auf ihn abgesehen. Seine Achillessehne zu ruinieren war nicht genug. So lange er lebt, ist er eine Gefahr für sie.

Aber es bedeutete ein weiteres Mal für Larmwar. Sein verätztes Gesicht. Sein unsteter Blick. Seine schlaffe rechte Hand. Und nun das Fußnachziehen. Wie eine kaputte Marionette.

Doch er hatte sich immer noch seine Würde bewahrt. Das neue Mal ließ ihn nur noch würdiger wirken. Neben ihm wirkte der Gang der anderen grundfalsch. Es war, als müsse jeder Mensch mit Selbstachtung einen Fuß nachziehen, wie er es tat.

Im Gefängnis wurde seine Art zu gehen die große Mode.»

31

«Als Sheila seit etwas mehr als zwei Jahren Witwe war, und Larmwar demnach knapp über zwei Jahre alt, bekam ich eine Einladung nach Flikanflak. Zu einem Frauenfest. Du mußt kommen, Fatma, sagte Sheila. ‹*Mo pe apel twa.*›

Ich warf meinen *horni* um die Schultern, sagte dem Alten und den Kindern Bescheid, nahm meine Zigaretten und einen Viertelliter Goodwill-Rum sowie zwei Pfund Kartoffeln mit und ging quer durch Por Lwi zur Bahnstation Victorya. Erwischte gerade noch den Zug nach Risle, wo ich umsteigen mußte, und dann ging es bis nach Welcome; der Zug fuhr weiter nach Tamarin, und ich ging die letzten ein, zwei Meilen zu Fuß bis Flikanflak.

Kleine Paraffinlampen erleuchteten das ganze Haus mit ihrem kreisrunden Lichtschein. Dasselbe Haus, das fortgeweht und unterspült gewesen war, erschien nun durch die zehn winzigen brennenden Lichter völlig verwandelt. Nachbarn hatten Lampen mitgebracht. Jeder Lichtkreis erhellte die verklärten Gesichter von stillen, schönen Frauen. Ich hatte meine Gummischlappen am Eingang gelassen, bei vier Paar anderen. Die meisten Frauen gingen barfuß, deswegen lag kein ganzes Sortiment von Sandalen da.

Ich fühlte, wie sich eine Bürde von meinen Schultern hob, als ich auf der Schwelle stand. Warf die Last ab. Bevor ich noch hineinging. Friede unter Frauen. Friede. *Shanti.* Junge Mädchen nahmen mir die zwei Pfund Kartoffeln ab und brachten sie als Nachschub zu ihrer Brigade von Kartoffelschälerinnen. Den Viertelliter Rum gab ich der Nachbarin, die bei der Entbindung geholfen hatte und an diesem Abend offensichtlich für die Verteilung zuständig war.

Sheila zog mich in den *godon*, einen Nebenraum, der von der Veranda abging; wir setzten uns aufs Bett und schoben fünf schlafende Kinder, zugedeckt mit ausgeblichenen Laken und Stoffetzen, beiseite. Sie gab mir ein Kleid für den Abend, damit ich das gute Gewand, in dem ich gekommen war, noch für die Heimfahrt benutzen konnte.

‹Es gehört Pulwantee. Sie hat deine Figur und wollte es dir leihen. Deinen *tchus* kannst du anlassen.

Ruf Larmwar›, sagte sie zu einer Frau bei der Tür.

Obwohl erst zwei, war er doch schon ein hübscher Kerl. Er kletterte wieselflink auf meinen Schoß, als erinnerte er sich an mich. ‹Mein Kleiner, mein Kleiner›, sagte ich und wiegte ihn hin und her.

‹Bolom Ledan lebt jetzt mit mir. Du hast sicher von unserer *menaz* gehört. Heute abend ist er natürlich nicht hier. Er ist ein guter Mann. Und er liebt Larmwar.›

Wir gingen hinein.

‹Namaste›, sagte ich und küßte alle anwesenden Frauen auf den Mund, wie es Brauch war.

Friedvolle Wärme und Unterhaltung. Kein Hauch von Furcht. Keine Spur von Rivalität. Weiche Baumwollsaris, abgetragen und ausgebleicht, um die Taille festgesteckt.

So war es, bevor Männer uns beherrschten, Shy, so war es in vergangenen Zeiten, vielleicht vor fünftausend Jahren. Wir bewahrten eine Erinnerung an Vergangenes, wir weigerten uns, alles zerstört zu sehen. Wir bewahrten uns jene Nächte voll Frieden und Liebe. Jeder von uns wurde ein Ganzes, nicht ein Bruchstück aus verschiedenen Teilen. Wir Frauen. Wir haben nie ganz aufgegeben. Wir hielten den Funken unseres Frauseins und unserer Menschlichkeit am Leben, durch Jahrtausende von Unterdrückung. Warteten, daß wieder gute Zeiten anbrechen würden. Hüteten die Glut. Immer weiter. Auch du, Mädchen.

Sheila war der Mittelpunkt, obwohl sie weder arbeitete noch tanzte oder sang. Sie genoß einfach. Glühte vor Freude. Das weiche Licht ließ sie aussehen wie ein junges Mädchen.

Sie hatte nichts Gekünsteltes an sich. Keine der Frauen hatte das in jener Nacht. Schienen es nie gehabt zu haben. Schienen dazu überhaupt nicht imstande zu sein.

Ich erkannte die Frauen, die mir so vertraut waren, nicht mehr wieder. Sie waren zutiefst verwandelt zu Schönheit und Frieden.

Alle saßen am Boden, dicht beieinander, berührten sich. Mit weichem Gesichtsausdruck. Redeten. Lächelten.

Dann griff eine alte *mawsi*, eine Tante mütterlicherseits, langsam zur *dolok*, spannte einen nach dem anderen die Stränge, mit denen das Fell an den Seiten befestigt war, straffte das Fell beiderseits der ausgehöhlten Trommel, rieb es mit Harz ein und klopfte auf den Rand, um den Klang zu prüfen. Links von ihr griff eine weitere *mawsi* zu einem Paar winziger Zimbeln, *jal* genannt. Zwei *didi*, große Schwestern, nahmen jeweils eine *lota*, ein Bronzegefäß, und eine silberne Gabel. Mit der Gewißheit jahrhundertealter, wenn nicht jahrtausendealter Erfahrung. Sie sahen oft zu Sheila hin, wechselten tiefe Blicke mit ihr.

Die ersten Stücke waren formell. Vielleicht selbstgedichtete religiöse Gesänge. Ein Lied. Eine Pause zum Unterhalten. Ein Lied. Wieder eine Pause. Bis dahin war nur gesungen worden.

‹Kowlawtee, du sollst es sein.›

Sie stand auf. Oder sollte ich lieber sagen, sie erhob sich. Ich kannte sie. Die geknechtetste Frau, die ich je gesehen habe. Ich hatte stets geglaubt, ihr Geist sei gebrochen, gebrochen vor langer, langer Zeit. Sie wurde geschlagen. Böse geschlagen von ihrem Mann. Er war ein Trunkenbold. Und dazu war sie mit Armut geschlagen. Die Armut zwang sie zu Boden. Sie wirkte immer verzagt. Den Blick auf den Dorfpfad gesenkt. Hängende Schultern. Schwerer Gang. Ungepflegt. Für mich hatte sie stets etwas Verzweifeltes an sich. Herumgestoßen von der Geschichte.

Die Verkörperung, Shy, der Unterdrückung der Frauen. Unserer Unterdrückung. Deiner und meiner. Ich mag Wörter wie Unterdrückung nicht. Aber Unterdrückung ist Unterdrückung. Hat keinen Sinn zu sagen, das ist zu abstrakt. Es ist so konkret wie nur was.

Und es war nicht nur Kowlawtee. Manchmal, wenn ich sie zum Grasholen gehen sah, scheute ich mich, sie anzuschauen, weil ich mich selbst in ihr sah. Auch ich wurde von ihm geschlagen. Du weißt das, Shy. Auch ich war mit Armut geschlagen. Meine Schultern und meine Augen fühlten sich an wie die von Kowlawtee. Ich spürte die Verzweiflung, die sie verströmte.

‹Kowlawtee›, sagten sie, ‹du sollst es sein. Gib uns die Ehre mit dem ersten Tanz, dem Eingangstanz. Widme ihn dem Geist des Tanzes. Der Muse. Rufe die Muse an.›

Als sie aufstand, wirkte sie plötzlich groß und anmutig. Stille breitete sich aus. Sie wartete auf den richtigen Augenblick, um zu beginnen. Die anwesenden Frauen ließen keinen Blick von ihr. Regungslos stand sie da.

Mit einer raschen, weit ausholenden Gebärde ließ sie ihren rechten Arm durch die Luft wirbeln, wie ein Meeresvogel, und schwang ihn weit, in großer Geste rundherum und hinunter bis zu ihrer nackten linken Fußsohle. Und ohne im Schwung innezuhalten, richtete sie sich wieder auf, eine Schöpferin, wie alle Frauen es sind. Nun bereit zu tanzen. Mit dem Stolz eines wilden Tiers. Die Muse ihrem Willen unterwerfend.

Sie begann den Tanz für alle Frauen.

Mit Leichtigkeit.

Mit Zartheit.

Mit Gewißheit.

Eine Frau.

Der Inbegriff von Frau.

Langsam begann sie sich zu bewegen. Sie folgte dem Schlag der *dolok*. Etwas Sanftes wohnte ihr inne. Sie antwortete auf die Worte des Liedes. Blickte ins Leere und dann direkt in die Augen der Frauen mit den Instrumenten. Bewegte sich dabei unabläs- sig.

Der Tanz kam allmählich in Schwung.

Sie drehte und bewegte sich, drehte und bewegte sich.

Sie wirbelte herum und bewegte sich, wirbelte herum und bewegte sich.

Die Musikerinnen antworteten. Die Musik schwoll an. Und der Tanz gewann an Stärke.

Sie wurde langsamer, rührte sich kaum noch, als die Musik zum Gedicht wurde, und wartete auf den magischen Augenblick, jenen Bruchteil einer Sekunde, in dem, als käme die Muse wie ein Blitz aus heiterem Himmel herab, die Musik wieder aus dem Gedicht hervorbrach und der Tanz von neuem begann. Ein Auflachen, verkörpert in einem wilden Ausbruch von Tanz.

Sängerinnen, Musikerinnen und Tänzerin wurden eins.

Alle Frauen ganz darin gefangen.

Hände begannen präzise im Takt der Trommel zu klatschen. Das schönste aller Instrumente, Klatschen. So reich an Möglichkeiten. So voller Geist.

Die Blicke feuerten die Tänzerin, die Sängerinnen, die Musikerinnen an.

‹*Fam.*› Frau, Frauen – es bedeutet beides. Für mich bedeutet es alles, Shy. ‹Fam›, die Tänzerin, ‹fam›, die Sängerin, ‹fam›, die Musikerin, ‹fam›, die Schöpferin.

Im Anfang gab es kein Leben.

Dann entstand das Leben.

‹*Fam*› – bedeuten wir das Leben?

Als das Lied zu Ende war, blieb sie stehen. Aufrecht stehen, muß ich sagen. Kowlawtee. Ihr verhärmtes Gesicht strahlte. Du weißt nicht, was ein Glorienschein ist, bis du den Tanz gesehen hast, Shy. Ihr geduckter Körper war völlig verwandelt. Kannst du von Anmut sprechen, ohne den Tanz gesehen zu haben, Shy? Ihr gebrochener Geist war wiedererstanden. Kann der menschliche Geist überhaupt je gebrochen werden, selbst nach fünftausend Jahren Unterdrückung? Ihr Innerstes befreite sich in jener Nacht aus der Isolation, verschmolz zur Einheit mit allen Frauen. Können wir je für immer auseinandergerissen werden?

Für das nächste Lied, das mit einer Solostimme begann, stellte sich Fia neben Kowlawtee. So war es, und so mußte es wohl sein. Daß Fia sich zum Tanz erhob.

So anmutig wie Kowlawtee.

Als der Trommelschlag einsetzte, wiederum in jenem Bruchteil einer Sekunde, da die Musik den Gesang ablöst, schwangen die beiden, wie im Innersten vereint, ihre Röcke hoch durch die Luft, als machtvoller Beginn des Tanzes.

Tanzten füreinander, tanzten für die Musikerinnen, für die

Frauen, die so dicht bei ihnen am Boden saßen und zu ihnen aufschauten. Tanzten für Sheila. Tanzten für den Kleinen, Larmwar, der geboren wurde, als sein Vater starb. Tanzten für das Leben, das auf den Tod folgte, tanzten für die Schönheit, die Häßlichkeit besiegt, tanzten für die Einheit aller Lebewesen.

Die Trommlerin liebkoste die *dolok*. Hielt sie innig umfaßt. Gab sie dann an die Frau neben sich weiter. Auch sie liebkoste die Trommel. Voll aufmerksamer Zärtlichkeit. Und begann zu singen, leise, kaum vernehmlich bei der allgemeinen gedämpften Unterhaltung.

Dann legte die Trommel los. Ein wilder, lauter, donnernder Schlag brach aus ihr hervor wie aus dem Mittelpunkt der Erde. Die beiden Frauen tanzten mit ruhigem, entschlossenem Schwung. Doch als die nächste langsame Sprecheinlage folgte, riefen Kowlawtee und Fia, nur mit einem Blick, drei weitere Frauen zu sich.

Die sich ihrerseits erhoben.

Ruhe.

Völliger Friede.

Auf ihren Gesichtern.

Mit jedem Nerv auf die Musikerinnen lauschend. Auch sie waren Musikerinnen. Wir alle waren es. Konzentrierten uns auf die Musikerinnen.

Bis der weithallende Trommelschlag zum zweitenmal zu erdröhnen begann.

Unter fünf wirbelnden Röcken hervor drang der göttliche Duft der Frauen hinaus ins Freie.

Dieser Geruch nach fruchtbarer Erde flößte allen Frauen mehr Selbstgewißheit, mehr Vertrauen, mehr Liebe ein. Dieser Geruch verbannte alles Kleinliche. Alle Rivalität. Verbannte Brutalität und Demütigung. Dieser Geruch ist der Ursprung alles unschuldigen menschlichen Lebens. Wie Larmwars.

Nach der nächsten Folge von Tänzen servierten die jungen Mädchen puren Rum in kleinen Gläsern. Jede Frau kippte ihn in einer Bewegung hinunter. Zigaretten wurden herumgereicht. Die alten Frauen rauchten. Die jüngeren nicht. Die Alten kauten auch Betel. Allen wurden Kartoffelchips und *gato pima* angeboten, würzige Kuchen aus Linsen und Chili. Kinder schliefen im Schoß von Frauen. Manche bei ihrer eigenen Mutter. Andere einfach bei irgendeiner Mutter.

Natürlich habe ich mitgetanzt, wie kannst du nur fragen?

Ich tanzte die ganze Nacht. Der wunderbare Duft der Frauen, immer wieder während unserer Runden verströmt, machte den Abend vollkommen.

Die Frauen gingen um fünf Uhr morgens, um sich für die Arbeit in den Zuckerrohrfeldern umzuziehen. Ich machte Tee für Sheila und richtete ihr eine *farata* für das Frühstück bei Welcome her.

Ja, mittlerweile paßte Sheila den Mann mit dem kleinen Notizbuch ab, der wochenweise Arbeit vergab. In dieser Woche mußte sie Unkraut jäten.

Natürlich war sie nicht müde. Ich auch nicht. Keine von uns. Frauenfeste sind entspannender und erholsamer als Schlaf. Du machst eine Nacht durch und fühlst dich besser als sonst. Das ist Tatsache, Shy.

‹Sie ist zur Arbeit gegangen? Welcome weiß nichts von euren Frauenfesten. Ihr habt ja kein Auge zugetan. Na egal, heute ist es sowieso nur ein halber Tag. Samstag.›

Bolom Ledan oder Alter Mann Zahn, wie er genannt wurde, nicht ihr angetrauter, einfach nur ihr neuer Mann, hatte erwartet, mich vorzufinden. Er stellte sich nicht förmlich vor. Stellte sich überhaupt nicht vor. Bevor er sprach, hatte er mich nur lange und ruhig gemustert. Mich unter die Lupe genommen.

‹Nein, wir haben kein Auge zugetan. Ich habe ihr eine *farata* gemacht, für die Arbeit. Die wird sie bis Mittag bei Kräften halten. Und ich habe ihr einen starken Tee gebraut›, fügte ich hinzu.

Zwischen uns herrschte einvernehmliches Schweigen.

Kannst du gute *faratas* machen, Shy? Ich gebe dir ein paar Tips. Nimm ein Pfund einfaches weißes Mehl, gib eine Prise Salz und einen halben Teelöffel Zucker dazu. Verarbeite das Mehl mit warmem Wasser und einem Teelöffel Öl zu einem glatten Teig. Knete den Teig weiter durch, bis er so weich wie nur möglich ist, ohne dabei an deinen Händen zu kleben. Das ist *farata*-Teig. Weich und glatt.

Dann machst du eine lange, dicke Rolle daraus und teilst sie in etwa sechs Stücke. Forme jedes in der Hand rund. Klopf es flach. Und dann rollst du jedes Stück so aus:

Mit einem Nudelholz zu einem Kreis von etwa achtzehn Zentimeter Durchmesser ausrollen, dabei zwischendurch immer wieder vom Untergrund lösen und versetzt hinlegen. Dann die Oberseite dünn mit Öl bestreichen. Ein Drittel des Teigs über das mittlere Drittel legen, die trockene Oberfläche mit Öl bestreichen, dann das letzte Drittel über die beiden anderen legen und mit Öl bestreichen. Dann dieses lange Gebilde wiederum dreifach zusammenlegen und alle freien Stellen mit Öl bestreichen. Schließlich die vier Ecken des Quadrats mit den Fingern zusammendrücken und verschließen.

Das Ganze wieder ausrollen, und zwar vorsichtig wegen der verschiedenen Schichten von Teig und Öl.

Wenn du den Fladen auf das Backblech legst und er sich erhitzt, werden die Ölschichten im Inneren natürlich fürchterlich heiß und blähen das Gebäck auf, manchmal wie einen Ballon. Bestreich die Oberfläche mit warmem Öl, bevor du den Fladen umdrehst. Achte darauf, daß er lange genug bäckt. Nimm ihn vom Backblech, falte ihn zweimal zusammen, leg ihn zwischen eine Zeitung und schlage ein-, zweimal drauf, damit er zusammenfällt.

Serviere es mit Fleischcurry und Gemüse, iß mit den Fingern.

Heute abend machst du *faratas*, Mädchen!

Jedenfalls saß Alter Mann Zahn da und dachte nach, oder vielleicht saß er auch nur da, das war nicht ganz klar.

‹Larmwar?› fragte er.

‹Er schläft.›

Zwischen uns herrschte das Schweigen zweier Lebewesen, die sich miteinander wohl fühlen. Man muß nicht auf der Hut sein. Den anderen aus den Augenwinkeln beobachten. Stets auf dem Sprung. Die Nackenhaare gesträubt. Nichts von alledem war nötig.

‹Eine gute Frau›, sagte er.
‹Ja.›
‹Gute Frau.›
Nun nahm ich mir die Zeit, seine prachtvollen Hauer zu begutachten. Ich sah, warum er Alter Mann Zahn genannt wurde. Seine beiden riesigen, stumpfen Eckzähne ruhten wie zwei Spaten auf seiner Unterlippe. Immer. Sein ganzer Stolz. Die einzigen Zähne in seinem Mund. Sie ersetzten alle anderen.

‹Ich hab sie zu mir genommen›, sagte er, ‹hab sie zu mir genommen, nachdem sie so lange allein war nach Gandhis Tod. Eigentlich bin ich zu alt für sie. *Jayde*. Ich war nie verheiratet. Erst wohnten wir in meinem kleinen Haus, und dann zogen wir zurück hierher. Sie vermißt ihn immer noch, weißt du. Sie erzählt von dir. Von jener Nacht. Als Larmwar geboren wurde. Sie ist eine gute Frau.›

‹Und du ein guter Mann.›

Er war der zweite Vater deines Vaters, nach Gandhi und vor L'Ententé, dem dritten.

Nun fragst du also, warum er jetzt bei den Hafenarbeitern herumhängt, der Gebrochene Mann.

Er bekam eine längere Haftstrafe wegen der Meuterei, für die sie ihn verantwortlich machten.

Als er aus dem Portal des Gefängnisses von Bo Basin trat und auf den riesigen Durchgang zurückblickte, war sein Mal auf der einen Gesichtshälfte deutlich zu sehen, er zog den linken Fuß leicht nach, und seine rechte Hand steckte in der Tasche. Sein unsteter Blick war wieder da. Er traute der Welt draußen nicht.

Zu Recht.

Es war 1983. Und keine Arbeit zu kriegen.

Er fand sich wieder bei dem Bordell am unteren Ende der Muslim Cemetery Road ein.

Man bekam keine *gandya*-Joints mehr. Statt dessen mußte er einen Klecks braunen Zucker in Zellophanpapier rollen, anzünden und inhalieren.

So wurde er opiumsüchtig.

Das hinterließ das letzte Mal an ihm. Verlieh ihm einen matten, mutlosen, kleinlauten Ausdruck. Ich sehe ihn vor mir, wie er dasteht, an eine alte Steinmauer gelehnt, einen Fuß unter den Leib gezogen und an die Wand gestützt. Sich den Bauch hält. Und wartet. Immer nur wartet. Einfach wartet. Auf mehr braunen Zucker. Und der kostet eine Menge. Also ist er auf Schwarzhandel und Kleindiebstahl und Hehlerei verfallen. Verkauft das eine oder andere Mädchen stundenweise. Die Leute kennen ihn von dem Bordell an der Muslim Cemetery Road. Er drückt sich bei den Hafenarbeitern herum, in der Hoffnung auf Almosen. Sie geben ihm Geld, in Erinnerung an den großen Laval Larmwar. Auf daß er wiedergeboren werde.»

32

Ich
beäugte
den ungelösten
Knoten des Lebens
Ich
erspähte
das
Loch im
Himmel
das zur
Ewigkeit
führte
Ich sah
das Loch in der
Erde
das zum
Anfang
führte

Fayel und ich verabredeten uns beim Busbahnhof Kirpip. Jeder hatte eine Flasche Wasser und ein Brötchen dabei. «*Maron*» von der Arbeit. «Entlaufen», heißt das. Wieviel uns von der Sklaverei noch geblieben ist. So sehr viel. Wir nahmen den Bus nach Samuni.

Wir gingen zurück bis zum Beginn der Zeit.

Es war ein langer Weg über einen gewundenen Pfad hinauf bis zum Krater Basin Blan. Der Krater, wie all die Krater auf meinem Gesicht. Vergangene Ausbrüche. Auf dem Gesicht von.

Mutter Erde.

Schönheit.

Vom Rand des Kraters sah man die ganze Südküste, ihre Klippen und Riffe und Wellen, und die verschiedensten Farben, Blau, Türkis und Grün. Man sah das Meerufer. Grenzenlose Schönheit. Alles im Besitz der *tablisman*. Zuckerbarone konnten alles in Besitz nehmen.

Etwa die Hälfte des Kraters füllte ein riesiger Teich. Unbewegt wie der Beginn der Zeit. Genannt Basin Blan. Und von seinem Ufer bis hinauf zum Rand des Kraters wuchsen seltsame Pflanzen. Manche grau, manche grün. Flaschengrün, Olivgrün, Blaßgrün, Pastellgrün, Hellgrün, Dunkelgrün, Gelbgrün, Bräunlichgrün. Eigenartig sie alle und nicht wie andere Pflanzen. Die Bäume waren bizarr. Nicht nur waren ihre Gattungen andernorts unbekannt, sondern da sie in dieser Höhe jedem Zyklon schutzlos ausgeliefert waren, wirkten sie alle verkrüppelt und verzerrt. Die Farne waren fremdartig. Das Gras kein normales Gras. Das Moos von einer höchst ausgefallenen Sorte. Wir schritten über den Rand wie über die Grenze der Zeit. Hinein in den Krater.

Unbekannte Vogelrufe.

Winzige liebliche Blumen blühten zaghaft im verborgenen.

Welch wilder Ausbruch ungezügelter Wut und feuriger, geschmolzener Erde hat dies hervorgebracht? Diese zarte und einsame Schönheit?

Welch flüssiges Feuer brachte sodann das Land hervor, auf das schwerfällig die Fische aus dem Meer robbten?

Und aus dem das Leben entstand.

Und die Zivilisation erwuchs. Natur und Kultur, eng verknüpft und gegensätzlich.

33

Nach dem Kraterbrief schrieb sie nichts mehr so hörte ich es jedenfalls von Dr. Hosenally den ich jetzt Doktor nenne und nicht nur einfach Hosenally aus naheliegenden Gründen noch ließ sie sich weiter behandeln wie mir ebenfalls Dr. Hosenally erzählt wenn er mich hier zur Beratung aufsucht und ich wußte nicht einmal mit Sicherheit ob sie und Fatma bis zum Ende der Geschichte von Larmwar gekommen waren weil ich nur eine rätselhafte Bandaufnahme habe deren Niederschrift Sie lesen können und daß Shynee das Mädchen aus der Fabrik keine Briefe mehr schrieb und keine Beratungen mehr in Anspruch nahm lag entweder daran daß es ihr besserging oder sie wußte daß ich selbst im Gefängnis von Bo Basin war und es daher keinen Wert hatte mir weiter zu schreiben oder mich zu Konsultationen aufzusuchen oder vielleicht beides jedenfalls ist es wahr ich warte auf meinen Prozeß bin wieder in Bo Basin in Untersuchungshaft ohne Kaution und sitze in einer Zelle in dem Gefängnis nicht allzu weit entfernt von dem Hospital in Bo Basin in dem ich gearbeitet habe und an der Wand über meinem Bett ist der Name Larmwar in kunstvoller Schrift eingraviert besonders kunstvoll wenn man bedenkt daß er mit der linken Hand eingeritzt wurde denn seine rechte Hand war ja schon plattgefahren bevor er ins Gefängnis kam und während ich auf meinem Bett sitze und den Wascheimer betrachte denke ich daran daß die Anklagen gegen mich einiges auslassen denn sie wollen mich wegen Nötigung des Maurers Toni belangen und dann noch dafür daß ich ihn als Kronzeuge bestochen habe und damit den Lauf der Gerechtigkeit aufzuhalten versuchte aber in Wirklichkeit wäre dieser Lauf der Gerechtigkeit an mir vorbeigegangen wenn der Skandal um Françoise mich nicht öffentlich bloßgestellt hätte bei dem die Presse mir kein Pardon gewährte wie zu früheren korrupten Zeiten und wie sie es auch heute noch fast allen aus ihren gesellschaftlichen Kreisen gewährt und das obwohl Françoise Verwandte bei der Presse hat wenn sie auch wie ich schon sagte etwas zu dunkel für deren Geschmack war und obwohl meine Schwester mit einem Journalisten verheiratet ist aber er hat durch diese Heirat an Ansehen verloren und kaum war ich derart bloßgestellt worden folgten weitere Attacken und man beschuldigte mich den Maurer Toni für ein zwei Stunden genötigt und sodann den Lauf der Gerechtigkeit behindert zu haben weil der Fall bei der Polizei nämlich doch nicht abgelegt war obwohl Toni angeblich seine Aussage widerrufen hatte das heißt sie handelten vorschriftsmäßig aber was mich dabei fasziniert ist die Tatsache daß ich ungeschoren davonkomme dafür daß ich meinen Schwiegervater auf ewig der Freiheit beraubt habe ebenso wie meine Frau meine Geliebte und meine Mutter auf ewig der Freiheit beraubt und fortwährend dem Lauf jeder Form von Gerechtigkeit entgegengewirkt habe die sie hätte befreien oder mir förmlich die Schuld dafür hätte geben können

34

«Ist das das Ende, Fatma?»

«Schön, daß du endlich meinen guten Vanilletee mit Milch trinkst, Mädchen. Ja, es wird Zeit für das Ende. Geschichten haben Anfang, Mitte und Ende, Mädchen. Und im Ende liegt ein Anfang. Und wir sind stets in der Mitte. Aber es ist gerade noch Zeit für ein weiteres Rezept, Shy. Wer Großes im Sinn hat, muß das Kleine im Auge behalten.»

«Schau doch, dort.»

«Jetzt kommst du allmählich drauf. Das war ein grüner Blitz. Etwas ganz Kleines. Du hast es gesehen. Dann wirst du auch das Große im Auge behalten können. Sobald die Sonne ganz untergegangen ist, kannst du es wahrnehmen. Nur die Weisen sehen es. Vor langer Zeit glaubte man, es bedeute, daß die grünen Götter des Lebens die Herrschaft über den Himmel übernähmen. Damals erzählte man sich so einiges. Und das gehörte noch zu den netteren Dingen. Sie wußten auch, wie man Dhal zubereitet. Das will ich jetzt an dich weitergeben. Bringe Dhal mit Salz, etwas Gelbwurz und ein, zwei Stückchen Zimtstange zum Kochen. Nach einer Weile kleingeschnittenes *susu* hinzufügen. Das Geheimnis liegt in den Gewürzen. Erhitze Öl direkt über der Flamme in einem großen *kalchul* und lasse darin Zwiebeln langsam braun, ja fast schwarz werden. Ganz zum Schluß Knoblauch und Thymian zugeben und ebenfalls fast schwarz werden lassen. Dann das Ganze, mitsamt Öl und Gewürzen, zu dem gekochten Dhal geben, daß es zischt. Das Ende handelt von zwei verschiedenen Anfängen oder Mittelstücken.»

«Kann ich noch eine Tasse haben? Ich verstehe nicht, wovon du redest, Tante.»

«Hör zu. Mehr braucht es nicht am Ende. Hör zu. Wer will schon ein Ende verstehen. Nur zu, gieß dir noch etwas ein.

Gandhi und Tikay und der alte Fischer lehrten mich, was ich dir jetzt erzählen will. Hör nur zu. *Chup chap*. Es geht nicht um sie. Nicht darum, womit sie sich hätten retten können. Nein. Die Natur hat viele Gesichter. Was ich dir erzählen will, ist das, was wir Menschen, alle miteinander, wissen müssen.

Wenn das Meer aufgewühlt ist, nicht von einem Zyklon, der sich sinnlos wütend im Kreis dreht, sondern einfach nur aufgewühlt, wie die Zeiten, in denen wir jetzt leben, Mädchen, wenn der Durchlaß blockiert ist und du in einer Nußschale von Pirogge auf der anderen Seite des Riffs hockst, dann verfall nicht in Panik. Bleib gelassen. Halte die Augen offen. Jeder in der Pirogge bereitet sich auf den *richtigen Augenblick* vor. Dieser Augenblick im Meer, wie er genannt wird, kommt von selbst. Wir müssen nur bereit sein, Mädchen. Gib acht auf den richtigen Augenblick. *Vey lanbeli.* Geduld. Wachsamkeit. Halte die Pirogge bereit. Schöpf das Wasser heraus. Richte den Bug genau aus. Und wenn du den Augenblick kommen siehst, seine stille Schönheit erkennst, seine Aufforderung zum Handeln spürst, dann straffe die Segel und rudere wie verrückt. In diesem Augenblick gleitest du hindurch. In die Lagune.

Ein neuer Anfang. Das ist das Ende. Ein Ende.

Und dann gibt es andere Augenblicke im Meer. Manche Teile der Küste sind ganz von Korallenriffen umgeben. Dort, wo kein Süßwasser die Bildung von Korallen verhindert. Wie kommt man dort an Land?

In jedem Monat gibt es eine Springflut. Du mußt nur darauf warten, sie kommt mit dem Mond. Und bei jeder Springflut gibt es eine Welle, die die Korallen überspült, ganz und gar. Danach richtet sich die Höhe der Korallen. Wüchsen sie höher, würden sie sterben. In allen lebenden Korallen hat das Meer seinen Augenblick.

Also konzentrieren sich alle Fischer im Boot darauf, eine gute Stelle zu finden. Halten wiederum das Boot bereit. Richten es aus. Wiederum Geduld, Mädchen. Wachsamkeit. Darin liegt die Kunst. Und dann die Erkenntnis. Der richtige Augenblick rückt näher. Da kommt die Welle. Sieh, wie sie heranstürmt, viel höher als die anderen. Strafft die Segel. Rudert wie verrückt. Und wie ein Vehikel aus dem Innersten der Erde bringt die Welle, die einzig richtige Welle, dich über das Korallenriff an Land.

Ein neuer Anfang. Und das ist das Ende meiner Geschichte, Mädchen.

Ein neuer Anfang. Mit allen uralten Erfahrungen an Bord.»

Tania Blixen

«Jenseits von Afrika», der Film nach ihrem 1940 erschienenen Roman «Afrika – dunkel lockende Welt», hat **Tania Blixen** weltberühmt gemacht. Geboren wurde die Dänin Karen Christence Dinesen 1885 auf dem Familienbesitz Rungstedlund. Mit ihrem Ehemann, dem schwedischen Baron Bror Blixen, ging sie 1914 nach Kenia. Dort verliebte sie sich in den gutaussehenden Denys Finch-Hatton – ihre große Liebe, die tragisch endete. In Afrika entdeckte sie auch ihr literarisches Talent und begann zu schreiben. Tania Blixen starb im September 1962.

Schicksalsanekdoten
Erzählungen
(rororo 15421)
«Es ist eine kleine Kostbarkeit, die dem Leser da an die Hand gegeben wird. Es ist eine Lektüre, wie man sie selten findet ...» *Stuttgarter Zeitung*

Schatten wandern übers Gras
(rororo 13029)

Wintergeschichten
(rororo 15951)
«Jeder dieser Menschen – und das ist überhaupt das zentrale Thema dieser Dichterin – lebt mit einer tiefen Sehnsucht im Herzen, die sich fast nie erfüllt; sie sind auf der Suche nach ihrem Schicksal, nach ihrer Bestimmung, sie haben den Wunsch, sich selbst zu leben ...» *Frankfurter Allgemeine Zeitung*

rororo Literatur

Motto meines Lebens *Betrachtungen aus drei Jahrzehnten*
(rororo 13190)

Briefe aus Afrika *1914 –1931*
Herausgegeben von Frans Lasson
(rororo 13224)

Judith Thurman
Tania Blixen *Ihr Leben und Werk*
(rororo 13007)
«Eines der besten Bücher der letzten Jahre.» *Time*

«**Tania Blixen** ist eine verdammt viel bessere Schriftstellerin als sämtliche Schweden, die den Nobelpreis je bekommen haben.» *Ernest Hemingway* anläßlich seiner eigenen Verleihung des Nobelpreises für Literatur 1954.

Louise Erdrich

Philip Roth bezeichnete **Louise Erdrich**, deren Mutter eine Chippewa-Indianerin war, als «die interessanteste amerikanische Erzählerin seit langer Zeit». Louise Erdrich studierte Amerikanische Literatur und lebt heute als freie Schriftstellerin mit ihrem Mann, drei adoptierten und zwei eigenen Kindern in Northfield/ Minnesota.

Liebeszauber *Roman*
(rororo 12346)
«Abenteuerlust, Freiheitsdrang, Sinn für Komik, Phantasie und Freude am Spiel mit den Resten der indianischen Tradition. Diese Mischung macht den Roman schon nach wenigen Seiten unwiderstehlich.» *Neue Zürcher Zeitung*

Elisabeth Trissenaar liest aus Liebeszauber
Die größten Angler der Welt
2 Toncassetten im Schuber
(Literatur für KopfHörer 66013)

Die Rübenkönigin *Roman*
(rororo 12793)
«Ein wunderbares Buch – ursprünglich, ideenreich und sehr ergreifend.» *Vogue*

Spuren *Roman*
(rororo 13148)
Die schöne Indianerin Fleur ist der Zauberei mächtig, aber ihre Kraft reicht nicht aus, den Wald zu retten, in dem ihr Stamm lebt. Louise Erdrich erzählt, wie die einst so lebendige indianische Kultur am «American way of life» zugrunde ging.

rororo Literatur

Der Bingo-Palast *Roman*
Deutsch von Edith Nerke und Jürgen Bauer
336 Seiten. Gebunden und als rororo Band 13394
«Ein Roman wie eine Halluzination – knallbunt, verrückt und poetisch ... Eine amüsante, bittersüße Liebesgeschichte aus einer Welt zwischen mystischer Tradition und aufgeklärter Moderne.» *Cosmopolitan*

Michael Dorris / Louise Erdrich
Die Krone des Kolumbus
Roman
rororo 13366
Fast 500 Jahre nach der Ankunft Kolumbus' in Amerika findet die indianische Dozentin Vivian Twoster zwei alte Handschriften. Ein spannender Abenteuerroman über ein historisches Ereignis.

3219/4

Elfriede Jelinek

Mit kalter Schärfe analysiert **Elfriede Jelinek** die alltägliche Gewalt an Frauen. «Es gibt Dinge, die werden mir als Frau von den Kritikern nicht verziehen. Es gilt als einer Frau angemessen, hübsch intelligent, sparsam und sensibel zu schreiben. Aber ein Extremismus in der Schilderung wird mir als Frau nicht zugestanden.» Elfriede Jelinek wurde mehrfach für ihr Werk ausgezeichnet, unter anderem mit dem Heinrich-Böll-Preis 1986.

Die Ausgesperrten *Roman*
(rororo 5519)
«Es ist bemerkenswert, mit welchem Detailreichtum Elfriede Jelinek die Spielarten kleinbürgerlichen Verhaltens aufzeigt, präzise eingeschrieben in die Zeitgeschichte des österreichischen Wirtschaftswunders.» *FAZ*

Die Klavierspielerin *Roman*
(rororo 5812)
«Eine literarische Glanzleistung.» *Süddeutsche Zeitung*

R. Friedrich / U. Nyssen (Hg.)
Theaterstücke *Was geschah, nachdem Nora ihren Mann verlassen hat oder Stützen der Gesellschaft. Clara S. musikalische Tragödie. Burgtheater. Krankheit oder Moderne Frauen*
(rororo 12996)

Die Liebhaberinnen *Roman*
(rororo 12467)
«Bestechend an dieser Schriftstellerin ist die Genauigkeit und Schärfe, mit der sie in eine Welt falscher Glücksvorstellungen eindringt.» *FR*

3242/4

rororo Literatur

Die Kinder der Toten *Roman*
672 Seiten. Gebunden und als rororo 22161

Michael *Ein Jugendbuch für die Infantilgesellschaft*
(rororo 5880)
In Elfriede Jelineks Buch steht der Name Michael für einen ideologischen Misthaufen, auf dem einzig solche Träume gedeihen, die gesellschaftlich erwünscht und politisch nutzbar sind.

wir sind lockvögel baby!
Roman
(rororo 12341)

Lust
(rororo 13042)

Totenauberg *Ein Stück*
96 Seiten. Pappband.

Oh Wildnis, oh Schutz vor ihr
Prosa
288 Seiten. Kartoniert und als rororo 13407

Erika Pluhar liest aus «Oh Wildnis, oh Schutz vor ihr», «Keine Geschichte zum Erzählen»
1 Toncassette im Schuber
(Literatur für KopfHörer 66002)

Milena Moser

Milena Moser, 1963 geboren, in Zürich lebend, besitzt eine funkelnde satirische Begabung; ihr Erzählen swingt.

Mein Vater und andere Betrüger
Roman
272 Seiten. Gebunden
Teenager Charlotte hat's schwer: Ihre Mutter ist verschwunden, und nun hat die Tochter den Vater allein am Hals. Einmal mehr erweist sich Milena Moser als die Erzählerin in der tragikomischen Achterbahn von Neigungen und Bindungen in unserer Zeit.

Die Putzfraueninsel *Roman*
(rororo neue frau 13209)
Tiefgründig grotesk, schlafverscheuchend komisch fegt eine Großstadt-Heldin von heute durch die biederkorrupte Gegenwart: Mit ihrem pfiffig beim Wischen und Schrubben ergatterten Geheimwissen enttarnt die kesse junge Putzfrau verlogene Musterfamilien, kippt fiese Politikerinnen, rettet bedrohte Schwiegermütter; ist die biedere Szene erst restlos aufgemischt, gönnen sich alle netten Leute den triumphalen Abflug nach Süden.

Blondinenträume *Roman*
272 Seiten. Gebunden und als rororo neue frau 13943
Ein Mann zieht ein! Mitten ins Paradies (von bösen Zungen «Siedlung» genannt) alleinbekinderter Frauen, die mit Pampers, halbvernarbten Liebeswunden, platzenden Reißverschlüssen und verruchten Wünschen kämpfen.

rororo Unterhaltung

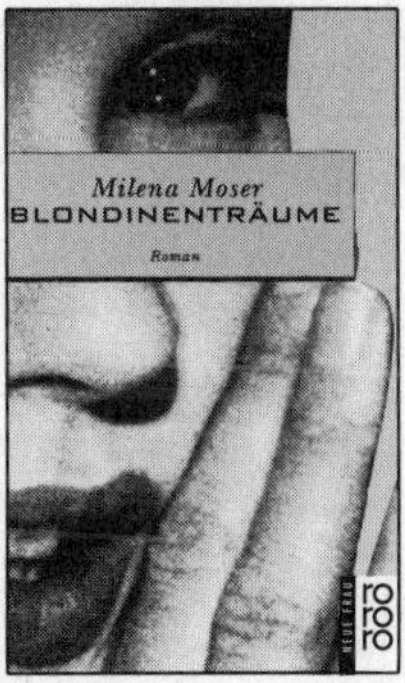

Das Schlampenbuch
Erzählungen
(rororo neue frau 13358)
Sie zahlen es niederträchtigen Liebhabern und verlogenen Showmastern heim; sie treiben in Boutiquen, Fitness Studios und Straßenbahnen finstere Dinge; sie spielen gnadenlos mit Messer, Schere, Gift: Wenn Pippi Langstrumpf und die Rote Zora je erwachsen geworden wären, müßte ihr Leben dem von Milena Mosers Schlampen verflucht ähnlich sein.

Gebrochene Herzen oder Mein erster bis elfter Mord
(rororo neue frau 12974)
In ihrem Erstling führt uns Milena Moser Frauen und Mädels vor, die einfach vor nichts zurückschrecken: Sie morden aus nichtigem Anlaß. Wegen eines Mißverständnisses. Aus Liebe.

3624/1